Nikolaj Bokow

Der Fremdling

Roman

Aus dem Russischen von
G. von Halle

Diogenes

Kleidern rann, hielt ihn nicht zurück, wenngleich abzusehen war, daß auf den sandfarbenen Sitzen Wasserflecken zurückbleiben würden. Doch würden sie gewiß mit der Zeit trocknen, vielleicht sogar schon bald, ob jedoch so, daß man sich nicht würde ärgern müssen – über den Regen, die unvorhergesehenen Mitfahrer, über sich selbst? Werden nicht doch Ränder zurückbleiben? Man wird die Sitzbezüge abziehen und in die Reinigung geben müssen, und während dieser Zeit wird der Wagen alles andere als wohnlich wirken. Kommt es doch auch im Haus zu Unruhe und Ungemütlichkeit, wenn umgeräumt wird oder renoviert, das weiß schließlich jeder, der ein Haus hat.

Nein, er zögerte kaum. Er sagte sogar, er werde uns bis zu einer Tankstelle bringen, wo es auch ein Café gebe und viele Autofahrer haltzumachen pflegen. Wenn es für ihn auch nicht direkt am Wege liege, wie er hinzusetzte. Er sei im Begriff, nach Hause zu fahren, was um einiges näher liege.

Der Regen ließ nicht nach. Der links und rechts näherrückende Wald schien dunkler und höher geworden. Die Autos fuhren langsamer und stauten sich auf der rechten Spur, da sich keiner zum Überholen entschließen wollte. Unser Fahrer fuhr schnell, dabei ruhig und gelassen und geradezu regungslos. Die Größe des Wagens und der starke Motor hatten zweifellos ihre Vorzüge. Im Spiegel sah ich ein grobschlächtiges, zufriedenes Gesicht mit einer gebogenen Nase und rotumränderten Augen.

Plötzlich wurde er gesprächig. Er sagte wieder, es liege für ihn nicht gerade am Wege und eigentlich müsse er an dieser Stelle hier von der Hauptverkehrsstraße abbiegen, wobei er mit dem Kopf in Richtung des Ortsschildes wies, das im weißen und blauen Scheinwerferlicht grell aufleuchtete, um sich dann im Regenschleier der Dämmerung zu verlieren. Er sei aber nicht in Eile, sei pensioniert. Außerdem sei morgen Sonntag, und er habe weder etwas vor noch etwas zu tun.

»An den anderen Tagen übrigens auch nicht«, bemerkte er. Das sollte offenbar scherzhaft gemeint sein, denn sein Gesicht nahm einen milderen Ausdruck an, so, daß ein Lächeln geradezu unvermeidlich schien ... Aber es blieb aus.

Früher, vor seiner Pensionierung, habe er viel zu tun gehabt. Jetzt nicht mehr, und auch wenn er eine Stunde später nach Hause komme, spiele das keine Rolle: das Fernsehprogramm sei heute nicht sonderlich interessant. Und überhaupt, er sehe selten fern, es sei denn, es gebe einen interessanten Film aus dem Leben irgendeiner Familie mit allen ihren Problemen und wie sie glücklich und ohne ernsthafte Komplikationen gelöst werden. Wenn er sich auch früher, zu Beginn seiner Pensionierung, lieber Filme aus dem Leben von Sportlern oder Künstlern angesehen habe.

Er trug ein Artistenhemd, als wäre er ein Künstler, und darüber eine grüne Wildlederjacke. Er schaute vorsichtig zur Seite, wohl um Christinas Reaktion auf das, was er gesagt hatte, beobachten zu können. Er konnte jedoch nur ihr Profil sehen und ihre nasses Haar, das an den Schläfen in schwarzen Lockenringeln zusammenklebte. Früher, bevor er in Pension gegangen sei, habe er viel zu tun gehabt, fuhr er fort. Er sei Kunstturner gewesen, na ja, und dann, es habe sich nun mal so ergeben, sei er Zirkusakrobat geworden.

»Erstens brachte es mehr ein, und zweitens ...« er hielt einen Augenblick inne, da er eine Lastwagenkolonne überholte. Ein Wasserschwall schwappte von den riesigen Rädern herüber und ergoß sich über die Windschutzscheibe. »Und zweitens ...« und zweitens sei es auch interessanter. Ein Zirkusakrobat könne sein Programm in eigener Regie zusammenstellen. Könne seine Nummern selber arrangieren. Das sei sogar seine Pflicht.

Er dachte nach.

»Ganz zu schweigen vom Publikum«, bemerkte er.

»Und worin besteht der Unterschied?« fragte ich interessiert. Meine Frage schien ihn zu befremden. Offenbar hatte er meine Gegenwart vergessen oder die Frage eher von Christina erwartet. Er blickte in den Spiegel, der sein Befremden wiedergab.

»Ja, worin eigentlich?« fragte Christina.

Er wurde lebhaft. Er veränderte die Stellung der Hände am Steuer und geriet überhaupt durch und durch in Bewegung, lächelte sogar beinahe – seine Züge nahmen eine gewisse Leichtigkeit an.

»Völlig anders, das Publikum«, sagte er. »Viele Leute von außerhalb. Frauen, Kinder. Einfach amüsanter.«

»Haben Sie Kinder?« fragte ich, um das Gespräch weiterzuführen.

»Wie bitte?... Ja, natürlich... Mein Neffe hat zwei Kinder. Ein Mädchen und einen Jungen. Hier ist schon die Raststätte«, bemerkte er, während der Wagen sein Tempo verlangsamte und von der Hauptverkehrsstraße ab und auf den Bremsstreifen fuhr.

Wir verabschiedeten uns... vielleicht allzu eilig, auch wenn Christina sich noch aufrichtig bedankte. Denn schließlich hält bei solchem Wetter nicht jeder an, zumal die durchnäßten Kleider der Mitfahrer Scherereien mit sich bringen können.

»Sie sind offenbar Engländer«, sagte er, während er bereits wieder mit einem Bein im Wagen und im Begriff war, Platz zu nehmen. Ich nickte, eher in Gedanken als bejahend. »Ich habe das auf Anhieb erraten – wegen Ihres Akzents«, setzte er hinzu.

Ich merkte gleich, daß er zurückgekommen war: ich sah den hellgrünen Wagen, wie er vor dem Café bremste. Wir hatten drinnen gesessen, in der Hoffnung, einen Wagen zu finden, der in unsere Richtung fuhr, und richteten uns daher mit unserer Frage an jeden, der hereinkam und Autofahrer zu sein schien. Christina fragte sogar einen soliden Herrn (gelblicher Teint, Krawatte, Jackett), ob er vielleicht in Richtung R. fahre. Der streifte sie mit flüchtigem Blick, setzte eine wichtige Miene auf und sagte, eher der weiblichen Person an seiner Seite als uns zugewandt, jedoch klar und deutlich, daß er erstens in eine völlig andere Richtung fahre und zweitens in seinem Wagen kein Platz sei.

»Und nicht sein wird«, setzte ich hinzu.

Der seriöse Herr wandte sich auf der Stelle mir zu, als fürchte er, ich wolle mich über ihn lustig machen, und beharrte entschieden auf seiner Meinung: Nein, er nehme nie jemanden mit, das sei gegen seine Grundsätze, zumal man ja heutzutage nie wisse, wen man da mitnimmt und ob man überhaupt am vorgesehenen Ziel ankommt.

»Sie sind doch allem Anschein nach Holländer«, fuhr er fort, »und da ist mir einfach unbegreiflich, wieso Sie meine Einstellung so ironisch abtun können: Ich war in Holland und weiß, daß ...«

Und er stürzte hastig hinaus, seine Begleiterin hinter sich herziehend, die uns mißbilligende Blicke zuwarf.

Der abgedankte Akrobat indessen bemerkte uns nicht. Das Paar, mit dem wir uns unterhalten hatten, hatte uns offenbar verdeckt, und so fuhr er weiter in der Annahme, daß sich jemand bereit erklärt habe, uns mitzunehmen, und wir uns bereits im Strom der Autos verloren hätten, die im übrigen weniger und weniger wurden.

Er wendete erneut, passierte die Überführung über die Hauptverkehrsstraße, wobei er den Nebel durchschnitt, der, reichlich nach dem regnerischen Tag, höher und höher über die Talhänge gestiegen war. Doch der Himmel klarte schon auf, und die fernen Hügelhöhen zeigten, blau- und bläulichfarben, immer schärfer werdende Konturen.

Er schaltete das Radio ein und hörte mit halbem Ohr: »Achtung, Achtung! Eine wichtige Mitteilung.« Pause.

Nichts Unangenehmes, nur ein neues Fleckenmittel – nein, nein, kein Krieg... Die Russen sind noch weit.

Nicht lange, und er war zu Hause. Er war sich nicht einmal bewußt, wo und wie er kehrtgemacht hatte und ob ihm Autos entgegengekommen waren, so, als habe er die Straßen gar nicht wahrgenommen. Gewiß, fünfzehn Jahre lang ein und derselbe Weg können eine Straße zur Gewohnheit werden lassen, doch kamen diese Abwesenheitszustände inzwischen immer häufiger bei ihm vor.

Ohne erst abzulegen, ging er durchs Gastzimmer und schaltete den Fernsehapparat ein. In letzter Zeit wurde es ihm immer schwerer, die Stille zu ertragen. Die Flasche auf dem Tisch und das Glas daneben gaben seinen Gedanken eine bestimmte Richtung. Er füllte das Glas und trank. Jäh wandte er sich dem Bildschirm zu, als ihm lautes Lachen entgegenscholl: eine vielköpfige Familie freute sich unbefangen und kindlich über eine soeben geöffnete Büchse grüner Erbsen.

Ihm fiel ein ... ihm fiel ein, daß er ja so eine Büchse Erbsen im Küchenschrank hatte. Auf dem Bildschirm wurde nun der beste aller Weine angepriesen, Gabeln und Löffel in antikem Muster, eine Spezialzahnpasta für die ›dritten Zähne‹, ein Auto und eine Reise in ein fernes Land. All das besaß er bereits – im Reisebüro müßte er allerdings noch anrufen.

Er zündete eine Kerze an.

Er setzte sich an den Tisch, bereit, sich den Freuden des Lebens hinzugeben. Er saß da, die Serviette um den Hals, als warte er auf weitere Ratschläge. Auf dem Bildschirm ging es um ein außergewöhnliches Shampoo, das dem Haar jugendliche Geschmeidigkeit und Schönheit wiederzubringen versprach, doch hatte er keine Lust, sich den Kopf zu waschen. Langsam führte er einen Löffel mit Erbsen zum Mund, kaute eine Weile und fand, daß sie im Geschmack hervorragend und mit nichts zu vergleichen waren. Er nahm noch einen Löffel von den weichen, saftigen, runden Erbsen. Eines nur schien ihm beunruhigend: die Dauer der so ungewöhnlich begonnenen Nacht – nie pflegte er dermaßen spät zu Abend zu essen. Sollte sich der Abend – genauer gesagt fast schon die Nacht – in die Länge ziehen, könnte man ja den Tisch decken, eine Flasche Wein öffnen, den Nachbarn, gleichfalls Pensionär, anrufen... Aber nein, es war schon zu spät, einen Bekannten anzurufen, beinahe auch schon unmöglich, einen Freund anzurufen, selbst wenn es ihn gäbe.

Er schaute auf die Uhr und stellte erleichtert fest: Für einen Anruf war es entschieden zu spät, auch für einen Anruf bei seinem Neffen – selbst wenn man bedachte, daß dieser noch auf seine Unterstützung angewiesen war. Außerdem war der Neffe ja umgezogen und hatte seine neue Adresse noch nicht mitgeteilt. Scheint eine recht ordentliche Stelle gefunden zu haben, arbeitet viel, verdient viel, ist müde, hat vor, endlich ein Haus zu kaufen, obgleich er sagt, daß er neue Häuser nicht mag.

Seinen Wagen hatte er am Straßenrand vor dem Haus geparkt, als habe er vor, noch schnell auf einen Sprung etwas einzukaufen. Er ließ den Motor an in der Absicht, den Wagen in die Garage zu fahren, vergaß es aber sofort wieder. Er fuhr die Straße entlang, wendete und fuhr auf die Hauptverkehrsstraße.

Sollte er zu der Raststätte zurückfahren, wo er die beiden Anhalter zurückgelassen hatte? Er hatte sie aufgelesen ... im Regen ... Er hatte abrupt angehalten, als er das freundliche Gesicht des Mädchens erblickte und ihr schwarzes, durchnäßtes Haar, das unter der roten Kapuze hervorquoll, und er hatte nicht gleich bemerkt, daß unter den Bäumen, wohl auf der Suche nach Schutz vor dem Platzregen, auch ein junger Mann stand, der sich schließlich als ein Engländer entpuppte, was er sogleich am Akzent gemerkt hatte.

Er fuhr an der Stelle vorbei und bremste sogar, als erwarte er, wenn nicht sie, so doch irgendwelche Studenten zu sehen, die irgendwohin mitgenommen werden wollten, mit denen er ein Gespräch anknüpfen könnte wie mit diesen beiden, ihre Stimmen hören ... Manchmal dachte er, sie lebten ... hm ... gewissermaßen ihm voraus, auf alle Fälle zu einem anderen Zeitpunkt, und sie würden immer weiter ... Mit gleichaltrigen Leuten kam er immer seltener zusammen, und man konnte nicht sagen, daß ihn diese Begegnungen interessierten ... selbst wenn es sich um einen ehemals professionellen Sportler oder – besser noch – einen Akrobaten handelte. Im übrigen war letzteres kein einziges Mal vorgekommen; daran hätte er sich erinnert.

Er hielt an der Raststätte nicht an. Er verlangsamte nicht einmal das Tempo und fuhr weiter auf die Straßenüberführung hinaus. Der schwarze Sternenhimmel flog ihm über dem Rand der Leitplanke entgegen, über den Metallbarrieren, die im Licht der Scheinwerfer wie schmale rote Bänder funkelten.

Du saßt gegen meine Schulter gelehnt. Dein feuchtes Haar berührte meine Wangen, meine Schläfen. Feuchtes Haar: ich erinnere mich deutlich.

Der Fahrer des Lastwagens war bereit, uns bis zu einem nahe bei R. gelegenen Städtchen zu bringen. Er war schweigsam, offenbar fasziniert von der Musik, die der Radiosender zu dieser nachtschlafenden Zeit brachte. Er zündete sich eine Zigarette nach der anderen an. Sobald er sie zur Hälfte geraucht hatte, warf er den Stummel aus dem Fenster hinaus, wobei er es öffnete und ein kalter Luftzug dein Gesicht streifte und du dich an mich lehntest.

Ein Lastwagen auf Nachtfahrt ist zwar nicht das schnellste Beförderungsmittel, doch ist es vielleicht angenehmer als andere. Durch die riesigen Fenster sieht man den Weg vor sich; man sieht, wie der Himmel aufklart, und wenn man durch die Seitenfenster schaut und dabei die Augen gegen die grellen Scheinwerferstreifen auf dem Asphalt abdeckt, kann man die Konturen des Waldes sehen, die Lichter der Städtchen und Städte, die Sterne.

Nein, ich schlafe nicht.

Ich hatte gehofft, daß es uns nicht gelingen würde, so schnell weiterzukommen... daß wir die Nacht inmitten menschenleerer Hügel verbringen würden, in der freien Natur voll feuchten Laubes mit nur noch hin und wieder durchsickernden Regentropfen... dort, wo die Lieder der Nachtigall zu hören sind – ihr Zwitschern, ihr Schlagen, vom Echo wiederholt. Oh, diese Luft, diese Hänge, diese Täler! Dort findet der Wanderer Erholung, sei er auch beladen... nein, nicht mit Gepäck.

Beladen mit der Vergangenheit. Beladen mit der Kindheit... der Jugend, zurückgelassen auf anderen Wegen:

In Staub und Schlaglöchern...

Unter Tischen, auf dem Boden voller Speisereste nach einem rauschenden Fest...

Unter Schlafenden: meine betrunkenen Onkel, zahllosen Cousins und Cousinen – zweiten Grades zum Glück...

Unter ermattenden Gesprächen mit Freunden über Leid und Mitleid... über den Sinn des Leidens... über seine Vorzüge... über Gott selbstverständlich , und wenn über ihn, dann immer häufiger auch über den Teufel... darüber, daß wir Russen nicht schlechter sind als andere, da wir nun mal leiden... gieß doch noch einen ein... noch einen... schließlich sind wir doch eigentlich besser, viel besser als die anderen... Gieß doch noch einen ein... Was, schon nichts mehr zu trinken?... Dann reden wir über unsere Armut, die voller Würde ist, wenn auch nicht ganz freiwillig... reden über unseren Scharfsinn... aber auch darüber, daß in unserem Volk eine noch nie dagewesene Sorte von Leuten aufgetaucht ist, die keine Beziehung zu uns haben, obgleich sie unsere Sprache sprechen, ein und dieselbe Sprache... und die gleichen Nasen und Augen haben... und die gleichen Gesichter...

Der Lastwagen bremste.

Blaulicht. Polizeiwagen. Ein roter Feuerwehrwagen. Ein weißer Wagen: die Ambulanz. Anscheinend ist etwas passiert.

Scheinwerfer tauchen den Ort des Geschehens in volles Licht. Ich sehe Menschen in Monteuranzügen und Helmen... Sie zerschneiden wahrscheinlich das Blech, wollen irgend jemanden herausholen, kann sein, die Wagentür klemmt – noch ist es nicht zu spät... Nein, nur der Wagen ist bestimmt nicht wiederzuerkennen!

»Sind wir da?« fragtest du im Schlaf, allerdings in der Hoffnung, du könntest dich noch im Halbschlaf treiben lassen, im Traum, so eng an mich geschmiegt, daß ich das Schlagen deines Herzens hören konnte.

»Nein, nein, schlaf nur, sind offenbar Straßenarbeiter, deshalb der Stau ... sonst nichts, wir fahren gleich weiter, schlaf nur ...«

Der Fahrer wurde zusammen mit den Blechstücken herausgezogen; sein Körper schien wie in einen seltsamen Käfig eingeschlossen, nur die Beine waren frei und baumelten bei der geringsten unvorsichtigen Bewegung hin und her – Beine und Oberschenkel in sportlichen Hosen, gleichsam knochenlos, wie aus Gummi, so daß man sie festhalten mußte.

Der Lastwagen bahnte sich vorsichtig einen Weg durch die Gasse, die allmählich weiter wurde.

Abendhimmel.

Schwalben und Uferschwalben.

Schwalben und Uferschwalben, die über der Stadt fliegen – ich beobachte ihren Flug oben von der Terrasse des Cafés, wo ich auf Christina warte –, zu Hause in R. erheben sich über den Hängen die Hügel und oben die Zinnen mit den Schießscharten, die hohe Spitze: das Schloß.

Vögel in der Stadt stimmen unbegreiflich wehmütig, nicht wahr, Tauben, Spatzen ... sie erinnern an andere Räume ... an den freien Raum der Felder, wo sie jeden Augenblick hinfliegen können, während ich ... nein, ich kann nicht, ich muß in der Stadt bleiben. Ein Herr hat ein Bier bestellt und raschelt mit der Zeitung. Ein gealtertes Paar trinkt Kaffee und unterhält sich:

»Fritz ist auch lange nicht dagewesen ... haben ihn lange nicht gesehen ... machen guten Kaffee hier ... prächtiges Wetter heute ... sollten vielleicht Fritz besuchen fahren ... könnte man machen, ist gar nicht so weit ... bloß Martha ... ob die sich freuen wird, uns zu sehen ...«

Ein Mädchen mit einem aufgedunsenen, wie geschwollenen, kindlichen Gesicht, vor ihr ein Eis; sie ist in ein Buch vertieft, von irgend etwas gefesselt, hat sogar den Mund offenstehen, und das Eis tropft schmelzend bereits vom Löffel, wieder und wieder.

Schreie von Schwalben und Uferschwalben. Ich knie auf dem Tisch, den ich ans Fenster gerückt habe, denn so kann ich das Dreieck des Himmels von unserem Fenster aus sehen. Wenn ich nämlich am Boden stehe – ich bin so um die acht Jahre alt –, sehe ich nur die Mauer aus rotem Ziegelstein. Gewiß, mich interessiert die Schönheit der Fugen, dieser glatten, halbkreisförmigen Fugen zwischen den Ziegelsteinen, aber interessanter sind doch die Vögel, die am Himmel schreien.

Abend.

Bald wird Mutter von der Arbeit zurückkommen, und in unserem Zimmer wird es lebendig werden. Wir werden Tee trinken, und ich werde vom Tisch herunterklettern müssen. Nein, langweilig ist mir nicht.

Ich steige die Treppe hinab, eine Hintertreppe wie viele in Moskau.

Ich habe einen Augenblick abgewartet, in dem sich keiner der zahlreichen Nachbarn in der Küche aufhält, denn um aus unserem winzigen Zimmer herauszukommen, muß man durch die riesige Küche – und diesen Augenblick habe ich abgepaßt, weil es für ungebührlich erachtet wird, die Wohnung über die Hintertreppe zu verlassen –, schließlich gibt es eine Treppe, die sogenannte Haupttreppe, einen offiziellen Ausgang sozusagen. Wer die Hintertreppe benutzt, macht sich auch schon irgendwie schuldig, als habe er etwas zu verbergen, und wenn schon kein Vergehen, das er begangen hat, so doch eines, das er vorhat.

»Aus irgendeinem Grund verläßt Ihr Sohn ständig das Haus über die Hintertreppe«, beklagten sich die Nachbarn bei meiner Mutter.

Reinen Gewissens darf die Hintertreppe nur zu einem Zweck benutzt werden: um den Müll wegzuschaffen. Denn hier, auf dem Hof, stehen die Mülleimer, mit den Namen der Bewohner versehen: Koslow. Ssorkin. Dejew. Paltus I und Paltus II (eine getrennt lebende Familie). Alles in allem elf Eimer. Die Namen waren mit nicht abwaschbarer Farbe angebracht worden. Das war nach dem ersten allgemeinen Quartierkrieg, der ausgebrochen war, als Dejew Ssorkin dabei erwischte, wie er Wassermelonenschalen in seinen, Dejews, Mülleimer warf. Er, Dejew, sei wahrhaftig kein kleinlicher Mensch, sagte Dejew, doch habe er keine Lust, nochmal aus der achten Etage nach unten zu steigen, um anderer Leute Müll wegzuschaffen! Ssorkin gab auf der Stelle Kontra und sagte, wenn Dejew weiterhin vorhabe, ruhig an seinem, Ssorkins, Tisch zu sitzen, der, wie er sehr wohl wisse, seinerzeit kaum in der Küche aufgestellt und auch schon auf der Stelle verschwunden war, solle er bloß seinen Mund halten: die Wassermelonenschalen seien völlig unbekannter Herkunft. Andere Nachbarn mischten sich ein, es bildeten sich zwei Parteien... Das alles ist übrigens bekannt, doch ich lernte in diesem Krieg auch etwas Neues: ich begriff, daß Ssorkin ein besonderer Mensch war, kein Mensch wie andere – ein Jude.

Die Tür zur Hintertreppe ist mit einem Haken verriegelt. Ich weiß, wie man hinausgelangt, ohne daß es jemand merkt: man muß den Haken in vertikale Stellung bringen und dann höchst gekonnt die Tür zuschlagen. Der Haken fällt dann genau in die Türangel... und ihr begreift schon, worum es geht: Es sieht so aus, als sei niemand hinausgegangen!

Vom Hof aus sieht man unser Zimmerfenster.

Man sieht die Schwalben und Uferschwalben am Himmel: Woher kommen sie nach Moskau, warum... Im übrigen können sie jederzeit fortfliegen.

Ich lege mich auf die Bank. So kann man bequemer zuschauen. So wird alles ungewöhnlicher: das blaue Viereck des Himmels, die Vögel, die so schnell fliegen, daß sie wie schwarze Bleistiftspitzen aussehen... und wenn ich unverwandt hinblicke, wird eine Zeichnung erkennbar...

Christinas Gesicht beugt sich über mich:

»Ich bin schon lange hier... Ich habe dich gerufen, und du hörst und siehst nichts!«

Ich bin irgendwie durcheinander, ich bin noch dabei, mich aus dem Sumpf der Bilder und Erinnerungen zu ziehen, die mich unversehens eingeholt haben, wie ein Tagtraum. Sie quälen mich nicht, nein, doch wenn ich mich ganz von ihnen lösen will, um das Bewußtsein frei zu machen für anderes, muß ich versuchen, von ihnen zu sprechen. Nun gut, Christina, ich will es noch einmal versuchen: Die Tür zur Hintertreppe...

»Warum waren es elf Mülleimer?... Waren es elf Familien? Und warum wohnten sie alle zusammen? War es eine Kommune? Sie lebten nicht aus eigenem Antrieb zusammen? Aber warum sind sie dann nicht in eine andere Wohnung gezogen? Zu teuer? Bewilligung?... Wieso?... Du warst doch damals kein Ausländer...«

Nach all den Erklärungen, Antworten, Fragen erweist sich das Resultat als nicht der Rede wert... vielmehr bekomme ich zu guter Letzt auch noch die Frage zu hören, warum die Russen eigentlich so leben, wie es ihnen überhaupt nicht zusagt...

Wahrscheinlich leben sie so, wie sie wollen...

Doch nicht darum geht es.

Ich denke zurück an den Beginn meiner – wenn man so sagen will – Wanderung, ich bemühe mich sogar bisweilen, davon zu reden, weil ich... meine Kindheit... in irgendeine andere Sprache übersetzen möchte, um...

Ich will den Traum von der Vergangenheit zerreißen, der mir die Augen verschließt... genauer gesagt, mir das Sehvermögen nimmt. Meine Augen sind ja ständig offen, in unpassenden Momenten – zum Beispiel, wenn ich Auto fahre.

Doch die Kindheit ist unübersetzbar. Schlimmer noch: um mich herum sehe ich nicht einmal die Spur meiner Kindheit.

Und wenn ich einen Jungen mit einem Fahrrad sehe – er fährt vorsichtig die steile Straße hinab und kann sich nicht entschließen, sich auf den Sattel zu setzen –, frage ich mich nicht, was das heißt, klein sein und ein Fahrrad haben, denn ich weiß besser als er, was es heißt, ein Fahrrad zu haben. Wie war ich damals glücklich, stolz, zufrieden, denn schließlich hatte kaum einer eines... und schon bin ich ganz nahe dran: ich weiß einfach nicht, was es heißt, ein Fahrrad zu haben, wenn jedes oder fast jedes Kind ein Fahrrad hat...

Der Junge entschloß sich schließlich doch und setzte sich auf den Sattel. Weiter unten war die Straße weniger steil.

Ich weiß nicht, was er empfindet: in eben diesem Augenblick, eben hier. Ich weiß nicht, was er weiß.

Ich werde es nie wissen können.

Auf der Terrasse des Cafés ist niemand.

Christina scheint gesagt zu haben, daß sie gleich wiederkommt... oder kann es sein, daß wir uns in der Stadt verabredet haben?

Eine Zeitung, von irgend jemandem liegengelassen. Ich blättere zerstreut darin, da fällt mir eine kleine Notiz ins Auge: »Unfall oder Selbstmord?« Witwer... Rentner... eigenes Haus... an der Kreuzung von Straße hundertfünfunddreißig und Landstraße achtzehn... im Krankenhaus seinen Verletzungen erlegen... vorläufiges technisches Gutachten... mit erhöhter Geschwindigkeit gefahren... auch wenn die Steuerung versagt haben sollte... bei plötzlichem Verlust des Bewußtseins und gleichzeitigem Krampf im Bein... wäre es zweifellos ein Unfall... geringer Alkoholgehalt im Blut... ein weniger schwerer Wagen wäre von der Leitplanke zurückgeprallt, wenn der Fahrer die Kurve geschafft hätte... statistisch gesehen nur wenige Selbstmorde im Auto...

»Gefällt dir das?« fragt Christina, faltet das neugekaufte Hemd auseinander, streicht es glatt und betrachtet es mit Vergnügen. Ich zerknülle hastig die Zeitung, gebe mich ganz der Betrachtung der blauen, pfeilähnlichen Linien hin. Ein bemerkenswertes Hemd von der Farbe der Sorglosigkeit, der Jugend, des Glücks. Zieh es an, schnell. Ich liebe es, dich sorglos zu sehen, glücklich. Ich liebe es, deine festen, dunklen Brustwarzen unter dem leichten Stoff hervortreten zu sehen.

2

»Und woher kommen Sie?« fragte die Wohnungsinhaberin.

Ich senkte den Kopf wie in Nachdenken versunken, was natürlich nicht gerade Wohlwollen hervorrief. Wenn eine solche Frage stocken läßt, dann bei einem, der irgendwie nicht ganz, wenn nicht von sich, so doch von seiner gesellschaftlichen Situation überzeugt ist. Ich räusperte mich und brachte allzu nachdrücklich hervor:

»Aus P.«

»Sieh einer an, bemerkenswert! Ich liebe die Franzosen: sie sind so sympathisch, ungeheuer sympathisch!«

Ich beeilte mich, sie abzulenken und zu bemerken, daß sich unter den Fenstern der Wohnung doch ein kleiner Garten befinde und ich mich mit Leidenschaft der Pflege von Pflanzen...

»Schon gut, schon gut. Und von Beruf?«

»Schrift...«

Beinahe hätte ich aufgeschrien: Christina hatte mir heftig auf den Fuß getreten, und ich hätte nicht weitersprechen, hätte so tun sollen, als suche ich nach einem Wort, einer Erklärung... Doch sprach ich es leider aus: »...steller!«

Die Dame machte ein gewieftes Gesicht, woran auch meine Erklärung, daß ich ja eigentlich Professor sei und abends nur zu meinem Vergnügen schreibe, nichts ändern konnte. Natürlich hatte ich damit selbst mein Urteil gesprochen: daß ein Schriftsteller nur von Zeit zu Zeit Geld verdient, ist verständlich, verdient er aber viel, dann kennt ihn jeder, und in diesem Falle würde er wohl kaum (sofern er noch am Leben ist, natürlich) nach R. kommen und schon gar nicht hier bei ihr ein Zimmer mieten wollen. Und einer, der zum Vergnügen schreibt, sieht aus...

aber wem soll man erklären, wie der aussieht? Und wenn er arbeitet, wo ist dann das Vergnügen? Und erst recht, wenn er abends schreibt...

Die bejahrte Dame bemerkte, ich sei also Künstler – sie hatte so etwas wie eine vage Vorstellung, wie ein Schriftsteller einzuordnen sei –, eben... wie so viele, die bisweilen unter einer gewissen Beschränktheit ihrer finanziellen Mittel leiden.

Wir gefielen ihr sehr, versteht sich, doch wolle sie erst noch mit ihrer Tochter Rücksprache halten, doch sei die Tochter noch nicht da, obgleich sie jeden Augenblick da sein, ja buchstäblich geflogen kommen müsse – und die Besitzerin des Hauses, offenbar ermuntert durch die Gegenwart des französischen Künstlers, versuchte uns beizubringen, was ein Flugzeug ist:

»Sie wissen ja, wie die fliegen: huh – huh!« – Und sie hob beide Arme, wie um zu zeigen, wie Flügel aussehen, wobei sie ein leichtes Kichern hören ließ.

Gegen Abend war die Wohnung anderweitig vergeben.

Das Zimmer, das man uns überließ, war ganz offensichtlich weniger gut als die Räume der anderen Wohnungen, wo wir abgewiesen worden waren. Christina tat alles, um zu verhindern, daß ich meine Papiere zeigen mußte, aus denen ersichtlich geworden wäre, daß ich nicht einmal ein leichtsinniger Franzose (ganz zu schweigen von steifen Engländern und wortkargen Schweden), sondern vielmehr... kurz gesagt, ein kurioser Fall bin. Bisweilen liegt gerade in der Kuriosität so etwas wie ein Vorzug, ja Rettung, nicht jedoch bei einem seriösen Unterfangen wie dem – sei es auch nur vorübergehenden – Inbesitznehmen einer Wohnung.

»Wissen Sie«, sagte die Vermieterin am nächsten Tag, »es ist doch ein bißchen sonderbar, daß Sie beide Lampen anmachen, die Decken- und die Tischlampe. Gewiß, der Preis für den Strom ist im Mietpreis inbegriffen, das ist richtig, aber ist das nicht ein allzu leichtfertiger Umgang mit dem Geld anderer Leute? Jede Lampe fünfundzwanzig Watt... Ich spreche nicht davon, daß

Sie auch noch Radio und Plattenspieler anmachen... Das nicht, Musik stört mich nicht, im Gegenteil, ich mag moderne Tanzmusik, sie ist so leicht und unterhaltend... Aber wozu so viel Licht im Zimmer, wenn Sie Musik hören, und wenn Sie, wie Sie sagen, lesen, stört da die Musik nicht?...«

Als weit unangenehmer erwies sich folgende Unbequemlichkeit: unsere Zimmertür führte zum Treppenhaus hin, und um auf die Toilette zu gelangen, mußte man eine halbe Etage hinunter in die Wohnung der Vermieter, weshalb man uns auch eigens einen Schlüssel ausgehändigt hatte. Ich fühlte mich befangen, und aus den verborgenen Winkeln meiner Seele krochen wieder die Ängste meiner Kinderjahre und begannen mein Leben zu vergällen, da es mir nicht gelingen wollte, unbemerkt zur Toilette zu gelangen. Im Flur erschien jedes Mal prompt der Hund der Vermieter und schnappte nach mir. Darauf kamen die Kinder, die Hauswirtin, ihr Mann und einmal sogar die Gäste herausgelaufen, zerrten ihn zur Seite, jagten ihn gewissermaßen in die Ecke, befahlen ihm, mit dem Bellen aufzuhören und führten mich feierlich zur Toilette. Eine dermaßen geräuschvolle Ouvertüre zu einer so zutiefst persönlichen, intimen, für einen Russen geradezu mystischen Angelegenheit – die er nach Möglichkeit zu verbergen sucht.... oh, meine Qualen waren unerträglich. Und erst als mir einfiel, daß sie mich ja für einen Franzosen halten, wurde mir wohler, und ich bedankte mich nicht weniger geräuschvoll und beredt. Im übrigen gewöhnte sich das Tier mit der Zeit an den Eindringling, ließ nur noch ein dumpfes Knurren vernehmen und fletschte die riesigen gelben Zähne.

Ich liege auf dem Bett.

Ich bin noch einmal geboren worden, doch nebenan sind nicht Mutter, nicht Großvater und Großmutter... kein heißer Sommertag, kein kalter Winterabend, kein verschneiter Wald... keine bunten Blätter – wie, schon wieder Herbst?

Der Fuß schreitet federnd voran. Zarter Duft faulenden

Grases irritiert die Nasenflügel. Blauer Himmel. Die sorgfältige Zeichnung der Baumkronen, ein seltener Vogel – die Vögel sind gen Süden geflogen. Angenehme Wehmut erfüllt das Herz. Feuchte Wehmut.

Das erste Mal, daß ich es empfunden habe, und ich kehre wieder zurück: Moskau, der Bahnhof, der Zug, fast hundert Kilometer, vorüber an der schrecklichen Station S. – warum schrecklich, wußte ich nicht: ein altertümlicher, vorrevolutionärer Bau, einstöckig, die abgebröckelte rosarote Farbe der Fassade. Immer, wenn der Zug hier hielt, stockte mein Herz; mit der Zeit ließ dieses Gefühl nach, doch schon in jungen Jahren war es mir einfach unangenehm, dort vorüberzufahren. Niemals bin ich an dieser Station ausgestiegen. Nie. Weiter, weiter!

Immer noch dieselben Blätter, wenn auch wohl gewachsen diesen Sommer. Das Dorf unten im Tal – ich erblicke es von der Höhe. Das glitzernde Band des Flusses umspannt es in einem Bogen.

Nicht schwer für mich, das grüne Dach des Hauses ausfindig zu machen, in dem meine Großeltern wohnen. Auf der Kommode auf einer kleinen Spitzendecke tickt die Uhr.

Im Ofen knistert das Feuer.

Die Katze schnurrt vor sich hin.

Zu Hause.

»Hier haben wir immer Picknick gemacht!« höre ich Christina rufen. Sandstrand, von den gekrümmten Wurzeln moosbewachsener Bäume und Sträucher bedeckt. Riedgras. Brennesseln. Der Rhein.

»Gerade hier, siehst du, hier bilden die Wurzeln ein Ch!«

Ich stimme ihr zu und schaue dann genau hin, kann aber eigentlich nicht erkennen, daß die Wurzeln zu Buchstaben verflochten sind. Ich sehe eine ans Ufer gespülte Blechdose, eine Coca-Cola-Büchse, die wahrscheinlich nach einer Überschwemmung im Herbst mit im Gestrüpp hängengeblieben ist. Fabrikschornsteine an diesem Ufer: gelbe Rauchschwaden. Auf den Sand geworfene Fahrräder. Im leichten Wind dreht sich ein Rad: ein blitzender Speichenfächer.

»Und Petra hat aus Versehen ihr Sandwich ins Feuer fallen lassen!« sagt Christina lachend, wobei sie wohl im Geist Petra und ihre Ungeschicklichkeit vor Augen hat.

Ich kann mir vorstellen: Lagerfeuer, Nachmittagszeit, die Fahrräder an die Bäume gelehnt oder auf den Sand geworfen, ich kann sogar mit einiger Anstrengung ein Ch in den Wurzelverflechtungen erkennen. Ich kann mir lebhaft vorstellen: die Zeichen der Aufmerksamkeit, die Fritz der fröhlichen Petra entgegenbringt, und dein Interesse an dem schwarzhaarigen Jungen, der sich direkt am Wasser auf einem vom Hochwasser angeschwemmten Baumstamm niedergelassen hat – und natürlich gab es auch schon das Tonband mit Musik, wie sie vor fünf Jahren Mode war. Immerhin könne ich diese Musik jetzt ja auch hören ... Ich möchte sie hören.

Mag sein, daß die Schwierigkeit für mich darin besteht, daß ich in euch keine Altersgenossen sehe ... Kann auch sein, in etwas anderem: ich kann deine Kindheit wiederherstellen ... So stellt der Restaurator ein Gefäß wieder her aus Scherben und sogar die Zeichnung darauf, die mitteilt, wozu der Topf gedient hat ... Das Wichtigste weiß der Forscher jedoch nicht: mit welchen Augen der Besitzer den Topf gesehen hat und was er damals empfand, als er stolperte und ihn fallen ließ und zerschlug und dabei etwas vergoß oder verschüttete ...

Und wenn du sagst, daß du mich liebst, glaube ich ... aber ... ich weiß nicht, was dann kommt ... was deine Worte besagen: In meiner Vergangenheit hat es dich nie gegeben.

Wir sind auf verschiedene Weise in diese Welt getreten. Nein, das ist zu allgemein gesagt: Wir haben auf verschiedene Weise begonnen, an der Welt der Erwachsenen teilzunehmen, das ist es, worum es geht!

Die Erwachsenen haben an uns verschiedene Riten vollzogen ... Rituale ...

Mich hat man zum Adlatus der Kommunisten geweiht, im offiziellen Sprachgebrauch heißt es: zum Jungen Pionier. Der ältere Bruder des Pioniers ist der Komsomolze. Der Komsomolze ist der Sohn des Kommunisten: eine Seelenfabrik.

Ich möchte dir eine Frage stellen.

Doch ich bin verlegen. Als ich den fröhlichen Galliern eine ähnliche Frage stellte, sahen sie mich an wie einen Idioten: Über solche Dinge spricht man nicht. Anfangs dachte ich, meine Frage sei vielleicht zu pathetisch. Aber niemand schien sich zu wundern, als sie hörten: Glaubt ihr an den Kommunismus? Selbst wer »nein« antwortete, hielt meine Neugier für natürlich. Jedoch zeigte sich auch, wer auf die Frage: Glaubt ihr an Gott? mit »ja« antwortete, befangen, wurde mißtrauisch, als fürchte er Spott und Einmischung in persönliche Angelegenheiten.

Die Kinder Albions verziehen mir meine deutsche Ungeniertheit, der Frage aber wichen sie aus.

»Christina, hm ... ich möchte dich etwas fragen. Was ist dir noch in Erinnerung vom Tag deiner Konfirmation?«

»Wie bitte, wovon?!« – Christina blickte mich verwundert an. Ich tat, als müsse ich husten.

»Ja, also, zuerst ... Also, wir hatten Unterricht in der Kirche, ein ganzes Jahr lang hatten wir Unterricht. Wir haben gelesen. Unsere Gemeinde war sehr liberal: auswendig lernen, das gab es nicht. In anderen Gemeinden wurde man noch gezwungen, auswendig zu lernen.«

»Ja, und was denn so?«

»Weiß ich nicht mehr. Meine Freundin war in einer ganz konservativen Gemeinde, die mußte noch auswendig lernen. Und wie viel! Ich weiß nicht, was die so lernen mußten, aber auf alle Fälle – alles auswendig!«

Ein Klopfen an der Tür, Sigmund trat ein, zu Christinas Erleichterung, und auch zu meiner eigenen. Unsere Unterhaltung drohte stereotyp zu werden, erinnerte an etwas Langweiliges, an Prüfungen, an irgend etwas Unumgängliches, Gott sei Dank aber Vergangenes.

»Na, was hast du heute geträumt, Christina?!« rief Sigmund noch in der Tür. Ich beobachtete ihn genau: Die Lebhaftigkeit in seinem Gesichtsausdruck rührte vom Funkeln seiner goldenen Brillenfassung her. Denn hinter den Gläsern verbargen sich Augen, die eher kalt und durchdringend blickten.

»Ich? Nichts!«

»Aber, aber, wie denn das?« – Sigmund schüttelte vorwurfsvoll den Kopf. »Und du, Nikolaj?« fragte er hoffnungsvoll.

Ich wollte ihn nicht verärgern.

»Ich habe von viel Wasser geträumt, vom Ozean... dem Meer?... Kurz, von viel Wasser. Das Wasser umspülte mich bis über den Kopf. Ich fürchtete zu ersticken, aber seltsam: Ich konnte frei atmen, als strömte die Luft direkt aus dem Wasser in die Lungen...«

»So, so«, sagte Sigmund befriedigt und fuhr fort, als hätte ich ihn um eine Erklärung gebeten: »Das Wasser ist ein Bild für die Mutter: Du bist im Wasser, folglich bist du in der Mutter... du bist noch Leibesfrucht... aber du bist schon dabei, geboren zu werden... und du schreckst davor zurück, geboren zu werden... Die Sache ist die, daß ein Neurotiker...«

Das Hupen eines Autos unterbrach seine Deutung: Christina fuhr zusammen.

»Das ist Siegfried!« rief sie um einiges zu laut und schaute aus dem Fenster, wobei sie jemandem, wahrscheinlich Siegfried, Zeichen mit der Hand machte.

»Fährst du mit uns?« fragte sie zu mir gewandt, sah dabei aber über mich hinweg.

Die Frage versetzte mir einen kleinen Stich. »Ich bleibe lieber da... Will ein bißchen am Schreibtisch bleiben.«

»Na gut, wir fahren; nicht weit von hier ist ein kleines Restaurant am Rhein.«

Ich sah zum Fenster hinaus. Sie stiegen ins Auto. In Siegfrieds weißen Sportwagen. Der Besitzer, schlank, groß, in weißem Anzug und mit Schmissen im Gesicht, half Christina zuvorkommend und ohne Hast in den Wagen. Mich tröstete, daß der

Wagen etwas zu niedrig war und Siegfried beim Einsteigen einen ziemlich komischen Anblick bot: Er duckte sich fast bis zur halben Größe und zog dabei den Kopf zwischen die Schultern.

Ich blieb am Fenster stehen, als der Wagen davonfuhr. Eine gewisse Unruhe... eine vage... dunkle... hinderte mich daran, an den Schreibtisch zurückzukehren.

Ich schaue auf die Fenster gegenüber. Fast alle mit Gardinen davor. Doch das dort nicht: Es ist voll Zimmerpflanzen. Und da... was ist das da?... Fast das ganze Zimmer ist von einem Bett eingenommen. Neben dem Bett auf dem Boden liegt ein Mann, angezogen, und liest Zeitung. Eine Frau erscheint und sagt irgend etwas. Er antwortet, ohne auch nur den Kopf zu wenden. Sie zieht sich aus und steht eine Zeitlang neben ihm: Vielleicht hat sie einen zu dicken Bauch, Hängebrüste, zu breite Hüften. Plötzlich reißt sie dem Mann die Zeitung aus der Hand, und er dreht sich zur Seite und schaut sie an, wobei er etwas sagt.

Ich bin verwirrt, als sei ich ein heimlicher Beobachter dessen, was die Menschen normalerweise zu verbergen pflegen, was ständig geschieht, doch ganz, ganz selten vor den Augen anderer... Ihr Anblick wirkt beunruhigend: nackt mit der Zeitung in der Hand. Kein Künstler hat dieses Sujet bislang gemalt.

Und da! Der Mann entreißt der nackt Dastehenden die Zeitung und... vertieft sich wieder ins Lesen. Und sie bleibt stehen, eine Zeitlang, dann beginnt sie sich langsam anzuziehen: Hose, Bluse... Darauf verschwinden beide. Einige Zeit später sehe ich sie aus dem Hauseingang kommen und ins Auto steigen.

Vielleicht sind sie in das kleine Restaurant gefahren. Ins Kino. Kann auch sein, daß sie Lust hatten, in eine Diskothek... das heißt, nein, dazu ist es noch zu früh. In den Fenstern der anderen Zimmer, die offenbar zur selben Wohnung gehören, ist Kinderspielzeug zu sehen.

Das also ist Familienleben, das Fundament, das Rückgrat.

Die Entwicklung des Themas ist bekannt. Überall dasselbe: Anfangs Liebe (ich nehme selbstverständlich den sauberen Fall an, nicht vermischt mit dem Beigeschmack der Zusammenlegung von Kapital), dann gegenseitiges Verständnis, geboren aus den Sorgen des Alltags, aber auch die Langeweile, einander zu sehen, und schließlich dann ein Liebhaber, eine Geliebte ...

Ich werde offenbar zum Moralprediger.

Ich verstehe ja, daß ...

Daß, wenn ... Verwesung die Liebe streift und schon hier und dort Totes sich zeigt, ich alle Mittel der Verteidigung anwende. Ich versuche, dir Vorwürfe zu machen, Vorwürfe wegen etwas, was man dir gar nicht vorwerfen kann: In deinen Absichten ist ja kein böser Wille, sie sind im Grunde genommen ... natürlich: »Mir ist langweilig, und dort blitzt irgend etwas Neues, Interessantes auf.«

Sage ich denn, das sei ›schlecht‹?

3

Das Halbrund der Bar vor dem Halbrund der Hallenwand.

Runde Tischchen. Kräuseln von Zigarettenrauch. Sportler.

Oder eher Besucher eines Klubs. Gedämpftes Licht, finnische Bäder (ein Pfeil weist zur Treppe). Stimmen von Spielern, gedämpft durch gläserne, deckenhohe Trennwände, die die Spielräume von der Halle trennen.

Von der Zuschauertribüne kann man diese Räumlichkeiten sehen – winzige Zellen, dermaßen eng, daß die zwei, manchmal auch drei Spieler besonders geschickt sein müssen – nicht im Spiel, sondern um nicht aneinanderzustoßen. Sie spielen gegen eine Wand, die durch verschiedene Farbzonen in mehrere horizontale Abschnitte aufgeteilt ist.

Der Spieler schlägt den Ball mit einem Schläger. Der Ball prallt von der Wand ab. Darauf schlägt ein zweiter Spieler den Ball zurück. Offenbar geht es bei dem Spiel darum, nach und nach, Schritt für Schritt in bestimmte Abschnitte zu gelangen.

Man kann mit der Hand spielen.

Man kann allein spielen.

Durch die Ausrufe der Spieler, das Aufschlagen der Bälle gegen die Wand, das rosarot gefärbte künstliche Licht hindurch bricht etwas ... bricht etwas durch, ich verspüre eine innere Unruhe: Es bricht die Vergangenheit dieses Spiels durch, geprägt durch eben diese (höchst ökonomische) Aufteilung der Spielzellen, die durch blinde Mauern voneinander getrennt sind... Aus ihnen führt ein einziger Weg auf den Gang hinaus, auf den Gang unterhalb der Zuschauertribüne.

Christina spielte zum ersten Mal. Sie lernte schnell. Sie spielte immer gekonnter. Es gibt nun mal auch durchaus geschickte

Spieler... Ich bekam ebenfalls Lust zu spielen, ging von der Zuschauertribüne auf den Gang hinaus und bekam die Nummer vierzehn zugeteilt. Und in der Tat, es war ganz einfach... Sieh da, schon besser, schon genauer getroffen...

In der Halle gedämpftes Licht, verhaltene Musik. Wollen wir nicht einen Kaffee trinken, einen Saft, Bier oder einen Gin? Sollen wir nicht eine Zigarette rauchen?

Mich stört das Bild, das aus den Ecken entgegentritt, von überall her: Ob es Angst ist... die zitternden Hände... Wer konnte nur ein solches Spiel erfinden...

»Möchtest du einen Orangensaft, Christina?«

»Und was willst du, Richard? Und du?«

»Das ist ein amerikanisches Spiel«, sagte Guido auf einmal. »Häftlinge haben es sich ausgedacht – in einer Zelle ist wenig Platz.«

»Willst du ein Bier, Siegfried? Und du, Nikolaj?«

»Ein Bier?«

Bier. Bier stimmt milder – nein, keinen Wein. Wein macht heftig und aufbrausend. Bier meinetwegen, schade, habe es so selten getrunken in diesem Leben...

»Ein Bier, Guido. Danke. Schade, daß ich so selten Bier getrunken habe, ich hätte sonst einen dicken Wanst und wäre zufrieden mit meinem Leben.«

»Ha – ha!«

»Guido, es ist mir unangenehm, als wenn wir den Häftlingen ihr Spiel weggenommen... genauer gesagt, dem ganzen Gefangenendasein die Zerstreuung genommen, das andere aber nicht verändert hätten...«

»Du kannst das andere ja probieren, alles zusammen«, flocht Siegfried ein.

»Laß doch, Guido, hör mal: Auf der Suche nach Zerstreuung sind wir die ganze Welt abgegangen: wir können keine neue mehr erfinden. Wir lesen sie auf... wir lesen alles auf... doch tragen sie Zeit und Ort ihrer Erfindung in sich: Das ruhelose Gespenst des Kerkers spricht aus den Zügen des Barkeepers...

Er bittet, sofort zu zahlen, wartet nicht: Wer weiß, was ... wer weiß, wer hier spielt ... und wer spielt hier? ...«

Christina wurde unruhig.

»Ist dir nicht gut? Du siehst irgendwie verändert aus ...«

»Nein, nein, schon gut ... ich will ... ich bin gleich wieder da, will nur eine Minute ...«

Der Spiegel auf der Toilette: Ich starre unverwandt auf mein Gesicht, berühre es mit den Händen ... Hinten sehe ich Köpfe von Landsleuten: vielleicht die Spuren der Qual, vielleicht auch Mut, will sagen: Abgestumpftheit und Mangel an Einbildungskraft ... Doch was ist das: Eine gewisse Starrheit in den Zügen, eine gewisse Hölzernheit, ja Härte liegt wie ein leichter Schleier um die Augen, um den Mund ... Die verflossene Knechtschaft tritt in den Gesichtern der Aufrührer, der Entronnenen deutlicher hervor ...

Was ist mit mir?

Ich sage, ich wiederhole es mir zum Trost, daß ein rebellierender Sklave schon kein Sklave mehr ist.

Das ist wahr. Ein rebellierender Sklave ist ein Sklavenbesitzer, der noch nicht den Sieg davongetragen hat ... Wir Sklaven, die wir aufgestanden sind, geworfen in eine fremde Freiheit ... wir sprechen über diese Freiheit ... Wir erklären sogar, wie man in Freiheit leben soll: Wir sind im Kerker geboren.

Ich will die kleinsten Zeichen der Freiheit sammeln. In der Vergangenheit. In mir. In anderen. In wagemutigen Taten.

Auch wenn das Vaterland es nicht zuläßt: Meine Landsleute stehen hinter mir, ich höre ihr Flüstern ...

Was denke ich – ein Franzose, Deutscher, Engländer, Holländer, Schwede?

Ich bin schließlich kein Vertriebener, oder kann man etwa *aus einem Kerker vertrieben werden*?

Es ist erwiesenermaßen möglich: Sie ... ich ... wir sind darin geboren. Beim Übertreten der Schwelle beginnst du zu sterben. Du stirbst. Du wirst von neuem geboren: Du gebierst dich: schreiend vor Schmerz, aus zerschnittenen Adern blutend ringst du auf dem Boden des schmutzigen Gasthauses nach Luft, schon nicht mehr in der Lage aufzustehen und die Reste der faulenden Speise von dir zu geben, doch noch fähig, zum Fenster zu kriechen, mit deinem Körper die Scheibe zu zertrümmern und dich aufs Pflaster hinauszuwerfen, ohne die Qualen... der Geburt... überwunden zu haben.

Im Spiegel sehe ich Guido.

»Was ist los mit dir? Wir machen uns Sorgen. Morgen ist unsere Probevorstellung, und es ist noch nicht alles vorbereitet.«

»Hast du die Auftriebskraft der Präservative errechnet?«

»Natürlich! Dreihundert Stück haben wir gekauft.«

»Weißt du übrigens, daß die Franzosen die Erfindung der Präservative den Engländern zuschreiben und sie *capotes anglaises* nennen?«

»Merk dir, Nikolaj: Die Engländer verzichten auf diese Ehre und nennen sie *french copits*. Zu ihrer Zeit, als die Engländer...«

Der leichte Holzrahmen war so konstruiert, daß sich Guido darauf bequem, ja geradezu mit Wohlbehagen niederlassen konnte. Eine Riesengirlande aus Präservativen, mit Luftgas gefüllt, strebte in die Höhe.

Guido stieg höher und höher, soweit es die Leine, die am Rahmen befestigt war, zuließ, während ich das andere Ende in den Händen hielt und gleichmäßig lockerte.

»Ich sehe den Rhein!« schrie Guido von der Höhe herab.

Er sah bereits den Rhein, den bis dahin ein Waldstück verdeckt hatte.

Der Knall eines platzenden Präservativs ließ mich aufhorchen: Ein solches Vorkommnis, für sich selbst völlig bedeutungslos, kann bisweilen zu einer Schicksalswende für den Benutzer des Präservativs werden. Doch Guido entrollte auch schon das rote Band, und der Stoff flatterte im Wind. In verschiedenen Sprachen stand darauf zu lesen: IHR VÖGELT – UND WIR FLIEGEN.

Oh, bald schon werden die Bewohner sämtlicher Hauptstädte Europas diesen Satz lesen können!

Wir werden die Welt in Unruhe versetzen. Ich sah Zeitungsüberschriften in riesigen Lettern vor mir:

AUF PRÄSERVATIVEN ÜBER DEN ÄRMELKANAL
SPORT ODER KUNST?
DIE LANGE ERWARTETE ALTERNATIVE
(in linken Blättern)
EINE ZWEIFELHAFTE ALTERNATIVE
(in rechten Blättern)

Die nur schwach ausgedehnten Ballons rieben sich aneinander und brachten einen leichten Klang hervor als Widerhall auf den geringsten Windstoß oder auch nur die kleinste Windbewegung.

Ein leichter Knall. Ein zweiter. Ein dritter. Als ob irgendwo versteckt ein Schütze das Feuer auf die Ballons eröffnet habe. Das anfängliche Sinken wurde zum Sturz.

Guido wollte sich auf die Seite fallen lassen, doch Kopf und Schultern gewannen merklich Übergewicht. Zu spät erwachte ich aus der Erstarrung und versuchte, den Künstler aufzufangen.

Guidos bleiches Gesicht versank im Weiß des Krankensaals.

Die schwarzen Halbkreise der Wimpern.

»Guido, Kunst und Regelmäßigkeit sind unvereinbar ... Vielmehr, Kunst strebt nach Gleichgewicht, doch sobald sie es gefunden hat, beginnt der schöpferische Geist zu erlöschen. Die Kunst degeneriert zur Tradition, denn auf einmal wird sie von vielen akzeptiert und aufgegriffen. Daraufhin produziert dann die Masse ein und dieselbe Kunst, und jeder Winkel des Raumes ist mit ihr angefüllt, so daß man kaum mehr Luft bekommt ... Das Fundament beginnt zu faulen: Lebendige Kunst wird museal.«

»Sprich lauter«, unterbrach mich Guido, »mit dem Verband höre ich schlecht.«

»Eine einzige Karikatur bringt zum Lachen!« fuhr ich mit lauter Stimme fort, so daß die Patienten in den anderen Betten anfingen sich zu bewegen und irgendwer, aus dem Schlaf aufgeschreckt, ganz leise zu stöhnen begann, da er offenbar wieder Schmerzen verspürte. »Aber blättere mal einen ganzen Band voller Karikaturen durch: Das Lächerliche verschwindet und vieles kommt einem auf einmal platt vor. Doch das Leben – ich bin noch nicht müde, es zu betrachten: Es interessiert mich. Es stimmt, ich vermeide Gespräche übers Wetter, über die Schwierigkeiten, eine gute Stelle zu finden, über Preise... Es stimmt, Solidität flößt mir einen Schrecken ein. Heutzutage ist auch ein Dichter Professor, weil man mit Poesie schließlich nichts verdienen kann, er zieht den – oh, wie mir heute der Kopf wehtut, wohl wegen des Wetters –, den Professor vor, eine gesellschaftliche Persönlichkeit, Inspiration von neun bis eins, wenn er keine Vorlesungen hat.«

Ich schloß behutsam die Tür: Guido war eingeschlafen. Nach dem Weiß der Gaze, der Laken, der Zimmerwände und -decken brachte das Halbdunkel des Korridors Erleichterung.

Im Korridor ging ein geschäftlich gekleideter Mann auf und ab. Er kam auf mich zu:

»Hätten Sie wohl ein paar Minuten Zeit für mich? Hier ist meine Visitenkarte: Ich bin Vertreter der Firma ›Herkules‹. Wenn Sie nichts dagegen haben. Sie haben doch sicher noch nicht zu Mittag gegessen? Da es Mittagszeit ist, darf ich Sie vielleicht einladen. Ich kenne ein ausgezeichnetes Restaurant am Rhein, fünf Minuten mit dem Auto von hier. Ich habe eine wichtige Angelegenheit mit Ihnen zu besprechen. Sehen Sie, wir haben in der Zeitung von Ihrer – nun ja – nicht ganz gelungenen Vorführung gelesen und sind beunruhigt, denn die Qualität unseres Erzeugnisses...«

Ich habe Hunger, das stimmt.

Immer wieder dasselbe kleine Restaurant am Rhein: Es ist sehr gemütlich. Siegfried pflegt hier häufig zu Mittag zu essen, und niemals allein.

Der Vertreter der Firma brauchte nicht lange zu wählen, offenbar war ihm ein für allemal klar, was er mittags ißt.

»Sie werden doch sicher Ihre Experimente fortführen«, sagte der Vertreter von ›Herkules‹ eher bekräftigend und schaute mich durchdringend an, wobei er sich leicht zurücklehnte, als wolle er Distanz zwischen uns schaffen, um dann im geeigneten Moment wieder näherrücken und einen vertrauten Ton anschlagen zu können. »Doch Sie werden verstehen«, und tatsächlich neigte er sich näher zu mir hin, »die Reputation unserer Firma – wir existieren bereits mehr als zweihundert Jahre, und ein Produkt, das einer Prüfung nicht standhält, wenn auch, verzeihen Sie mir, einer unerwarteten Prüfung... Was halten Sie davon, wenn wir für Sie eine Sonderanfertigung *von diesen Dingern* machen lassen? Sichere, starke, große?!«

Ich machte ein wohlwollendes Gesicht. Der Vertreter der Firma lehnte sich erneut in seinen Stuhl zurück.

»Es versteht sich von selbst, daß wir einer neuerlichen Eignungsprüfung den nötigen Schwung verleihen werden. Fernsehen, Presse, Sie verstehen. Ich bestehe nicht darauf, ich deute nur Perspektiven an. Vielleicht ist man in Moskau an unserem Produkt interessiert? Was meinen Sie? Das wäre doch für beide Seiten interessant: Der Handel bringt die Völker einander näher, Sie werden mir zustimmen, Sie verstehen... Wir bestellen noch einen Wein, nicht wahr, und zum Nachtisch...«

Für einen Augenblick vertiefte er sich in die Speisekarte. Einer von den Gutmütigen, von sich überzeugt. Er betreibt sein Geschäft offen und ehrlich.

»Nur hier, Sie verstehen, Herr...«, er schaute auf einen Zeitungsausschnitt, den er in sein Notizbuch geklebt hatte, wohl, um meinen Namen zur Hand zu haben – »...Bolof, uns stört die Gegenüberstellung, der Widerspruch sozusagen, nicht wahr, er liegt darin, daß... verstehen Sie, daß Sie die Absicht haben, aus der Luft darauf hinzuweisen... Sie sagen: WIR FLIEGEN – UND IHR... wie haben Sie sich ausgedrückt?... und ihr macht, sozusagen, Liebe. Uns stört dieses UND IHR... Läßt sich diese Zweideutigkeit nicht vermeiden? Vielleicht könnte man der ganzen Wendung eine ganz klein wenig andere Nuance geben... Die Werbeabteilung unserer Firma wird selbstverständlich eine Formulierung finden – oder auch Sie selber, für mich ist das zu schwierig, schließlich bin ich kein Künstler...« – er neigte den Kopf respektvoll in meine Richtung. »Ich möchte Sie nur auf eine kleine Bedeutungsvariante hinweisen, die uns angezeigt erscheint, etwa so: ›Wenn Sie Liebe machen mit Hilfe von ›Herkules‹, wie werden Sie dann fliegen!‹ – Ach je, wie ungeschickt ich mich ausdrücke, ha-ha! Was kann man machen, bin nun mal kein Künstler, ohne jedes Talent, dabei habe ich mich im Zeichnen, Saxophonspielen und Schreiben versucht. Ach ja, bin nun mal ein einfacher Geschäftsmann, aber den Sinn haben Sie doch erfaßt, nicht wahr?«

»In dem Falle also, Herr...« – ich schaute auf die Visitenkarte, um seinen Namen auch richtig auszusprechen – »...Herr hm... wird unsere künstlerische Darbietung nichts weiter sein als eine ganz gewöhnliche Reklame für Ihre Firma...«

»Wo denken Sie hin!« schrie er auf. »›Gewöhnlich‹ habe ich nicht gesagt! Hervorragend, unglaublich, vortrefflich! Eine ganz neue Sicht!«

»Unser Projekt ist rein künstlerisch«, beharrte ich.

»Ach, sieh einer an! Sie beabsichtigen aber, sich des Materials unserer Firma zu bedienen. Und wie es scheint, haben Sie keinerlei Einwilligung hierzu bei uns eingeholt. – Um Gottes willen, verzeihen Sie, ich berühre ein höchst delikates Thema, ich hatte nicht die Absicht, in diesem Ton mit Ihnen zu sprechen – noch ein Glas Wein gefällig? –, doch Sie bringen uns in eine unangenehme Lage. Selbstverständlich haben wir Verständnis dafür, daß Sie einen Verlust erlitten haben, daß Ihre Darbietung Sie in jeder Hinsicht teuer zu stehen gekommen ist: das Material, das Risiko... Ihr Kollege im Krankenhaus –

oh, Sie haben mein tiefes Mitgefühl: Bitte, nehmen Sie dieses Kuvert.«

Das Kuvert enthielt einen Scheck. Mit dieser Summe könnte man den ganzen Erdball auf Präservativen umfliegen!

»Herr... (er schaute in sein Notizbuch) Bolof, ich sehe, daß Sie... ich begreife Ihre Gefühle: Ihr Kollege im Krankenhaus, Sie haben einen schweren Schock erlitten... Aber was soll man machen: Kunst fordert nun mal Opfer. Sollten wir im Verlauf von zwei Wochen sehen, daß die Summe von unserem Konto angefordert worden ist, dann ist alles klar, Sie verstehen? Wenn nicht, werden Sie von unserem Anwalt einen Brief erhalten des Inhalts, daß sich unsere Firma mit der nicht vorschriftsgemäßen Nutzung unseres Erzeugnisses nicht einverstanden erklärt... Sie verstehen? Selbstverständlich können Sie auch danach noch das Geld von unserem Konto anfordern, und besagter Brief wird keinerlei Folgen haben, nicht wahr? Denken Sie darüber nach und bereden Sie die Angelegenheit mit Ihrem Kollegen... Was für ein Talent! So ein Mut! – Und nicht nur das: Beratschlagen Sie die Sache auch mit den Kollegen unseres Anwalts.«

4

Der Brief

Es fällt mir nicht leicht, ihn zu schreiben. Eigentlich gibt es auch keine besondere ›Mitteilung‹, die ich in diesem Brief zu machen hätte. Es genügt einfach nicht, es nur einmal gesagt zu haben. Ich muß sprechen.

Ich erinnere mich an unser Gespräch vor unserem Weggang, ja sogar noch lange davor, als ich vor der Frage stand: entweder Gefängnis oder Ausland. Ich habe Dir damals gesagt, daß Du für mich im Ausland mehr sein wirst als meine Frau, daß Du für mich Rußland sein wirst. Heute kommen mir diese Worte verlogen vor, hochtrabend, gekünstelt und sentimental – sie entsprangen der Sehnsucht nach dem verlorenen Paradies: nach dem vergangenen Rußland. Heute ist es mir peinlich, so etwas gesagt zu haben. Das Paradies hat es nie gegeben; Rußland hatte man zu verlassen und weder an den Schuhsohlen noch im Herzen mitzunehmen. Es existiert nicht mehr. Übriggeblieben ist die Agonie eines riesigen Volkes, sofern man den einen Glauben schenken will. Andere wieder sagen, es handle sich um eine folgerichtige Entwicklung russischen Wesens.

Mein Engel, nicht darum geht es mir. Du hast die Schrecken des letzten Jahres in der Heimat mit mir geteilt, bist den Todespfad mit mir gegangen. Wie könnte ich die Winternacht in S. bei Moskau vergessen, als wir gingen, unser Nachtquartier aufzusuchen, und hinter uns ging der Mörder – ich spürte es mit meinem ganzen Wesen. Nein, kein gewöhnlicher Verbrecher, ein Gesandter des Staates, des Volkes, ein Professioneller, ein Staatsbeamter für *besondere Aufgaben* ... Du hast mich vor Dir hergeschoben, hieltest Dich zwischen mir und ihm, zwischen mir und dem Tod ...

Du hast mich auch hier nicht im Stich gelassen, als ich unter unseren Landsleuten zu ersticken drohte. Ich glaubte, unter ihnen ersticken zu müssen, denn ich hatte noch nicht begriffen: drei Generationen von Flüchtlingen – Anfang, Mitte und Ende des Jahrhunderts – haben sich ihr eigenes Rußland geschaffen, und das Rußland jeder dieser Generationen war gleich in seiner Unbeweglichkeit, Talentlosigkeit und seinem Sklavengeist. Es war einfach unmöglich, unter ihnen zu leben, sosehr wir uns auch bemühten. Und ich hatte mir alles so einfach gedacht: Du wirst in P. studieren, wirst mehr und mehr mit dem Leben des anderen Volkes in Berührung kommen – oh, eines völlig anderen Volkes! – mehr noch: mit dem Leben der jungen, noch neugierigen und nicht vom ›Geist des Establishments‹ verdorbenen Generation.

Als unsere Tochter kam, änderte das meine – nein, nicht Pläne, so bestimmt waren die nicht – aber die unvermeidliche Tatsache, daß Mascha geboren wurde, machte einen Strich durch meine Hoffnungen. Von meiner journalistischen Tätigkeit konnten wir nicht leben und nicht sterben, und ich mußte alle Kraft einsetzen, Geld für das Nötigste ranzuschaffen. Meine Ironie hinderte das russische Ghetto daran, inmitten seiner Wunschvorstellungen von der verflossenen Erhabenheit und Größe Rußlands zu leben, ja die Träger dieser Erhabenheit und Größe selbst zu sein. Mit der Zeit haßten sie mich, angesichts der Tatsache, daß ich meinerseits nüchtern bleiben wollte.

Mein Engel, warum konnten wir uns dennoch nicht zusammentun, warum nicht aneinander halten, warum ... Ich gehe meine nicht abgeschickten Briefe durch ... Ich lese: ›Dein Haß gegen mich macht mich mutlos ...‹ Inzwischen glaube ich nicht mehr, daß es Haß gewesen ist. Es war Angst, daß ich Dich verlassen könnte, ich Dich nicht liebe ... Die Nächte brachten keine Versöhnung: Unsere Zärtlichkeiten und Liebkosungen vermochten uns nicht zu versöhnen, denn zwischen uns stand Deine ständige Angst vor einer Schwangerschaft.

Vor einer Abtreibung – wie in der Heimat. Wir waren hilflos

im Wunsch nach Nähe, noch ohne den Wunsch nach einem Kind. Nachher hast Du dann das Leid auf Dich genommen. Ich übernehme die Schuld.

So leidenschaftlich Du die Nähe wünschtest – Du hattest Angst vor ihr. Deine Angst ging auf mich über, sie nahm deutlich verschiedene Formen an. Ich war eifersüchtig, fürchtete, daß Du mich nicht liebst, tat, als wiche ich Dir aus – in der Hoffnung auf eine Geste, eine Geste der Nachsicht, des Mitleids, der Zärtlichkeit.

Wir hatten beide die vage Hoffnung, aus all dem Unheilvollen, Schrecklichen werde plötzlich ... etwas wachsen ... oder wiederaufleben, daß wir wie früher ...

Deine Gegenwart in mir war unendlich stark. Auch heute noch bist Du anwesend: Dein Leben, Maschas Leben bleiben ebenso wie Dein Schmerz in mir. Zerquält habe ich geradezu gebetet: Dir, Deinem Bild in der Erinnerung zugewandt, so, daß Du es nicht hören konntest, nachts, allein. Ich habe geflüstert: Laß mich gehen, laß mich, laß mich ... Ich kann nicht ...

Wie hätte ich es laut sagen können, ohne fürchten zu müssen, Du werdest mich tatsächlich gehen lassen?

Die Angst vor ... einer Schwangerschaft.

Deine Empfindlichkeit, wenn wir uns nah waren. Dein Warten auf ein Wunder, das ich bewirken sollte.

Sie riß uns auseinander, war Seite an Seite mit uns und erfüllte uns beide mit der Befürchtung, daß augenblicklich die Katastrophe über uns hereinbrechen werde, wenn wir einander nicht liebten.

Wäre der Alltag weniger mühselig gewesen, hätten wir vielleicht auch in anderen Dingen Trost finden können, hier und da kleine Freuden sammelnd, um, wenn auch nicht das volle Dasein, so doch ein Mosaik aus hellen und leuchtenden kleinen Stückchen zusammenzusetzen, Warmes ins Haus tragend, die feuchten Wände und die feuchte Luft wärmend, um Maschas

Krankheit Widerstand zu leisten... um dieser Tragödie ihr entsetzliches Antlitz zu nehmen, um ihr einen Sinn und eine Aufgabe abgewinnen zu können.

Doch dieses Verbinden von Enden mit Enden... Die ewige Furcht, dazwischen könne sich eine zu große, nicht zu überspringende Entfernung auftun, rieb mich auf.

Als Du mir dann zu Hilfe kamst... als Du Dich plötzlich Seite an Seite mit mir der Wirklichkeit stelltest, war das die Rettung, die rettende Hilfe.

Diese Pullover, die Du gestrickt hast, um Geld zu verdienen! Wie waren sie kostbar: sie haben meine Krankheit aufgehalten. Weißt Du noch? Spät abends, nach der Arbeit, brachte ich die fertiggestrickten Einzelteile zur Schneiderin, fuhr sie hin auf einem klapprigen Fahrrad: Du wußtest noch nicht einmal, wie man Ärmel annäht! Diese Pullover! Sie milderten das Gefühl der Ohnmacht vor der für mich und Dich völlig neuen Aufgabe, der Aufgabe – in Freiheit zu leben. Irgendwann begannen die Ratschläge und die innere Anteilnahme der noch nahen, in Rußland gebliebenen Freunde nutzlos zu werden, denn Rußland war ja gar nicht verlassen, war nicht aufgegeben; es lebte in mir, wie... wie ein finsteres Rätsel, das man besser nicht löst, wie eine Zeit und ein Raum, wo für mich kein Platz war. Nirgends war Platz, weder dort noch hier, weder heute noch gestern. Und morgen schon will ich selber nicht mehr dort sein, denn dieses ›morgen‹ wird dasselbe sein wie gestern und heute: ewige Nacht einer von Wolfsaugen eingekreisten Schafherde. Doch zu der Zeit begriff ich noch nicht, wo die Ursache für mein Unglück und meine Krankheit lag: Ich suchte die Freiheit dort, wo es sie nie gegeben hat, ja, wo es Freiheit nicht einmal in der Erinnerung gab.

Mein Freund... Ich habe Dich vor Augen, wie Du Dir Schuhe aussuchst. Woher nur meine Tränen damals und jetzt, in diesem Augenblick... Ich stehe auf der Straße, sehe Dich durchs Schaufenster, wie Du Schuhe anprobierst, nachdenklich, langsam... interessiert, gleichzeitig jedoch – diese grenzenlose

Traurigkeit in Dir und Deinen Bewegungen! Wie die Traurigkeit eines Kindes, das Spielzeug sonst nur bei anderen Kindern sieht und nun auf einmal auch ein Spielzeug hat, aber dennoch traurig ist – weil es weiß, daß das Leben allzuoft anders ist: kalt, grau und trüb.

Diese Traurigkeit von Kindern, die in Armut gelebt haben und die Hilflosigkeit ihrer Eltern sehen. Ich wußte nicht, vermochte nicht Deine Kindlichkeit zu behüten. Zierliche Pumps, ein helles Kleid, ein Eis ... Könntest Du das alles doch haben, solange Du magst und es Dich nicht langweilt ...

Du siehst, ein harter Wanderer kann ich nicht sein – auch kein Dichter, der nicht wahrnimmt die Leiden der anderen, in der Tiefe seiner Seele mit sich selbst zufrieden.

Mein Engel, weshalb war es nötig, vor Dir zu fliehen, um plötzlich wieder die Kraft der Imagination zu verspüren, diese Macht – wie einst! Eingebung zu verspüren: Hier ist er, mein Lebensquell.

Und hätte dieser Lebensquell denn nicht auch der Deine werden können?

Schau hinab: dort liegt unser Pfad, fast verschwunden im Morast. Und wir auf dem Pfad. Doch schau: dort ein wenig weiter, ein wenig abseits, überläßt das Moos seinen Platz grünem Gras, Sand, reinem, klarem Wasser ...

5

»Wovon hast du heute geträumt, Richard?« fragte Sigmund vorsichtig.

»Von einem Orchester!« gab Richard prompt zurück. »Und ich war am Dirigentenpult! Der Saal voller Leute ... Warte mal, was haben wir noch gespielt? Ach ja, natürlich!« Und Richard begann, einen bekannten Walzer zu pfeifen.

Der Boden unter uns schaukelte kaum merklich: Das Restaurant lag auf Deck eines alten Schiffes, und wenn ein Kutter vorbeikam und Wellen schlug, begann der Tisch mit dem Essen darauf stärker zu schwanken. Christina stand an der Reling, sie schaute aufs Wasser, auf das gegenüberliegende Ufer; ich konnte ihr Gesicht im Profil sehen. Ihre Nachdenklichkeit ließ es heiter, beinahe kindlich erscheinen, und die Augen traten hervor wie bei einem Lamm. Oh, wie ich sie liebte in solchen Augenblicken ...

Siegfried nahm den Braten in Angriff und deutete mit dem Messer Fechtbewegungen an. Er schnitt ihn, nicht ohne dabei eine höchst kunstvolle und komplizierte Figur zustande zu bringen, in zwei Hälften. Christina begann als erste, Beifall zu klatschen, und auch die anderen zögerten nicht, ihre Begeisterung kundzutun.

Er hat Geld, hat sogar Talent, dachte ich und betrachtete seine mandelförmigen Fingernägel. Doch unversehens verspürte ich Mitleid mit ihm: Nein, die natürliche Form seiner Fingernägel war schaufelförmig; die Mandelform war das Werk einer Maniküre. Offenbar wollte er für einen Künstler gehalten werden.

»Woran denkst du?« fragte Christina.

»Ich? ... Nun, eigentlich ... an nichts.« Ich spürte, daß es unangebracht wäre, aufrichtig zu antworten – es kommt vor, daß

Aufrichtigkeit Gereiztheit bewirkt, wenn die frühere Vertraulichkeit zwischen zwei Menschen nachgelassen hat... zu Ende geht...

»Ich suche *mich* in *deiner* Vergangenheit«, dachte ich. Sollte ich wirklich völlig anders sein? Nun ja: ein Mann, doch das ist eine andere Sache, versteht sich. Aber hast du eigentlich eine Ahnung von *mir*...?

Womit läßt sich Liebe zurückrufen?... Du wolltest nach Korsika... hast noch nie Froschschenkel gegessen... wolltest so ein Hemd haben...

Mit Essengehen, Kleidern, Reisen, das heißt... wie kann ich dich halten, mich dir von neuem nähern...

Leicht sein... leicht, koste es, was es wolle... Nur nicht sagen: ›Ich liebe dich‹ – das ist schwer, weil bekannt...

»Du vergißt ständig, deine Tabakdose zu schließen – da, bitte sehr, ausgetrocknet!« sagte Christina gereizt und versuchte, sich eine Zigarette zu drehen.

»Was nicht alles ständig oder nie geschieht«, sagte ich mit leichtem Lächeln.

»Und dennoch geschieht es!« warf Siegfried ein, offenbar in einem Anflug von Inspiration und im Wunsche, an dem intellektuellen Gespräch teilzunehmen. Früher hätte Siegfried das nicht gesagt.

Ich versetzte ihm einen Schlag:

»Siegfried, du hast wohl Schopenhauer gelesen...«

Die Verwunderung auf dem Gesicht meines Gesprächspartners ging in Verlegenheit über. Christina brach in Lachen aus. Siegfried wurde rot, und sein Schmiß fiel noch mehr auf. Richard langweilte sich offenbar und betrachtete, einen Walzer pfeifend, das Etikett auf der teuren Weinflasche. Sigmund hingegen war ganz Aufmerksamkeit. Er ließ seinen Blick von meinem Gesicht zu Siegfried und zurück gleiten, als spielten wir Ball.

Sofort änderte Siegfried seine Taktik.

»Was möchtest du zum Nachtisch, Christina?« fragte er mit einem tückischen Blick auf mich.

Ich hörte einen Champagnerkorken knallen und fuhr zusammen: Sie schossen auf mich. Ich schloß die Augen, und als ich sie wieder öffnete, stellte sich mir die Welt anders dar: Siegfrieds Finger hielten ein Stück Konfekt und näherten sich Christinas Gesicht, während sie ihm wie eine Gans ihren Hals entgegenreckte, um mit den Lippen das Konfekt entgegenzunehmen.

Christina holte mich ein, als ich gerade vom Schiffsrestaurant ans Ufer ging.

»Du ziehst dich zurück wie immer«, sagte sie. »Du bist nicht imstande zu kämpfen...«

»Mir fehlt die entsprechende Waffe...« sagte ich und klammerte mich an das Geländer des Landungsstegs.

Kann man Christina irgend etwas vorwerfen? Das ist nun mal ihre Natur: alles im Leben ausprobieren wollen. So hat sie auch mich ausprobiert, hat ihre Begierde gestillt – und schon fühlt sie sich eingeengt.

Vielleicht hätte sie mit mir ganz gern noch einiges ausprobiert: ›Familienleben‹? Haus, Haushalt, Kinder? Für wie lange?

Aber noch... aber noch – nicht wahr? – lieben wir uns.

Noch liebe ich es, von dir erfüllt zu sein.

›Du bist nicht imstande zu kämpfen...‹ – mit wem, wozu, warum...?

Bin ich imstande, dich zu erobern?

Nein, ich mag nicht.

Bin ich imstande, mit Siegfried zu kämpfen?...

Er ist jung... und begabt.

Er ist reich.

Ich habe nichts Entsprechendes zu bieten.

Und die Leidenschaft, die Christina für mich empfunden hat, schlief bereits, war geschrumpft, war ausgedorrt...

Ist es da möglich, sich so zu verhalten, als sei nichts geschehen? Eifersucht ist mächtig. Eifersucht hat immer recht: der Liebende spürt das Nachlassen der Gefühle oder eine Veränderung in den Gefühlen für ihn. Und er macht immer wieder denselben Fehler:

er wird unbeweglich ... zeigt seine Eifersucht, drängt sie dem anderen auf, weil er auf den Beweis des Gegenteils hofft, das entglittene Bild zurückrufen möchte, das seine Phantasie in Erstaunen versetzt und ihn dazu gebracht ... gezwungen hat, wie unabsichtlich die sonnengebräunte Hand zu berühren.

Der Eifersüchtige hat immer recht, auch wenn sich die Eifersucht, die nach einem Nebenbuhler sucht, irren kann: Liebe kann auch von sich aus nachlassen, sich erschöpfen, vergehen ... Doch auch ein Rest Liebe kann mächtig sein: die Liebe muß endgültig tot sein, bevor einer der beiden Liebenden sich entschließt zu gehen ...

Manchmal muß sich die Liebe erst in ihr Gegenteil verkehren, um den Liebenden die Kraft zu geben, auseinanderzugehen.

Doch darum geht es nicht bei mir.

Ich bin wehrlos; Haß ist mir unbekannt.

Die Wurzeln der Bäume sind zu einem Ch ineinander verschlungen. Ich sehe es klar und deutlich: die Wurzeln haben sich auch in meiner Vergangenheit, nicht nur in Christinas Vergangenheit verflochten – wie schwierig war es, das zu erkennen!

Ich liege auf dem Sand: fliederfarbene Dämmerung über dem Wasser. Unhörbar das Laub. Tau ist auf die Knöpfe der Jacke gefallen; ich knöpfe sie zu, fühle die nahende Kälte ... eine Kälte, vor der weder Jacke noch glühendes Feuer, vor der nichts zu schützen vermag.

›Aber mir war doch ...‹ dachte ich. – Manchmal war mir, als tauchtest du in der einen oder anderen Frau auf, als seien deren Gesichtszüge und Gesten die deinen. Ich blieb sogar stehen oder ging neben diesen Frauen her, um mir deine Züge klarer ausmalen zu können. Ich akzeptierte, daß du unerreichbar warst, wenn ich nur die Tatsache, daß es dich gibt, aussprechen, denken durfte: Du bist.

Ich hatte Gelegenheit dazu.

Und sich jedes Mal auf dem Boden zu finden, zu Fall gebracht von der eigenen Einbildungskraft, genauer: der Hoffnung, daß –

jeden Augenblick... Weshalb alles andere auf einmal eine unheilvolle Rolle spielte... Obdachlosigkeit, Geld, das Dazwischenkommen eines anderen Mannes... Du hast doch aber gesagt... hast doch versprochen... Wie ist das möglich...

Als wenn Worte ihren Sinn vor der Tat bewahren könnten.

Als wenn es nicht völlig nutzlos wäre, sie auszusprechen und mit dem in Verbindung zu bringen, was geschehen ist... geschieht...

Der menschliche Wald lebt anders, sein sanftes Wesen ängstigt mich. Uns beiden entgleitet etwas, erschöpft sich... stirbt... Was kann man machen... Wie ist es möglich... Wir haben doch miteinander geredet... alles getan, um...

Woher nur so viel Nichtigkeiten: Zeitungsgeraschel, kaputte Schuhe, ein nicht geschriebener Brief und ›wieviel Kilometer bis R.? Fünfzehn? So weit?...‹ – Vor einem Jahr noch schien es ganz nah, bis ans Ende der Welt zu reisen.

Akrobat a. D....; Bruder, warst du nicht ein Fremdling mehr noch als ich – Engländer, Holländer, Franzose?

Was soll's... ich bin ein Vagabund. Vor mir liegt die Welt: Ich bin schließlich frei.

Ich hatte nie ein Haus und werde nie eins haben. Ein Haus baut man auf eigener Scholle. Ein Haus baut man in Generationen. Meine Vorfahren haben letzten Endes ein Gefängnis errichtet; wenn es baufällig wird, werden meine Zeitgenossen ein neues errichten.

Mein Vaterland ist die Freiheit.

Mein Haus ist die Liebe.

Es stürzt zusammen. Schon gähnen zerbrochene Fenster. Schon keine Rose mehr und keine Nachtigall im Garten, schon kein Garten mehr...

Nicht vertrieben wird man aus dem Paradies: Der Winter zieht ein.

Ich ziehe den zerrissenen Pullover über, ich huste: es ist kalt.

»Du hast wohl den Verstand verloren!« schrie ich. ›Mein Gott, was sage ich da?‹ dachte ich erschrocken.

»Aber das ist doch ganz normal«, sagte Christina mißmutig. »Was ist schon dabei, daß Siegfried mich für ein paar Tage in seine Villa eingeladen hat? Warum hätte ich denn nicht fahren sollen?«

Im Einschlafen nahm sie meine Hand von ihrem Schenkel.

Ein fremdes Gesicht: ich erkenne Christina nicht wieder.

›Natürlich ist sie's‹, versuche ich mir einzureden, ›genau dieselben Gesichtszüge. Kein Zweifel, sie ist es!‹ flüsterte ich entsetzt angesichts des völlig anderen Gesichts – wahrscheinlich hab ich den Verstand verloren.

Schweiß lief mir über die Stirn.

Was ist mit mir?

Nur nicht denken, nicht versuchen zu begreifen: eine geheimnisvolle Doppelgängerin, die ich da vor mir habe... Alles, was mir auf dieser Welt feind ist, ist in ihr...

›Bin ich wirklich so anders?‹ dachte ich, im Sand liegend, neben dem Fluß.

Gewiß, es gibt Winkel in meiner Kindheit, die mir unangenehm sind. Voller Wehmut denke ich an die Augenblicke – o wären es Augenblicke gewesen! –, an die lange Zeit – nimmt man alle Momente zusammen –, da ich völlig fasziniert war von den Erwachsenen und ihrer Welt, ihrer Betriebsamkeit und ihren Aktivitäten. Aber ganz gegen meinen Willen entwickelte sich etwas völlig anderes: ich versuchte, nicht einer der vielen Millionen zu sein, die diesem besonderen Gift, das da heißt ›wir‹ und ›am größten‹ erlagen. ›Wir‹ haben ›den größten Eisbrecher der Welt‹, ›das größte Gebäude der Welt‹, ›die größten Wälder‹, ›die größten Kohlenvorräte‹... Sämtliche Kinderbücher waren durchtränkt von diesem Gift, sämtliche Lehrer.

War das Propaganda? Wahrscheinlich. Von der Art etwa wie die Gespräche der – wie man so sagt – einfachen Leute: ›Der kann einen heben, verträgt mehr als andere!‹ Und in der Tat, wer einen

Liter Wodka schafft, steht in genau so hohem Ansehen wie ... und fühlt sich geschmeichelt, fühlt sich als Held und erzählt davon wie ein Sportler von seinen Rekorden oder andere von einer anderen Art von Rekorden: ›Der hat von allen am längsten gesessen! – Wie lange? – Dreißig Jahre. Das soll was heißen! Das ist ein Kerl!

Die einzige Kunst, die die Russen erlernt und in der sie es bis zum Raffinement gebracht haben, ist die Kunst der Nötigung. Sie verstehen es, aus kleinmütigen Einzelnen durch Nötigung ein unbeugsames ›Wir‹, eine Menge voll Kühnheit und Impertinenz zu machen, da es nun mal einfach nicht möglich ist, alle der Reihe nach liquidieren zu lassen. Und dieses ›Wir‹ macht das ›Größte‹ möglich. Nur die Zugehörigkeit zum ›Wir‹ rechtfertigt den Wunsch nach persönlichem Handeln. Das Handeln des Einzelnen ist ein ungerechtfertigter Anspruch und somit letztlich – ein Verbrechen.

Das Volk in seiner Gesamtheit mag nach außen hin verkörpern, was immer es will: Enthusiasmus, Rebellion – oder wie man es nennen mag –, Konservatismus, ja sogar Liberalismus, Tapferkeit, Feigheit ... den Willen der Partei. Ich sehe nirgends Individuen, überall nur von Stiefeln aufgewühlte Erde.

Ich sehe: einen Menschen, nur in Stiefeln, in der Hand eine Flasche Wodka, der die Neigung zu einem freundlichen Gespräch verspürt, das schließlich in ein Liebes- und Freundschaftsbekenntnis oder einen Faustkampf übergeht, je nach Temperament. Danke, ich will nicht mehr! Ich habe lange keine Stiefel mehr gesehen ... Übrigens doch, erst unlängst habe ich welche gesehen – bei einem Franzosen, der gerade aus Rußland zurückkam und aus Gott weiß was für Gründen derbe Segeltuchstiefel anhatte, wie sie dort von Soldaten und Gefangenen getragen werden. Nun ja, er glaubte wohl, originell zu sein.

›Wie alt mag ich wohl auf diesem Foto sein?‹ Ich überlege. ›Zehn ... neun ... oder erst acht Jahre alt?‹ Ich betrachte das Foto genauer; in diesem Alter werde ich wohl noch kaum in der Lage gewesen sein, mich selbst einzuschätzen: Indem ich mir mich ins Gedächtnis zurückrufe, kommen mir die Erwachsenen in Erinnerung, ihr Tun und Lassen, ihre Gefühle, ihre Ängste. Aus ihren Gesprächen ziehe ich Schlußfolgerungen, heute wie damals.

Ich bin völlig in mein Spiel zu Füßen der Großen vertieft und passe dennoch sehr genau auf. Und ich weiß, wenn ich sie meine Aufmerksamkeit merken lasse, wird das Gespräch abbrechen, oder man wird mich zum Spielen auf die Straße schicken. Mit der Zeit lerne ich, daß es geheimnisvolle Menschen gibt: offenbar schlechte Juden – in irgendeiner Weise miteinander verschworen. Und wie oft es durch sie zu Komplikationen kommt in unserem Leben! Doch gibt es auch noch etwas anderes, wodurch es in unserem Leben zu Komplikationen kommt und worüber in meiner Gegenwart nicht gesprochen werden darf: ›Pst... sonst spricht er davon in der Schule...‹

Die Erwachsenen haben irgend etwas zu verbergen. Ihnen droht zweifellos Gefahr (welche?), falls man dahinterkommt.

Natürlich, acht Jahre alt muß ich sein auf diesem Foto. Ich werde von Mutter geweckt: »Steh auf, Stalin ist tot!«

Ihr Ton läßt die Tragweite dessen, was geschehen ist, erkennen. Dann das Wort ›tot‹, das (für Erwachsene) Unglück bedeutet, und – Stalin: ›Unser Väterchen‹, ›Sein weiser, väterlicher Schnurrbart‹, ›Mit seinem weisen, väterlichen Lächeln‹...

Ich bemühe mich, in Tränen auszubrechen und lasse den Versuch auch schon im selben Moment bleiben. Es ist mir peinlich, schließlich bin ich nicht im geringsten traurig, und wenn ich bisweilen bis zu Tränen bekümmert gewesen war, dann aus einem völlig anderen Grund.

Ich versuchte wahrscheinlich zu weinen, weil ich bereits Tränen in den Augen unserer Lehrerin gesehen hatte. Tags zuvor war es dem Vater der Völker immer schlechter gegangen ... Schon der Trauerton in der Stimme des Direktors ließ das Schlimmste ahnen ...

»Wir sind Waisen geworden«, sagte ein älterer Mann auf der Straße.

›Wie ist es möglich‹, dachte ich angestrengt. ›Großväterchen Lenin ist gestorben. Und nun auch Väterchen Stalin. Was soll jetzt nur werden...‹ Im übrigen hatten diese erschütternden Tage auch ihre angenehme Seite: man brauchte nicht zur Schule zu gehen; sie war zum Zeichen der Trauer geschlossen.

Auf diesem Foto hier bin ich schon älter. Rechts ein Stück vom Anzug des Großvaters. Seine Hand. Plötzlich habe ich wieder ganz deutlich seine Worte im Ohr, genauer gesagt Mutters Antwort darauf:

»Das brauchst du nicht gerade vor ihm zu sagen!«

»Hat er sie denn verlassen?«

»Das brauchst du nicht gerade vor ihm zu sagen!«

»Und da hat sie zu ihm gesagt: Darum, mein Lieber...«

»Das brauchst du nicht gerade vor ihm zu wiederholen!«

Mit vierzehn Jahren legte ich mir ein Notizheft zu, denn ich hatte niemanden, mit dem ich über meine Probleme sprechen konnte. Ich trug darin ein: ›Ich fühle mich elend, denn ich liebe meine Mutter – nicht.‹

War es nicht meine Pflicht, meine Mutter zu lieben?

Die Pflicht zu lieben. Wie mag diese Verbindung von Vorschrift und Freiheit entstanden sein ... Ist es doch die Liebe, die die Pflicht zum Leben erweckt, nicht umgekehrt...

Auch mein Vaterland bin ich zu lieben verpflichtet, wie ich Zeitungen und Liedern entnehmen konnte: ›Wie eine Braut wir lieben unser Vaterland... behüten es wie unsere zärtliche Mutter‹.

›Gefasel‹, denke ich, am Rheinufer liegend.

Nein, nein, das ist nur für fremde Ohren – Gefasel ... Die Liebe des Russen läßt Unterwerfung unter eine Gewalt erkennen, sei es die elterliche oder die staatliche. Er weidet sich an der Gewalt. Er begeistert sich daran, daß es sie gibt, Gesetze und Prinzipien haben keinerlei Gewicht für ihn, da sie ja das Werk eben dieser Gewalt sind, die sie ohne weiteres wieder für ungültig erklären kann. Eine Gewalt, deren Willkür durch nichts gestützt wird als den Gehorsam, genauer: in Verzückung geratenen, sich an der Gewalt weidenden, Gewalt liebenden Gehorsam.

Nein, damals war das einfacher: Man mußte nur fleißig lernen, mußte gut ... und schon war es gelungen, ein wenig Freiheit zu wahren, die man vor den Blicken Außenstehender hüten mußte, wenn man sie nicht verlieren wollte. Auch Nahestehende konnten sich als Außenstehende herausstellen – Mutter zum Beispiel. Und in der Schule behielt man besser für sich, was man zu Hause mit halbem Ohr aufgeschnappt hatte: ›Er hat keine ... Aufenthaltsgenehmigung für Moskau. Er ist ... verbannt worden ...‹ – ›Wohin? Warum?‹ – ›Wenn du groß bist, wirst du es erfahren, und – sprich ja mit niemandem davon, sonst wird es deinem Onkel schlecht ergehen!‹

Am Rheinufer liegend, versetze ich mich zurück in meine Kindheit. Ich versetze mich zurück in den Russen in mir, in Russen, erwachsene Russen, wie sie gewesen sind, als ich ihnen noch Vertrauen schenkte, wenn auch bereits gewitzigt und in der Lage, schweigen zu können. Ich – und die Russen. Die Russen – und die Welt. Ich bin dabei, den Windbruch meines Volkes zu passieren, um endlich das Leben eines erwachsenen Menschen zu leben, um genauer nachzudenken über mein ›Ich – und die Welt‹.

Auf diesem Foto, das ist meine Klasse. Die Schulbänke. Unsere kurzgeschorenen Köpfe. Die Pionier-Halstücher. Ich mit einem seidenen, mein Nebenmann mit einem zu einem roten Lappen zerknüllten. Sein Halstuch war wohl aus billigem Stoff, der leicht knitterte, weil seine Eltern arm waren ...

Das ist ... Paul mit dem Spitznamen ›der Linkshänder‹!

Er war, wenn man ihn fragte, nicht in der Lage zu erklären, warum er mit der linken Hand schrieb – im übrigen gar nichts so Außergewöhnliches. Warum er es aber entschieden ablehnte, mit der rechten Hand zu schreiben, blieb ein Geheimnis.

Außerdem schrieb er mit der linken so einwandfrei, daß den Lehrern lange Zeit gar nichts auffiel.

Eines Tages jedoch wurde sein Fehlverhalten bemerkt.

»Versuchen Sie doch einmal, mit der rechten Hand zu schreiben«, sagte der Geschichtslehrer plötzlich gereizt. Ja, man siezte uns bereits – Zeichen eines frischen Windes in Moskau, eines ersten Hauchs von Liberalismus. In anderen Gegenden Rußlands wurden Untergebene von ihren Vorgesetzten – also auch Lehrern – geduzt, während sie ihre Vorgesetzten selbstverständlich zu siezen hatten. Der Kampf um das ›Sie‹ wird bis in unsere Tage geführt, doch ist das ein eigenes Thema, das eines Romans, ja einer Oper würdig wäre.

Auf Anordnung des Schuldirektors bekam die linke Hand des Schülers Pauls einen Verband, womit man den Starrkopf zur Räson bringen wollte, denn daß es sich um nichts als Starrsinn handelte, daran zweifelten weder Lehrer noch Direktor noch obere Vorgesetzte. So also kam Paul zu seinem Spitznamen ›der Linkshänder‹ und wurde ihn nicht wieder los. Dahingehende Gerüchte, daß der Schüler Paul Protest erhoben habe, ließen geteilte Meinungen laut werden: die Jugend war auf seiten des Dissidenten, während unsere betagten Wohnungsnachbarn Entrüstung zeigten und sich mit Genugtuung der alten Zeiten erinnerten, in denen noch Ordnung herrschte – deren Notwendigkeit man unter dem Vater der Völker erkannt hatte.

Paul, ›der Linkshänder‹, kritzelte also mit der rechten Hand, aber seine Hausaufgaben waren wie eh und je ein Muster der Kalligraphie, und auf sämtlichen Schönschreibwettbewerben errang er den ersten Preis. Unbegreiflich indessen blieb, wie er überhaupt zu den Wettbewerben zugelassen werden konnte – offenbar war der zuständige Beamte im Ministerium für Kultur nicht über Paul informiert und wählte die Kandidaten leichtfertig nach den eingereichten Handschriftenproben aus.

Pauls Eltern unternahmen nichts gegen die verderbte Veranlagung ihres Sohnes. ›Er schreibt doch völlig korrekt!‹ sagte sein Vater, ein einfacher Arbeiter und Kommunist, ›was wollt ihr mehr?‹ Die Mutter, eine einfache Weberin und ebenfalls Kommunistin, konnte nur verwundert die Arme ausbreiten. Die

Schuldirektion ließ der Arbeitsstelle der Eltern ein Schreiben zugehen, wie es so schön heißt. Das Schreiben war recht undurchsichtig, und man hätte daraus entnehmen können – und so wurde es auch verstanden –, Paul bediene sich unerlaubter Ausdrücke, sei dem Suff verfallen und überhaupt – ein Hooligan. Der Vater verteidigte sich: ›Er tut doch gar nichts, schreibt nur links!‹

Ein schwaches Argument, da nun mal alle rechts schrieben, wenn auch nicht immer ganz korrekt und bisweilen mit grammatischen Fehlern, stets jedoch vorschriftsgemäß rechts. Mit der linken Hand jedoch ließen sich offenbar Dinge schreiben …

»Was kann ich da machen, mein Sohn!« sagte der Vater unter Tränen und band ihm den linken Arm am Körper fest. »Sich gegen das Volk stellen, ist sinnlos. Und du, Mutter, flenn nicht und paß auf, daß die Binde nicht wieder aufgeht!«

»Paul«, fragte ich ihn eines Tages, »warum …«

»Ach was«, sagte Paul lächelnd, »alle schreiben rechts und ich – nun ja – links. Ist eine Seltenheit. Sollte man zu schätzen wissen. Wird es aber nun mal nicht, sind gar nicht imstande, so was zu schätzen.«

Aus dem halbgeöffneten Fenster war Jazz zu hören.

Etwas völlig Neues.

Die Zeitung war voller Karikaturen Boogie-Woogie tanzender junger Leute. ›Eine Attacke auf die geistige Gesundheit unseres Volkes‹, hieß es.

Die geistige Gesundheit wurde auch von engen Hosen untergraben sowie von zigarettenrauchenden und herausfordernd gekleideten Mädchen.

Ein junger Bursche warf einen Stein in das Fenster, aus dem die Musik kam. Die Scheibe ging zu Bruch, doch zeigte sich niemand am Fenster, nur die Musik brach auf der Stelle ab.

»Was fällt dir ein, stört dich was?« fragte ich.

»Die haben ein Tonband laufen!« sagte der Bursche boshaft. – »Und du liest wohl zuviel?«

›Lese- und Schreibkundigkeit führt in Rußland zu geistigem Verfall, das ist klar. Der Stamm ist dagegen. Er lebt nach anderen Gesetzen als das Volk ... Im Stamm muß man sich zu einem Haufen zusammendrängen, um sich zu wärmen, muß Emporkömmlinge mundtot machen und Zugereiste fest an die Kandare nehmen ... oder seine Feinde innerhalb des Stammes selbst erfinden‹... denke ich, spüre die Hitze, krieche in den Schatten hinüber, ohne die Augen zu öffnen, und höre das Rauschen des dahinfließenden Rheins.

›Herausfordernd gekleidete‹ Mädchen wurden festgenommen und als ›leichte Mädchen‹ registriert... Es gab einige Selbstmorde. Wer enge Hosen trug, wurde mitgenommen, die engen Hosen wurden zerschnitten...

Doch zurück zum Stamm! Selbst völlig unschuldige, lächerliche, rührende Äußerungen wie ›Ich bin nicht wie die anderen‹ waren auszumerzen!

Hat die russische Geschichte vor mehr als einem halben Jahrhundert aufgehört?... Sie ging weiter, die Geschichte des russischen Stammes. Die Russen, die sich durch die Flucht gerettet haben, flüchteten lediglich vor der physischen Vernichtung.

›Aber den Geflüchteten ist das Beispiel des Vaterlandes Vorbild‹, dachte ich beim Lesen einer Rezension meiner literarischen Zeitschrift. Die Rezension war von einem Emigranten verfaßt und in einer Emigrantenzeitung abgedruckt, unterschied sich aber in nichts von den gewohnten Nachwerken: der Autor empfahl, die Autoren der Zeitschrift ins Irrenhaus zu stecken.

Nicht erschießen – kurieren!

Im Westen klingt das durchaus überzeugend. Aber auch hier kann ich mich nicht verteidigen, mich nicht vor meinen Landsleuten rechtfertigen, denn: ›Er ist keiner von uns. Er liebt Rußland nicht.‹

Und in der Tat, ich gehöre nicht zu euch: Der Sturz der Sowjetmacht ist mir nicht genug.

... Als Paul, der Linkshänder, unter den Zug kam, wunderte das eigentlich niemanden. Als aber bekannt wurde, daß er am Leben geblieben war, jedoch einen Arm verloren hatte, fragte man sich bestürzt: ›Welchen?‹ ...

Ein Bote wurde ins Krankenhaus geschickt.

Der Direktor ging vor dem Schulhaus nervös auf und ab. In sämtlichen Fenstern des vierstöckigen Gebäudes sah man Gesichter von Schülern. Allen war die Bedeutung dessen, was vorgefallen war, klar. Wenn es der rechte Arm sein sollte, dann ... bedeutete das das Ende der Autorität des Direktors. Paul hätte in einem zermürbenden dreijährigen Kampf den Sieg davongetragen: Er könnte von nun an völlig ungehindert mit der Linken schreiben, und es gäbe nicht den geringsten Vorwand mehr, unter dem man ihn hätte zwingen können, mit der Rechten zu schreiben, die ja nun mal nicht mehr da war.

Hatte er aber den linken Arm verloren, war der Weitblick der Obrigkeit für jeden offensichtlich – nicht umsonst also hatte man die Umerziehung bei ihm vorgenommen!

Ein Taxi kam in rasendem Tempo in den Schulhof gefahren; der Bote fiel geradezu heraus.

Der Direktor stürzte auf ihn zu, hob dann, den Fenstern zugewandt, die Hände gen Himmel, schrie irgend etwas, tänzelte auf und ab und rannte wie ein Schüler ins Schulhaus.

Die Sache war klar: der Linkshänder hatte keine linke Hand mehr.

Ich begegnete Paul auch später noch, auf der Universität. Der leere Ärmel verlieh ihm ein seriöses Aussehen, das gewichtige Gehabe eines Veteranen, der in diesem Leben viel durchgemacht hat. Er wurde ein bekannter Parteihistoriker und schrieb vortrefflich mit der Rechten. Als ich ihn vor meiner Abreise in den Westen traf, äußerte er sein Bedauern darüber, daß die Schreibmaschine mehr und mehr das Handgeschriebene verdränge und sich ein neuer Konflikt abzeichne ...

Die Vergangenheit – sie nimmt mich auf; aus der Vergangenheit kann man mich nicht verbannen.

›Aber in der Gegenwart findet sich kein Platz für mich‹, dachte ich, Christinas Antwort in der Hand haltend.

Ja, ich hatte ihr einen nicht einfachen Brief geschrieben, nachdem sie in Siegfrieds Villa gefahren war. Richard war auch mitgefahren. Sigmund war durch irgend etwas aufgehalten worden und wollte später nachkommen.

Der Brief war bereits unterwegs, und ich dachte darüber nach, wie erfinderisch Eifersucht doch ist. Sie sucht Beweise und fürchtet sie, denn: welche Folgen hat es, wenn der Beweis da ist? Eifersucht will Klarheit, fürchtet aber den Verlust jeglicher Hoffnung...

O ja, ich habe diese Falle gestellt. ›Meine Liebe‹, schrieb ich, ›mir scheint, ich bin... eifersüchtig. Falls meine Eifersucht begründet ist, dann... dann teile es mir rechtzeitig mit, damit ich mich zurückziehen kann. Aber wie Du weißt, gibt es nichts, wohin ich mich zurückziehen kann; ich habe weder ein Heim noch ein Zuhause. Mir scheint, Du hast ein Verhältnis mit einem anderen. Ich weiß nicht genau, ob mit Sigmund oder mit Siegfried oder mit Richard. Sei so gut, und zerstreue meine Zweifel.‹

Sigmund und Richard kamen eigentlich kaum in Frage. Sigmund, der Traumdeuter, und Richard, der Dirigent, interessierten sie zwar, doch spürte ich keinerlei Gefahr von ihrer Seite. Was ich brauchte, waren einige Namen, und ich wußte, in welcher Reihenfolge sie ihren Platz in der Antwort einnehmen würden: Richard, Sigmund, Siegfried.

Ich schien also seelisch vorbereitet zu sein, öffnete den Briefumschlag und las:

›Mein Lieber, ich beeile mich, Deine Zweifel zu zerstreuen. Wie Du weißt, fühlte ich mich während unserer Trennung sehr einsam, doch sind meine Beziehungen zu anderen Männern immer nur rein freundschaftlicher Natur gewesen... Ich habe Richard kennengelernt...‹

Und es folgte eine ganze Seite mit der eingehenden Beschreibung ihres gegenseitigen Kennenlernens und ihres Verhältnisses zueinander.

›Du fragst mich nach Sigmund. Er ist sehr sympathisch, aber...‹

Wieder eine Seite.

Und zum Schluß: ›...was Siegfried anbelangt – das ist einfach lächerlich! Wir haben uns ganze zwei, drei Mal gesehen...‹

›Ich sollte handeln und nicht nachdenken‹, dachte ich unsicher und legte den Brief auf den Tisch. ›Woher nur diese Unbeweglichkeit in mir, diese Erstarrung, diese innere Leere... diese quälende Empfindung eines Vakuums, als sei mein Innerstes, mein ureigenstes ›Ich‹ plötzlich aus mir entfernt und mein Körper zu einer überflüssigen Hülle geworden?

Ich muß dieser Leere ein Ende setzen‹, dachte ich und merkte, wie ich mir mit einer Stecknadel in den Finger stach und rote Flecken auf dem Papier zurückblieben. Das Bizarre ihrer Formen fesselte mein Interesse, und dieses Interesse verschaffte mir Erleichterung.

Als das Blut zum Stillstand gekommen war, stach ich absichtlich in einen anderen Finger, doch wußte ich noch nicht, daß damit ein Thema entstanden war.

Papierblätter, rot besudelt.

Vom Bett aus sah ich ein Stück aufklarenden Himmels. Ich richtete mich auf, langte nach den Zigaretten und schrie beinahe auf vor Schmerz, als ich die Zigarettenschachtel mit den geschwollenen Fingern berührte.

Der Himmel im Fenster – ein von Dächern zurechtgeschnittenes blaues Dreieck.

Überall auf dem Fußboden weißliche Papierbogen.

Die Flecken sind verblaßt; ihr Rot ist zu Braun geworden.

Ich sammelte die herumliegenden Blätter ein, wobei ich vermied, die scharfen Ränder zu berühren, und numerierte sie:

siebzehn... neunzehn... dreißig... dreiunddreißig, sechsunddreißig... sechsunddreißigeinhalb... Das Buch war fertig: der ›Brief an Ch.‹. Sechsunddreißig gewellte Blätter; ›Brief an Ch.‹. Und die letzte, völlig tränenüberströmte Seite: ›Brief an Ch.‹.

›Wer ist schon in der Lage, ein solches Buch zu lesen‹, dachte ich. ›Und wird es überhaupt jemand lesen... Nein, ich muß es anders nennen... Anders.‹

Ich stand auf der Straße, es war mir klar, daß ich fahren mußte, wußte nur noch nicht, wohin.

Sigmund hielt an, schaute aus dem Wagenfenster und rief:

»Was hast du heute geträumt, Nikolaj?«

»Weißt du... ich habe diese Nacht nicht geschlafen...«

Er machte eine bekümmerte Miene.

»Ich fahre ans Meer... zur Villa... Willst du mitfahren?« fragte er nicht ohne zweifelnden Unterton, aber auch nicht ohne Interesse.

Ich stieg in den Wagen. Ich hatte begriffen, daß ich nicht bis ans Ziel mitzufahren brauchte...

Ich wußte, daß ich fort mußte.

»Aber warum, Nikolaj, warum nur legst du so großen Wert auf körperliche Nähe? Warum soll das so wichtig sein? Seelische Bindung ist doch hundertmal wichtiger!«

»Ach Christina, ich bin wahrscheinlich... vielleicht bin ich altmodisch, doch ich, verstehst du... Die Sache ist die...«

Sie war gut zu mir:

»Es ist doch schon Nacht! Jetzt fahren weder Züge noch Autos...«

»Ich muß nach P. zurück. Ich gehe zu Fuß, bis in die Stadt, dort werde ich schon irgend etwas... einen Zug...«

Dunkle Nacht um mich her! Der Himmel voller Sterne über mir. Der Weg nicht zu erkennen. Ich ging über unsichtbaren Asphalt. Nur die Silhouetten der Häuser und Bäume, die die Sterne verdeckten, wiesen den Weg. Kein einziges Licht in der mondlosen Septembernacht.

Das helle Bellen eines Hundes. Die Antwort eines zweiten. Immer lauter das Geheul. Ein Rudel Hunde, die gemeinsam bellen, rauh und hell und außer sich vor Wut, so daß ich glaubte, sie holen mich ein... Schon hörte ich ihren Atem.

›Nur nicht davonlaufen‹, dachte ich schweißüberströmt, nur nicht davonlaufen. Vor Gefahr kann man sich nur durch eines schützen: ihr entgegengehen. Doch das Rudel kam in der Dunkelheit immer näher, ich war außerstande, irgend etwas zu erkennen, nicht einmal den Weg unter meinen Füßen.

Einen anderen Ausweg gab es nicht: nichts, als der Gefahr entgegengehen, sie mit dem eigenen Körper wie mit einem aufgerichteten Messer zerhauen, den dichter gewordenen Raum, die Zeit, den Tod zerschneiden.

Ein Lichtstrahl blendete mich: Scheinwerfer eines Wagens, der aus der Kurve geschossen kam. Kaum war ich zur Seite gewichen, überholte mich der Wagen auch schon mit Gehupe.

Ich drehte mich um: die Scheinwerfer warfen ihr Licht auf die menschenleere Landstraße, und unversehens verzog sich das Hundegeheul in der Ferne.

6

Ich muß eine lange Zeit auf der Gare Montparnasse in P. verbracht haben. Ich saß auf einem kleinen Sofa, dessen Rückenlehne schon des öfteren und an vielen Stellen beschädigt und wieder geflickt worden war; aus dem Sitzpolster quoll gelbe Watte hervor.

Ich blätterte in meinem Notizbuch und verspürte sogar das Bedürfnis, irgend etwas hineinzuschreiben. ›Einsamkeit, die andere nicht zugrunde richten und nicht selbstzerstörerisch sein will. Einsamkeit?... Noch kann ich Du sagen, noch gibt es einige Menschen, die... Mir graut, ich möchte sprechen, doch kann ich mich nicht entschließen. Ich suche ein Wort, das dem, was ich empfinde, möglichst nahe kommt. Doch will ich nicht allzuviel riskieren, könnte sich doch herausstellen, daß noch nie jemand ein solches Wort vernommen hat. Ich kann es nicht finden... habe die Augen zusammengekniffen, als stürze ich mich von einem Abhang hinab in die Leere, noch hoffend, daß man mich packt und nicht stürzen läßt: Noch gibt es Menschen, die mich... lieben.‹

›Und ich? Ich finde keine Kraft mehr zu lieben. Ich bin aufgezehrt. In dieser Kälte erweist sich all meine Wärme als vergeudet. Ich kann sie nirgends mehr hernehmen...‹

›Ich will die wiederkehrende Krankheit besiegen.‹

›Habt ihr gemerkt, daß ich nicht mehr von Prinzipien und Talent spreche? Ich bin an die Wand gedrückt... Begreift doch, ich brauche gar nicht zu sagen: Ich liebe dich nicht... Ich brauche nicht einmal mehr zu sagen, daß... Begreift doch meine Angst. Ich habe kein Geld. Begreift doch, dieser Wanderer, genauer gesagt: Vagabund, hat sage und schreibe kein Geld, und er wird schon bald kein Ich liebe dich mehr vernehmen, weil... Da habt ihr sie, eure Ohrfeige, meine Freunde...‹

›O nein, ganz so steht es doch noch nicht...‹ dachte ich, als ich den Bahnhof verließ. ›Ich muß diese Krankheit besiegen... Irgend jemand wird mir schon helfen... Diese kleine, zierliche Frau dort, sie hat sich mir schüchtern, ja verlegen, für einen Augenblick gezeigt, und ich habe gesagt... war außerstande zu sagen:

Verstehst du, ich habe kein... Aber es geht nicht darum, daß... Ich will gar nicht... ich... verstehst du... Es geht darum, daß... Wieviel kannst du – für zehn Franc? Gib mir einen Kuß. Nein?... Nun dann, nimm mich an der Hand... Du hältst mich länger an der Hand, als wenn du... Du begreifst, ja, ja, ich sehe, du begreifst: Du hältst mich für genau zehn Franc an der Hand... Ich mache da keinen Unterschied... Und in der Tat, was ist da schon für ein Unterschied... gar keiner... Gut, ich warte auf dich... Hier? Ich werde auf dich warten, wenn aber... Ich...‹

›Danke. Nein, das ist nicht das richtige Wort... Ich wollte nicht so zeremoniell sein... Wie bitte? Deine Schwester ist gerade beschäftigt... Deine leibliche Schwester?... Ich kann ja hier schlafen, auf der Matratze... Du bist doch aus Laos... Ja, ich kenne dieses Land hier, habe selber früher nicht weit von hier gewohnt, nur weiter nördlich...‹

Ein Etagenbett nimmt fast die Hälfte des Zimmers ein, doch nicht, daß das Bett zu breit wäre. Strohteppiche. Strohteller an den Wänden mit kunstvollen Bildern von Seen und Vögeln. Keramikfiguren, allem Anschein nach zu Szenen dörflichen Lebens gruppiert. Decke und Wände weiß getüncht. Ein Waschbecken beim Eingang. Auf einer Truhe am Fenster Zimmerpflanzen, die nie blühen, dafür aber alles aushalten. Fünf oder sechs... nein, sieben größere Pappkartons, die als Koffer dienen. Unverständliche Aufschriften in verschnörkelten Buchstaben... Nein, keine Hieroglyphen, für mich aber dennoch unentzifferbar. Ein abgegriffenes Französischwörterbuch.

Das Fenster mit dem vorgezogenen Vorhang liegt offenbar zum Hof hin: Das dumpfe Dröhnen der Stadt ist kaum zu hören.

Ich sitze im Dunkeln, den Rücken auf den weichen Rand der Matratze des unteren Bettes gestützt.

Ich bin krank.

... Mutters verweintes Gesicht. Nein, ich bin gesund. Ich bemühe mich, ihre Hand haltend, schweigend neben ihr herzugehen. Wir kommen gerade aus der Werkstatt, wohin wir mein Fahrrad zur Reparatur gebracht haben. Ich hatte eine scharfe Kurve nicht geschafft. Eine Lappalie: habe mir die Knie aufgeschlagen. Nur das Fahrrad ist nicht wiederzuerkennen. Wir haben es in die Werkstatt gebracht und sofort wieder kehrtgemacht, als wir hörten, was die Reparatur kosten sollte. Mutter hat sich nicht einmal auf eine Diskussion eingelassen.

Wir trugen also das kaputte Fahrrad wieder nach Hause. Natürlich trug Mutter, und ich hielt mich am Rad fest. Ich bemühte mich, tapfer zu sein, wie es sich für einen Pionier gehört: ein Pionier weint nicht. Ich wollte heldenhaft sein, doch der Anblick des verbogenen Rahmens...

Wir kamen nicht bis nach Hause: wir gingen zurück in die Werkstatt. In die kleine Werkstatt, die in demselben Haus lag wie die allgemeine Badestube, wohin die Bewohner unserer Gasse, ja sogar unserer Gemeinschaftswohnung sich gewöhnlich waschen gingen. Denn in unserer Wohnung gab es nur ein einziges Badezimmer: die Tage, an denen man es benutzen durfte, waren genauestens aufgeteilt und strikt einzuhalten, wobei das Wasser in Kesseln in der Küche heißgemacht werden mußte, was unvermeidlich zu Feindseligkeiten führte: der Nachbar Paltus P. wurde eines Tages dem Nachbarn Koslow gegenüber handgreiflich und sagte: »Du willst wohl sauberer sein als andere!« Paltus behauptete danach, er habe Koslow nur aus Versehen angerempelt, später dann, er habe ihn nur zufällig leicht gestreift, als Koslow unerwartet aus dem Badezimmer gekommen sei. Zu guter Letzt – Koslow lag mit seinem eingeschlagenen Schädel immer noch im Krankenhaus – versicherte Paltus, er habe Koslow an diesem Tag überhaupt nicht gesehen, da er sich damals in einer anderen Stadt aufgehalten habe.

Wer seine Ruhe haben wollte, hätte offenbar völlig aufs Waschen verzichten sollen, um damit der allgemeinen Sympathie sicher zu sein. Doch schien das nur so; und so hieß es bereits, Dejew wasche sich nur selten, dermaßen selten, daß es bereits unzulässig sei! Dieses intime Thema wartet im übrigen noch auf seinen Erzähler, denn über nichts reden die Russen so häufig (und auch ich komme hiermit darauf zurück) wie über die Waschgewohnheiten ihrer Landsleute sowie der Vertreter anderer Völker und Rassen...

Wir kehrten also zu der kleinen Werkstatt mit den verstaubten Fenstern zurück, an der ich immer mit Großmutter vorbeigegangen war, die bis zu ihrem Tod nach Moskau angereist kam, um Lebensmittel einzukaufen. Wir gingen auf den Bahnhof, beladen mit Taschen voller Mehl. Die Arme wurden steif, die Beine versagten fast den Dienst, doch ich gab mir alle Mühe, nicht zu zeigen, daß mir das Tragen schwer wurde. Je näher wir dem Bahnhof kamen, desto öfter blieb ich stehen mit dem Kommentar, daß es mir keineswegs zu schwer sei, nur unbequem; ich wechselte die Arme, und augenblicklich wurde mir das Tragen leichter. Großmutter fuhr mit dem Zug davon, und irgendwo in der Ferne, an die hundert Kilometer weiter von hier, kam Großvater ihr mit dem kleinen Handkarren oder, wenn es Winter war, mit dem Schlitten entgegen. Wenn Großmutters Ankunft mit dem Beginn der Schulferien zusammenfiel, durfte ich mit ihr fahren. Ich liebte es, aus dem Fenster zu schauen, was verständlich war. Unverständlich hingegen war etwas anderes: Ich hatte größte Angst davor, an der Station S. vorüberzufahren, die ein gutes Stück von Moskau entfernt lag. Ich wendete mich vom Fenster ab, um die abgebröckelte, rosarot gestrichene Fassade des Stationsgebäudes nicht sehen zu müssen. Sobald sich der Zug wieder in Bewegung setzte, fühlte ich mich erleichtert: der schreckliche Ort lag hinter uns! Nie stieg ich an dieser Station aus, hatte weder Verwandte noch Bekannte dort, doch irgend etwas war dort ... oder würde dort sein? ...

Wir kamen zurück in die Werkstatt und ließen das Fahrrad dort. Fröhlich ging ich neben Mutter her, schwang die Arme und blickte sie erst an, als mir ihre Hand plötzlich wie leblos vorkam. Nun war es Mutter, die weinte. In unserem ... in ihrem Leben stiegen wohl Schwierigkeiten auf, von denen ich nichts ahnte. Und wie konnte ich auch ahnen ...

Mutters verweintes Gesicht. Herbst. Einige wenige gelbe Blätter, von weit herangeweht, rascheln auf dem Asphalt. Die riesige Eingangstür unseres Hauses, die ich nur mit beiden Händen aufziehen konnte und dabei noch den Fuß gegen den nicht zu öffnenden Flügel stemmen mußte. »Weine nicht, Mutter«, sagte ich. »Wenn ich erst groß bin ...«

Das Aufleuchten des Lichtes im Zimmer blendete mich. Irgend jemand war hereingekommen und lief hastig zur Tür zurück.

»Hab keine Angst, nur keine Angst«, sagte ich und richtete mich auf, »ich bin ein Freund deiner Schwester ... Sie bat mich zu warten ... Ich wollte dich nicht erschrecken ...«, sagte ich zu dem Mädchen, das wie erstarrt auf der Schwelle stand, im Begriff, zur Treppe zurückzulaufen und zu flüchten, flüchten, flüchten ...

»Wenn du dich so sehr fürchtest, kann ich hinausgehen und auf der Treppe warten ...«

Sie beruhigte sich allmählich. Schließlich lächelte sie und trat ins Zimmer, wenn sie es auch vermied, die Tür hinter sich zu schließen.

»Entschuldige, es ist meine Schuld: Ich habe vergessen, das Licht anzumachen. Ich muß eingeschlafen sein und bin anscheinend eben aufgewacht.«

Sie beruhigte sich vollends. Ein winziges Zucken des Augenlids, übrigens kaum merklich.

Wir aßen zu dritt zu Abend, die beiden Schwestern und ich.

Kartoffeln, auf dem elektrischen Kocher gekocht, Brot. Eine große Plastikflasche mit Wein.

Und das ferne Dröhnen der Stadt.

Die Deckenlampe war zur Wand hin gezogen und mit Strohgeflecht abgedeckt.

Die jüngere Schwester wurde auf einmal blaß und begann zu zittern. Die Ältere begann in einer mir unverständlichen Sprache zu reden; ich fing das Wort ›Fernsehapparat‹ auf.

»Das sind die Nachbarn, hab keine Angst«, sagte sie, zu mir gewandt, auf französisch, als zittere auch ich und sei bleich geworden. »Früher haben sie das Fernsehen auf volle Lautstärke gestellt – sie sind fast taub. Dann ging der Apparat kaputt. Jetzt haben sie einen neuen gekauft. Oder auch den alten reparieren lassen. Magst du noch ein paar Kartoffeln?«

Ich wollte Wein haben. Die Ältere der beiden Schwestern trank wenig, nicht einmal ein ganzes Glas. Die Jüngere trank gar nicht. Offenbar war der Wein eigens für mich gekauft worden.

Die Jüngere der beiden verabschiedete sich bald darauf von mir, machte sich an dem oberen Bett zu schaffen und schlief ein.

»Meine Schwester macht eine Schneiderlehre«, sagte die Ältere plötzlich. »Wenn sie erst einmal anfängt zu arbeiten, lerne ich auch Schneiderin.« Sie gähnte verlegen, die Hand vor dem Mund, diese kleine Miniaturhand, viel zu klein, um ihr Gähnen verbergen zu können.

Wir liegen auf dem unteren Bett, hätten gar nicht Platz gehabt auf dem engen Bett, wenn sie nicht diese Miniaturmaße hätte. Ihre Hand streichelt meinen Bauch, fährt gleitend über die Rippen und hinunter in die Leistengegend.

»Wie kalt du bist, wie kalt... magst du gar nicht?... Weißt du«, flüstert sie, und ich spüre, daß sie lächelt, »du bist der erste Mann hier in diesem Zimmer... und meine Schwester hat überhaupt keine Angst vor dir...«

Sie hält mein Glied in der Hand.

Wir liegen im Dunkeln.

Im Einschlafen schmiegt sie sich mit dem ganzen Körper an mich, so, daß ich mehr und mehr vom Bett herabhänge.

Ich berühre mit den Lippen die glatte Haut ihres Halses, ihrer Schulter, ihres Rückens ... Ich spüre, daß ich am Leben bin, und ich sehe uns drei, als lägen wir in einem Haus mit abgerissenem Dach. Ich sehe ein lebendes Bild, schimmernd in der modrigen Luft dieser Weltstadt, flimmernd durch den weißlichen Nebel ihrer Ausdünstungen. Und dieses Glied – ist es wirklich meins? – anschwellend in dieser kleinen Frauenhand. Sind nicht Mitgefühl und Mitleid verwandt miteinander – dem Wunsch nach Nähe, nach gegenseitiger Zärtlichkeit und Eindringen ... so verwandt – der Liebe?

Das Glied ist die Nabelschnur, die mich mit der Welt der Lebenden verbindet, wenn die vielen Gedanken und Gefühle keinen Zufluchtsort mehr finden können. Durch das Glied gehen die Wünsche und die Lebenskraft der anderen – die Aufforderung, am Leben teilzunehmen. Sie heilt mich von der russischen Lüsternheit mit ihren platten Anspielungen und dem Sich-den-Mund-Lecken, zurückschreckend vor dem Glied – vor der Gewißheit, der Vollendung.

Ich kann die Straße nicht mehr wiederfinden.

Ich bin nur für ganz kurze Zeit weggegangen und kann das Haus und die Straße nicht mehr wiederfinden.

Vielleicht habe ich die Gegend nicht erkannt, als mich die zierliche kleine Frau in der Dämmerung zu sich nach Hause führte. Und jetzt ist es Morgen, ein grauer, feuchter Nieselregenmorgen, aber Morgen. Und das Viertel hat ein völlig anderes Gesicht.

Schon hindert mich die aufkommende und ständig größer werdende Angst, mich verirrt zu haben, an der Suche.

Die Verzweiflung ist noch größer, als mir bewußt wird, daß keiner von uns des andern Namen kennt. Und sie wird natürlich denken, ich sei einfach so gegangen, habe sicher schon vorher gewußt, daß ich gehen werde, und es ihr nicht sagen wollen: auch dieser Gedanke quält mich. Es ist dies das einzige Mal, wie mir scheint, daß ich so gegangen bin, ›Auf Wiedersehen‹ gesagt habe und gegangen bin auf immer. Ein ›Auf immer‹ ist übrigens höchst selten – wenn überhaupt –, selbst wenn man vom ›Auf immer‹ des Todes spricht.

Ich versuchte, sie in irgendeinem Café am Bahnhof, wie ich wußte ihr Arbeitsort, zu finden. Ich wartete bis zum Abend, suchte sie in den Straßen, genauer: ging die Straßen entlang in der Hoffnung, sie zufällig zu treffen, doch dieser Regen... diese Kälte.

Ich überlegte, wo ich übernachten könnte. Sollte ich auf dem Bahnhof bleiben... oder... Ich fürchtete, anderen mit meiner Krankheit lästig zu werden.

Dieses Gefühl, lästig, fehl am Platz zu sein – das ist, wenn auch nicht die Bezeichnung, so doch das Wesen meiner Krankheit.

›Ob es nur meine Krankheit ist?‹ dachte ich erleichtert.

Ich entschloß mich dennoch, an eine Tür zu klopfen. Bei einem Landsmann. Wir hatten, wie es schien, eine gemeinsame Sprache gefunden: Er war ein Dichter. Da ich wußte, wie winzig sein Zimmer war, überlegte ich, wie er mich unterbringen könnte: neben dem eigenen Bett, denn einen Schlafsack besaß er.

Ich ging ins Haus. Irgendwo weinte ein Kind hinter irgendeiner der Türen, weinte in der Dichte des schweigenden Hauses. Ein Radio war zu hören. Gerüche von Armut lagen in der Luft, von Staub und Schmutz; der schwüle, schwere Geruch von Speisen, wobei es unmöglich war, auszumachen, welche es im einzelnen waren. Der Geruch heruntergekommenen Vermögens. Morschen Holzes.

In der Tür direkt unter dem Dach steckte ein Kuvert. Ich klopfte gar nicht erst an, denn mein Freund war offenbar nicht zu Hause. Ich nahm das Kuvert, um festzustellen, ob es schon lange hier steckte und ob mein Freund überhaupt noch in P. lebte, und entdeckte voller Verwunderung meinen eigenen Namen darauf. Mir schien, als atme jemand hinter der Tür – wie wenn jemand den Atem anhält, um sich nicht zu verraten, und dann, außerstande, länger auszuhalten, lauter atmet als sonst. Ich hielt die Hand, die schon an die Tür klopfen wollte, zurück. Wäre der Mieter zu Hause ... steckte das Kuvert doch nicht mehr in der Tür.

Den Brief hatte Irina geschrieben.

Genauer gesagt, einen Zettel: ›... Kann sein, daß es für Dich von Interesse ist‹, schrieb sie, ›Doktor Deniau.‹ Auch das Datum eines möglichen Besuchs bei ihm war angegeben.

Das Datum war noch nicht verstrichen.

Wir sind etwa zwanzig, die in einer ziemlich geräumigen Souterrainwohnung in einem Kreis Platz genommen haben. Die kleinen Fenster unter der Decke lassen kaum Licht herein.

Alle in meinem Alter. Nein, dort, gegenüber, einige ganz Junge.

Es gibt auch Ältere; sie sitzen schweigend auf ihren Stühlen.

Hinter den Grenzen dieses Raumes eine Welt, die von mir getrennt ist. Eine Welt, die zu betreten mir offenbar verwehrt ist, doch kann ich auch nicht aus ihr heraustreten – sie umgibt mich. Eben das ist meine Krankheit.

Meine Teilnahme an diesem Leben ist nur scheinbar. Meine Versuche sind fruchtlos: Überall sehe ich zufriedene Menschen, die den Schaum von den Krügen blasen und Bier trinken. Ich vermag mich ihnen nicht zu nähern, denn prompt kommt ihre Frage: »Und wieviel kostet ein Kilo Zucker in Moskau? Und stimmt es, daß die Wohnungen dort so billig sind?« Sie sind hier zufrieden, gehören aber nicht zu denen, die keine Ahnung haben, nein, »Wohnungen sind wirklich billig in Moskau. Dabei hat Rußland doch eine Diktatur ... Aber ja, das wissen wir. Sie wollen doch nicht etwa zurückgehen?« ...

Wir sind zwanzig in diesem Souterrain.

Mag sein, daß mich nur Doktor Deniau mit ihnen verbindet: rötlicher Bart, braune Augen, ein scharfer Blick.

Irgend jemand sammelt in einer Schale Zettel ein. Auf dem Zettel kann man ein Thema angeben.

Das Thema, das die meisten Stimmen erhält, kommt zur

Aufführung, doch völlig planlos und mit beliebig vielen Mitspielern.

Deniau zog ein Zettelchen und las. Ich zuckte zusammen: Wer hatte wohl den Vorschlag gemacht? Wer außer mir konnte das vorschlagen, außer mir und vielleicht noch dem Akrobaten a. D.? Doch nein. Ich rührte mich nicht einmal, als die Schale an mir vorübergereicht wurde.

Deniau las laut: »Ausländer.«

Soll das heißen, daß hier noch andere sind, die ich nicht bemerkt oder für Franzosen gehalten habe?

Oder gibt es jemanden hier, der sich zwar weder nach Herkunft noch Kindheitserinnerungen von den anderen unterscheidet, aber noch mehr Ausländer ist als ich, jemand, der nicht einmal die Rechtfertigung hat, daß er ... *Ausländer* ist.

Drei, vier wollen dieses Thema spielen ... Ich auch: ich bin der fünfte. Ich stehe da, regungslos. Die drei anderen sind hartnäckig, sie ... sie lassen den vierten ... eine Frau ... nicht durch, die mit aller Gewalt versucht, sich den Weg zu mir zu bahnen: Ihre Gesten erscheinen immer weniger wie bloß vereinbart. Sie stößt einen Schrei aus.

Spannung hat alle erfaßt.

Aber auch Begeisterung: jeder erkennt, was ihn betrifft, doch ist eben dies auch allen übrigen nicht unbekannt.

Ein Mann kommt der Frau zu Hilfe. Auch andere kommen gelaufen und schließen einen Ring um mich.

So werde ich mich kaum hindurchkämpfen können, wenn ich einfach regungslos dastehe, willenlos. Voller Wut werfe ich mich gegen den um mich geschlossenen Ring, vergesse geradezu, daß es ein Spiel ist, eine Aufführung, Kunst ...

Die Gesichter der Zuschauer sind naß von Tränen.

Ein Nebelschleier verdunkelt meinen Blick. Und dieser Kloß im Hals.

Der Ring ist durchbrochen. Die beiden, die sich zu mir durchgekämpft haben, umarmen mich. Und wir erstarren vor Freude in gegenseitiger Umarmung. Drei Menschen, die einander nie gekannt haben und sich heute zum ersten Mal begegnet sind... Wie mühselig, diese Begegnung.

Zwanzig Weinende.

Deniaus begeistertes Gesicht: der scharfe Blick seiner braunen Augen. Und Schweiß auf der Stirn. Er ist Autor und Regisseur. Aus unseren Bewegungen, aus unseren Ausbrüchen und unserer Verzweiflung hat er etwas hervorgebracht... nein, Vorstellung ist nicht das richtige Wort... Brüderlichkeit hat er hervorgebracht... Menschlichkeit.

Das ist unser Heilmittel: Wärme, die uns gegenseitig durchdringt, Tränen: Wir verbergen sie nicht.

Deniau zog einen neuen Zettel und las: »Schraubstock.«

›Wie bemerkenswert und bewundernswert die westliche Zivilisation doch ist‹, dachte ich, zu später Nachtstunde im Vorortzug sitzend, auf dem Wege zu meiner entlegenen Unterkunft. ›Ist es nicht seltsam, daß meine Frage, ob sie an Gott glauben, ihnen lächerlich erscheint, meinen Brüdern, die ich heute gefunden habe. Ihr Gelächter war nicht boshaft, sie hielten meine Frage beinahe für einen Scherz, eine humoristische, unsere Unterhaltung belebende Provokation. Was übrigens nicht für alle zutrifft: Dieser weinende Riese da, der nachts in einer Gaststätte als Rausschmeißer arbeitet, er blieb ernst.

Brüderlichkeit ist unzerstörbar.

Sie kennt verschiedene Formen. Sie kann natürlich auch zu einer Kirche werden, und wenn der Priester ein Bürokrat ist, entwickelt sie sich allmählich zu etwas anderem, nimmt eine andere Form an.

Die Stelle des Priesters hat heutzutage der Arzt eingenommen: das zeigte sich auch bei unserer Begegnung heute.

Das ganze Geschehen war nichts weiter als eine Beichte unter Zuhilfenahme von Gesten und Gebärden, ist doch die Ursache unserer Verzagtheit und Niedergeschlagenheit uns selbst nicht deutlich bewußt, so daß wir nicht imstande gewesen wären, sie zu formulieren... ja nicht einmal den Wunsch verspürt hätten aus Angst, womöglich eine förmliche Antwort zu hören zu bekommen, eine Vergebung der Sünden gewissermaßen – eine Förmlichkeit, die unser Leiden nur vergrößert hätte.

Die Stelle des Priesters hat heute der Dichter eingenommen: viele halten sein Leiden für ihr eigenes, er ist der einzige, der das Leiden in Worte zu kleiden vermag: er artikuliert seine Beichte für viele. Und er weiß bisweilen, wie der Ring zu öffnen ist, wie man sich zur Liebe durchkämpft, wie man sie im Herzen nicht ersterben läßt, sie im Herzen des anderen erfühlt. Doch Dichter und Arzt, können sie den Priester ersetzen?

Ich kam vom Zug und ging durch die menschenleere Unterführung zum Fahrradstand. Von der Bahnstation hatte ich noch ein gutes Stück mit dem Fahrrad zurückzulegen.

Den Fahrradstand fand ich in völlig demoliertem Zustand. Überall lagen zertrümmerte Fahrräder herum. Die Vandalen hatten offensichtlich weder Lust noch Zeit gehabt, damit zu fahren. Ein einsames Vorderrad war an einem aus dem Boden hervorragenden Rohr befestigt, die übrigen Teile weggeschleppt. An der Stelle, wo ich mein Fahrrad abgestellt hatte, lag ein durchgehauener Draht mit einem Schloß. Das war alles, was von meinem Fahrrad übriggeblieben war.

Ich war deprimiert: ich mußte zu Fuß gehen ... was nicht so schlimm gewesen wäre; aber diese Kälte ... der Rauhreif auf den elektrischen Leitungen der Eisenbahn, auf den metallenen Teilen des Gebäudes, auf der Tafel an der Bushaltestelle.

»Wohl was verloren?« hörte ich hinter mir. Ein mittelgroßer Bursche, solide gekleidet, schaute mich mit einem Lächeln an, das nicht gerade ein freundschaftliches Gespräch oder Anteilnahme erwarten ließ, und schniefte dabei durch die Nase. Ein Stück weiter entfernt zeichneten sich die Umrisse zweier Figuren ab. Ein dritter Schatten schob sich davor.

Ich ging auf den Mann, der mich angesprochen hatte, zu und blieb vor ihm stehen, allerdings seitlich abgewandt, um einem direkten Schlag ins Gesicht oder in den Magen aus dem Wege zu gehen und mir selbst gleichzeitig diese Möglichkeit vorzubehalten beziehungsweise deutlich zu machen, daß ich bereit war, mich zu verteidigen.

»Na, wie steht's mit Moneten?« war die nächste Frage. »Was stehst du da, als hättest du die Hosen voll?«

»Nix verstehen Französisch«, antwortete ich feindselig und bahnte mir den Weg zur Straße hin, zu einer freien Stelle, wobei ich aufpaßte, daß ich weder die beiden dort noch einen vierten, der von hinten auftauchte, streifte. Und wie ich vorausgesehen hatte, blieb der Angriff aus. Bisweilen ist ein Ausländer zweifellos im Vorteil: er versteht nicht, und ohne verbale Gewalt macht der Übergang zur Aktion Schwierigkeiten, wenn es sich nicht gerade um einen Profi handelt. Der Angreifer braucht das und will durch freche, unverschämte Antworten angeheizt und erregt werden. Auch in Moskau hatte ich mich des öfteren so verhalten, bis mein neuer Mantel abgetragen war und man mir nicht mehr glaubte, wobei ich dort englisch sprach.

Sie folgten mir nicht.

»Den hättest fertigmachen sollen«, hörte ich eine andere, angenehm tiefe Stimme sagen.

»Aber er versteht doch kein Französisch«, rechtfertigte sich die mir bereits bekannte Stimme. »Anscheinend ein Deutscher.«

Bald schon hatte der Vorfall mich die Kälte vergessen lassen, ich war aber außerstande, zu denken und Klarheit in das Flimmern in meinem Kopf zu bringen, denn da gab es zweifellos einen Zusammenhang zwischen ›Heutzutage hat der Arzt die Stelle des Priesters eingenommen‹ und ›Man hat mir mein Fahrrad gestohlen‹.

Ich kaufte mir etwas zu essen, obgleich mir so kein Geld mehr für die Fahrt mit dem Vorortzug blieb, der mich nach P. bringen sollte, in die Weltstadt, nicht weit, doch immerhin eine halbe Stunde Fahrt von meinem Nachtquartier entfernt, einem Bahnwärterhäuschen in der Nähe eines ehemaligen Klosters, das irgendwann einmal von Russen für obdachlose russische Kinder gekauft worden war.

Aus den Kindern waren Erwachsene geworden, und das Kloster verwaiste. Auch mein Verbleib erwies sich als zunehmend störend: Von Zeit zu Zeit erhielt ich Briefe, in denen mir nahegelegt wurde, die Unterkunft zu verlassen. ›Meine Herren‹, schrieb ich zurück, ›ich bin krank... und zudem außerstande, eine andere Unterkunft zu mieten, da meine höchst unregelmäßigen Einkünfte dergestalt sind, daß...‹ Hiermit hätte ich es bewenden lassen können, aber noch empfand ich in mir das Recht des Russen, sich in russische Angelegenheiten einzumischen, und fügte hinzu: ›... außerdem kann ich keinen sonderlichen Tiefsinn darin erblicken, die vorhandenen halb leerstehenden Behausungen um eine weitere zu vermehren!‹

Schließlich war es nichts als die Wahrheit, was ich schrieb. Daraufhin teilte man mir mit, daß man das elektrische Licht im Bahnwärterhäuschen sperren werde. ›Meine Herren‹, antwortete ich, ›ich bin krank... Meine finanzielle Lage ist die, daß...‹ Hierbei hätte ich es bewenden lassen sollen! Doch auch in einer ausweglosen Lage... Übrigens wenn man in einer ausweglosen Lage nicht einmal scherzen darf, dann ist die Lage tatsächlich ausweglos. Also hielt ich mich nicht zurück und fügte hinzu: ›Im übrigen, tun Sie ruhig, was Sie für nötig halten. Vielleicht bringt mich das Arbeiten bei Kerzenlicht dazu, eher im Geiste des russischen kulturellen Erbes des letzten Jahrhunderts, das Ihrem Herzen so teuer ist, zu schreiben!‹

Ich fürchte meine Landsleute.

Wie klar und überschaubar für mich die Welt doch in Moskau gewesen ist... Wie einfach es doch war, zu denken und zu wissen, daß sich die Schurken bei der Geheimpolizei und die Opportunisten in der Partei zusammengerottet haben. Nun ja, und die Kleinen, die Geheimagenten des Staates, hier und da verstreut. Stimmt, ich hatte damals Angst: Es gab doch wohl allzu viele von der Sorte. Millionen... Millionen Schurken? War es möglich, daß sie die Welt so sahen? Daß dies ihre

Auffassung von Gut und Böse war? Und daß sich diese ›besondere‹ Auffassung in den fünfzig Jahren des letzten Jahrhunderts über das ganze Land verbreitet hat?

Doch wie ist das mit dem ach so rechtschaffenen neunzehnten Jahrhundert: ist denn gar nichts geblieben von der Blüte der russischen Kultur?

Als ich die undurchdringliche Grenze nach Westen überschritten hatte, begegnete ich keinem von jenen, die dieses treffliche Feigenblatt: die Literatur, die Philosophie am Anfang des Jahrhunderts... geschaffen hatten, dies Feigenblatt, das nur für kurze Zeit unsere Schmach und Schande verdecken konnte. Was ich vorfand, war ein anderes neunzehntes Jahrhundert: Reglemente, Sicherheitsdenken, Verachtung alles Neuen und Angst vor diesem Neuen. Ich traf auf endloses Mißtrauen, auf Argwohn gegenüber Feinden, von denen man sich umgeben sah: den Juden, Freimaurern, Katholiken und all den anderen. Ich traf auf Ehrerbietigkeit gegenüber Macht und Gewalt.

»Was wollen Sie, mein Lieber! Der Westen weiß das nun mal nicht zu würdigen. Und wenn er etwas zu würdigen weiß, dann diese...« sagte mir ein zuvorkommender alter Herr, der die vollständigste Sammlung russischer Märchen auf dieser Welt zusammengestellt hat. »Zum Beispiel dieser... wie ist doch noch sein... Kandinskij. Mußte das denn sein? Hat sich durchgesetzt mit diesem Blödsinn, aber – hat sich durchgesetzt! Hier, lesen Sie das mal!« Er hielt mir den neuesten, gerade erschienenen Band des ›Russischen Schatzes‹ entgegen.

Mit zitternden Händen blätterte ich den Band durch: Erinnerungen an den Husarendienst, vortreffliche Aufsätze über die Regimentsabzeichen der kaiserlichen Armee und Gedichte: ganz junge Autoren. Ihren Gedichten nach zu urteilen waren sie allerdings mindestens hundert Jahre alt.

»Verzeihen Sie, hier, ein Brief Napoleons, ein Brief an seinen Koch?«

»Der Brief ist in Rußland geschrieben!« lächelte der alte Herr nachsichtig. »Napoleon war in Moskau, er war...«

Wie ist es nur möglich: aus dem goldenen neunzehnten Jahrhundert ist das stählerne zwanzigste entschlüpft.

Wie ist es nur möglich ... Die Kerze war niedergebrannt, und mein Vorrat war zu Ende gegangen.

In der schwächer werdenden Kerzenflamme vermochte ich kaum noch die Zeilen zu entziffern: wie ist es nur möglich ...

Die Zeit blieb stehen. Aus Erfahrung weiß ich, daß im Dunkeln Geschriebenes bei Tageslicht schwer zu entziffern ist. Und war es nicht auch Zeit für mich, nach P. zu fahren? Ein Bekannter hatte mich auf einen Cocktail zu einem Bekannten eingeladen.

Aber noch bin ich der Meinung: Wenn es in Rußland eine Zukunft gibt, dann ist es eine nicht anzuzweifelnde Zukunft. Das stählerne Zeitalter wird rosten, und dann wird sich das junge Gras Bahn brechen ... Aber zurück kann man nicht: man kann nicht zurück.

Es ist schrecklich, von der Vergangenheit verurteilt zu werden. Sie ist unbarmherzig, und wenn ihr Urteil nicht die Gestalt einer Todesstrafe annimmt, dann nur deshalb, weil die tote Hülle eines Adlers einen Spatzen lebend nicht zerfleischen kann.

Diese entblößten Schultern. Und das gedämpfte Licht im Salon und die vielen Menschen, die mit ihren Tellerchen in der Hand parlieren und trinken; und überall die kleinen Würstchen auf kleinen hölzernen Spießchen.

»Man hat mir gesagt, Sie seien Russe?«

Ich geriet in Verwirrung: Wie habe ich mich, einen Teller mit Salat in der Hand, mit einer Dame zu unterhalten – als Russe?

Runde Brüste, die anziehend aus dem Decolleté hervortreten, ein Collier, das bei jeder Bewegung funkelt und glänzt, und ein wertvoller Ring, nein, Ringe an den Fingern der Hand, die mich beim Ellbogen nimmt.

»Ich bin auch Emigrantin. Oh, wie gut ich Sie verstehe: Sie, einen Russen. Nicht wahr, Sie haben alles verloren! Auch wir, ich habe alles verloren. Gerade gestern hätte unsere Bank ihr dreihundertjähriges Bestehen gefeiert. Sie verstehen, ich sehe, Sie verstehen! – Das Werk von Generationen, von Generationen unserer Familie! Und jetzt alles verstaatlicht! Bettler sind wir! Nichts, nichts ist uns geblieben!«

»Ich teile Ihre Gefühle, Madame«, sage ich ein wenig einstudiert, wenn auch nicht unberührt von den Tränen, die sich in den Winkeln ihrer kastanienbraunen Augen zeigten.

Ein älterer Herr neben der Dame mit einem freundlichen und offenen Gesicht drückt mir kräftig die Hand:

»Was Sie haben, ist Erfahrung im Kampf mit dem Kommunismus. Wir, wir haben nicht nur alles verloren, nicht nur darum geht es. Unser Land rutscht immer mehr nach links. Was uns fehlt, ist Ihre Erfahrung.«

Meine Erfahrung. Meine Erfahrung besteht darin, schwarz Straßenbahn zu fahren. ›So ein teures Ding hat durchaus seinen Reiz‹, denke ich völlig selbstlos. ›So ein Collier: was für eine Fülle von Möglichkeiten! Man könnte eine avantgardistische Zeitschrift herausgeben, jahrelang davon leben, davon viele Kerzen kaufen. Was heißt hier Kerzen: elektrische Leitungen könnte man legen.‹

Doch die Atmosphäre auf einer Cocktailparty ist glücklicherweise eine andere: man braucht nichts näher zu ergründen, immer wieder wird man durch das Dazwischentreten neuer Gäste unterbrochen, so zum Beispiel durch jenen sympathischen jungen Mann dort: das kleine, seidene Halstuch verleiht seinem Aussehen etwas Künstlerisches.

»Man nannte mir Ihren Namen. Sie müssen wissen, ich bin Journalist. Möchten Sie noch etwas Wein? Sie also haben ›Lolita‹ geschrieben? Eine höchst erfolgreiche Angelegenheit. Ich muß bekennen, ich hatte erwartet, Sie seien älter. Ja, ja, ein wahrer Schriftsteller vermag sich in jede beliebige Epoche eines jeden beliebigen Landes einzuleben, ist es nicht so? Ihnen ist das voll und ganz gelungen!«

Es gelang mir nicht, die Bemerkung anzubringen, daß mein so berühmter Beinahe-Namensvetter bereits tot sei, ich ein anderer sei und – schließlich noch am Leben!

»Ich würde gern etwas über Sie schreiben, wenn Sie gestatten.«

»Die Sache ist die ...«

»Ich verstehe, Ihre Zeit ist überaus knapp bemessen. Doch wenn sich eine Minute finden ließe. Hier ist meine Visitenkarte. Wann darf ich Sie einmal anrufen?«

Die Gesellschaft wechselt ununterbrochen und zeigt ständig eine neue Zusammensetzung.

Ich habe Kopfschmerzen. Der Einbruch ins gesellschaftliche Leben ist mit so viel Anstrengung verbunden. Mir schwindelt, und ich gerate völlig in Verwirrung. Ob ich wohl zu viel Wein ...? Völlig unmöglich, meinem Gesprächspartner in die Augen zu schauen: er sieht sich die ganze Zeit nach Dazukommenden und Vorbeigehenden um, als warte er auf einen Bekannten. Offenbar ein Neuling. Doch der dort ist zweifellos ein Versierter auf diesem Parkett: er schaut ständig zur Seite, dreht sich wieder und wieder um und grüßt genau im richtigen Moment, wenn jemand in seine Richtung schaut, selbst dann, wenn er den Blick im Rücken spürt.

»Ein sehr einflußreicher Financier«, flüstert mir der Bekannte zu, meinem Blick folgend. »Höchst gebildet, liest Platon im Original ...«

»Wir sehen uns noch, nicht wahr?« sagt der Mann mit der vornehmen Haltung zu mir, der die Dame am Arm führt, die die Bank verloren hat. »Ach, Ihre Visitenkarte? Danke.«

Behutsam nimmt er mir die Visitenkarte des Journalisten ab, die ich aus irgendeinem Grund immer noch in der Hand halte, und steckt sie in seine Brieftasche.

»Stellen Sie sich vor, wie lange so ein Käse reifen muß!« höre ich jemanden geradezu schreien, so daß sich auch andere nach ihm umdrehen. Blitzenden Auges und mit einer Hand fuchtelnd (die andere hielt er höchst behutsam, denn sie lag, wie man sehen konnte, in Gips), hielt ein stämmiger, untersetzter, schwarzhaariger Mann ein Stückchen Käse, auf ein Holzstäbchen gespießt, in die Höhe.

»Sie gestatten mir zu bemerken, M'sieur Job...« setzte sein Gesprächspartner an, nahm die Brille von den Augen und neigte sich dem Käse zu.

»Die Strohschicht darf nicht zu dick und nicht zu dünn sein, sondern genau so, wie sie sein soll!« Monsieur Job geriet in Eifer. »Und die Temperatur? Nur in den Kellern der Pyrenäen ist eine konstante Temperatur gewährleistet – bei einer Schwankung von nicht mehr als vier Grad! Nur vier Grad mehr, und ihr Käse wäre erledigt, zugrunde gegangen, krank!«

Monsieur Job wandte sich vor allem an mich, offenbar davon begeistert, daß ich aufmerksam zuhörte, ohne mich von seinen entzückten Augen losreißen zu können.

»Und nur dann entwickelt sich der richtige Wurm. Ein ausgezeichneter, wunderbarer Wurm: Er ist es, der den Geschmack ausmacht!«

Als sich die Aufregung gelegt hatte und erneut Gespräche über das ungeschickte Vorgehen der Regierung zu hören waren, wandte sich Monsieur Job direkt an mich, nicht ohne seine Stimme zu senken:

»Man sagte mir, Sie seien Russe?« Er war in höchstem Maße erstaunt.

»Ja, in gewisser Weise, hm, in dem Sinne, daß...«

»Demnach sind Sie Kommunist?!« fuhr er mit einem Lächeln fort, als beabsichtige er zu scherzen, wobei seine Stimme jedoch Besorgnis verriet und er den verletzten Arm zur Seite schob, als sei ich in der Lage, ihm plötzlich und absichtlich Schmerz zuzufügen. »Sie nehmen an Massenkundgebungen teil?!« setzte er halb zustimmend, halb fragend hinzu.

»Ich?! Sehen Sie... Aber was haben Sie mit Ihrem Arm gemacht?«

»Wissen Sie, ich habe Fußball gespielt. Und da mußte mir das passieren! Sie wissen ja, daß man beim Fußball die Hand nicht benutzen darf... und so kam es zu dem Mißgeschick: der Arm ist gebrochen.«

»Sie sind aber doch – Käsefabrikant?«

»Gewiß, ja! Genauer: ich handle mit Käse. Unsere Firma wurde gegründet – verzeihen Sie: unser Haus. Also, unser Haus wurde vor zweihundert Jahren gegründet. Unsere Käsereien sind die ältesten in Europa. Nebenbei, Sie sind doch Russe. Verzeihen Sie, aber ich stimme mit Ihrer Philosophie nicht überein. Ich verstehe ja: die Überlieferung des Ostens lastet auf Ihnen. Zwischen Ost und West klafft gewissermaßen ein Abgrund. Verzeihen Sie, aber ich bin durch und durch Kartesianer. Doch warum nicht unseren Käse Ihrer Regierung verkaufen? Ein reich gedeckter Tisch bringt die Völker einander näher, nicht wahr?«

»Sie sind der Ansicht, daß es möglich ist, den Abgrund zwischen Ost und West aufzufüllen...«

»Nicht nur mit Käse!« gab er ärgerlich und in scharfem Ton zur Antwort, im Verdacht, verspottet zu werden. »Aber durch Handel. Sie meinen, es gibt noch andere Wege und Möglichkeiten?«

»Westliche Kommunisten essen offenbar... keinen Käse?«

»Und ob! Und wie!«

»Ich schätze mich glücklich, Monsieur Job, Ihren Bericht über das Reifen des Käses gehört zu haben. Wird er aus der Milch irgendeines Tieres hergestellt?«

Monsieur Job wurde verlegen, als hätte ich eine taktlose Frage gestellt und die Absicht, irgend etwas auszukundschaften.

»Was für ein langes Gespräch! Und wie ernst... Nein, nein, hier ist nicht gerade der beste Ort für Gespräche dieser Art. Verzeihen Sie, daß ich Sie verlassen muß: man verlangt nach mir.«

Ich ging ins Vorzimmer hinaus, um mich auf englisch zu verabschieden. Von drinnen war Monsieur Jobs Stimme zu hören, lauter und lauter werdend: »Wie, Sie haben sich über den dritten Weltkrieg Gedanken gemacht?! Wenn nur nicht diese Idioten, die Amerikaner...«

Darauf war ein Poltern und ein Schrei zu hören.

Auf der Stelle erschien der Käsehändler im Vorzimmer. Sein Gesicht war schmerzverzerrt: vorsichtig hielt er den gebrochenen Arm, während er von beiden Seiten gestützt werden mußte.

»Wie dumm...« Monsieur Job verzog sein Gesicht vor Schmerz. »Wie dumm... ausgerechnet auf den Arm... wie dumm...«

Ich wollte die schmutzige, stickige Metro meiden.

Unter den leeren Kronen der winterlichen Bäume ging ich den Boulevard entlang.

Mich hatte nicht die gewohnte Heftigkeit der Gefühle verletzt; mir drehte sich der Kopf vom – übrigens ausgezeichneten – Wein. Ich schritt über die erloschene Seine – nur hier und da krochen Lichtflecken über das schwarze Wasser – und betrat voller Erleichterung das alte Stadtviertel. Auf der Brücke hatte eine seltsame Furcht von mir Besitz ergriffen, als gelänge es mir nicht, den Fluß zu überqueren, als könne der leere Raum lebendig werden und über mich herfallen, mich umfassen und in eben dieses Vakuum fortreißen.

Man hatte mir versprochen, ich könne hier übernachten. Mehr als das, ich war aufgefordert und eingeladen worden, und man erwartete mich. Ich freute mich, als ich sah, daß die Mansardenfenster erleuchtet waren.

Sonst hätte ich mich höchst befangen gefühlt und nicht gewagt anzuklopfen und mich sehr wahrscheinlich zum Bahnhof begeben, um den Nachtzug, genauer den ersten Morgenzug abzuwarten.

Der Fernsehapparat lief: im Hereinkommen hörte ich, daß es um die Konkurrenz zwischen Russen und Amerikanern im Weltraum ging. Ich bahnte mir den Weg zu einem Stuhl, wobei ich mich an Brettern, Schachteln und alten Sofas vorbeizwängen mußte, befreite den Stuhl von allem möglichen Unrat, von Konservenbüchsen, Schächtelchen, Papierfetzen, Speiseresten und Kartoffelschalen.

»Wir gehen bald weg von hier«, hörte ich die mir inzwischen bekannte Beteuerung des Hausherrn, der wohl von neuem das Gerümpel entschuldigen wollte, das bereits an allen Ecken und Enden zum Vorschein kam.

»Doch dann kam der Moment«, sagte der Sprecher in energischem Ton, »und die Amerikaner schickten einen Menschen auf den Mond. Die Russen schickten Tiere, was verständlich ist, denn menschliches Leben ist schließlich wertvoller...«

Ich hatte offenbar zuviel Wein getrunken.

Ich mußte hinaus.

Die Toilette befand sich eine Etage tiefer. Ich beeilte mich. Alles drehte sich in meinem Kopf, und ein Kloß stieg mir in die Kehle. Ein widerlicher Kloß.

An die Wand gestützt, beugte ich mich über das Klosett: Ein schwerer Brechanfall schüttelte den Körper.

Den Körper reinigen.

Sich reinigen.

Und sich an einen reinen Ort begeben, sei er hier und heute oder in der Vergangenheit. Vor zweitausend Jahren gab es diesen Ort. Er ist bereits bebaut – oder auch nicht –, aber nur Moos wächst auf seinen Steinen: Dieser Ort ist ewig, fremde Gebäude haben keinen Anspruch auf diesen Platz.

Ich hielt den Kopf unter kaltes Wasser: Sich waschen, total: Gesicht, Kehle, Augenlicht, Gehör, das Innere.

Ich schloß den Wasserhahn erst, als der bohrende Schmerz in der Dunkelheit unerträglich wurde.

Ich kam zurück und hörte den Nachrichtensprecher »... unsere Regierung...« Ich registrierte nur ›unsere‹.

Das war in der Tat eine wichtige Neuigkeit. Früher hieß es einfach nur ›Regierung‹, und jetzt war es ›unsere‹. Europa hat einiges von den Russen gelernt. Gewiß, noch war die Regierung keine ›teure‹. Vorläufig noch war sie nur ›unsere‹.

»Leg dich nur hin, leg dich«, sagte mein Gastgeber. »Schlaf.«

»Ich will weg.«

»Jetzt? ... Aber es ist schon Nacht.«

»Nein, überhaupt.«

»Das wollen wir ja auch«, sagte mein Gastgeber. »Wir werden bald weggehen von hier.«

7

Eine Diskothek. Musik. Lampen in den verschiedensten Farben, auch unverhüllt weiß, was die Augen blendet.

Ich habe mich in eine Ecke zurückgezogen, will noch einmal versuchen, den Gedanken Gelegenheit zu geben, sich zu sammeln. Auf dem Tisch eine Bierlache. Asche, Zigarettenstummel. Stechendes Licht in den Augen. Die Musik ist laut, dermaßen laut, daß es sogar schwierig ist, mit sich selbst zu reden.

Das hübsche Gesicht eines jungen Mädchens taucht in der Masse der Tanzenden auf, die dicht aneinandergeschmiegt Platz genug finden, sich schnell zu bewegen, in die Hocke zu gehen, sich zu drehen und zu hüpfen. Und dabei nicht aneinanderzustoßen.

Das Mädchen tanzt eifrig, als wären ihr die Tanzbewegungen bereits im vorhinein bekannt. Plötzlich blickt sie sich in meine Richtung um, und ich begegne ihrem Blick – nein, ich bin wohl kaum im Halbdunkel der Ecke zu sehen.

»Nein, es geht nicht um die Konfirmation!« sage ich laut zu mir, vermag aber meine eigene Stimme im Wirbel des Schlagzeugs und der menschlichen Stimmen, die die Musikinstrumente noch übertönen, nicht zu verstehen. »Es geht um die Garderobe, um lebensfrohe Tänze...«

›Von Großmutter zwanzig Mark geschenkt bekommen, von Großvater fünfzehn. Habe vierzig Mark von Mutter und Vater bekommen...‹ hatte ich in ihrem Tagebuch gelesen.

›Mein Bruder hat mir fünfzig Francs geschenkt‹, stand in einem Brief zu lesen, den ich in einem Nachbarland auf der Straße gefunden hatte. ›Da, John, da hast du fünf Pfund zu Weihnachten!‹ konnte ich mir mühelos die Szene auf jener Seite des Ärmelkanals oder in jedem beliebigen anderen Land, wo in Pfund gezahlt wird, vorstellen. ›Laura! Hier hast du hunderttausend Lire! Ich gratuliere dir zum Geburtstag!‹ – so die Szene in der Ewigen Stadt.

Ich beobachte, wie sich der Schaum im Bierglas setzt, und betrachte dann lange den Geldschein mit dem Kopf des jungen Menschen darauf: warum ausgerechnet er? Und wer mag das sein? Merkwürdig, daß niemand weiß, wer da auf den Geldscheinen abgebildet ist. Niemand. Selbst Bankangestellte zucken mit den Schultern. Wenn auch eine gewisse feine Logik vorhanden ist: auf Fünfmarkscheinen ein junges Mädchen, auf einem Tausender ein Greis. Ein religiöser Reformator? ging es mir eines Tages durch den Kopf. Nach hartnäckigem Fragen erhielt ich eine erschöpfende Antwort, und mir war peinlich, daß ich die Person auf dem Geldschein für einen Reformator gehalten hatte, als sei heutzutage auch die Pietät einer neuen Macht unterworfen. Nein, nein, Assoziationen konnte es nur hinsichtlich des Alters geben: in der Jugend Kleingeld, während das Alter mit erkaltender Hand Geldscheine zählt, dafür aber Geldscheine von höherem Wert. Die fröhlichen Gallier sind da irgendwie aufrichtiger, sie haben auf ihren Geldscheinen Künstler, Philosophen und Schriftsteller: unsere Stärke, unsere Ware...

Es wäre interessant zu wissen, wer eigentlich entscheidet, wie Geld auszusehen hat?... Ein einfacher Mensch oder ein Financier, der Platon im Original liest?

Dennoch sind Geldscheine nichts Gewöhnliches – es sind Zeichen von Macht und Stärke. Von Möglichkeiten.

»Hast du Feuer?«

Dasselbe hübsche Mädchen, das ich habe tanzen sehen, zündet sich eine Zigarette an.

»Woher bist du?«

»Ich?... Aus P.«

»Was, du bist Franzose?«

Ich neige den Kopf wie bestätigend, führe aber gleichzeitig das Glas Bier an die Lippen.

»Ich liebe die Franzosen! Sie sind so unbeschwert! Ich hatte einmal einen Freund: wie unbeschwert der war! Am nächsten Morgen schon erinnerte er sich an nichts mehr und hat einfach nie mehr angerufen. Und du, was sitzt du da herum? Warum tanzt du nicht?«

»Ich denke nach.«

»Wie bitte?« – Sie lachte schallend und mußte husten, da ihr der Zigarettenrauch vor Lachen in die falsche Kehle gekommen war. Darauf brach sie wieder in Lachen aus und verschwand unter den Tanzenden, nicht ohne zu mir herüberzublicken und ihr lachendes Gesicht zu zeigen.

Ich war verwirrt von der Bekundung ihrer letzten Endes natürlichen Neugier. Diese Nuance entgleitet einem: Geld beginnt irgendwo, und irgendwo endet es, doch gibt es einen Winkel, wo es nicht vorhanden ist, genauer, wo es keinen Platz hat und auch nicht haben wird.

›Ich weiß nicht‹, sagte ich mir. ›Würde ich denn nicht etwa viel Geld haben wollen, um Christina zu halten? Spürte ich, daß das uns trennt? Und war meine Empfindung richtig?‹ Das heißt, ich wollte sie halten, letztlich gewissermaßen ... gewinnen! – um ein angenehmeres Wort zu nehmen. Mir stieg die Schamröte ins Gesicht. Mir wurde heiß.

»Das ist doch unmöglich!« schrie ich auf und hörte meine eigene, irgendwie heiser gewordene Stimme. Es ist doch alles ganz einfach: ich hätte sie nicht gehalten, nein, nein, ich wäre ihr gefolgt! Ich hätte diese ihre Welt akzeptiert: eine Ersatzwelt für meine Gefühle, die Welt dieses universalen Symbols, das Liebe, Freude, Leiden und Wahrheit bezeichnet!

›Wie komme ich bloß raus aus dieser Bedrängnis‹, dachte ich. Auf dem Boden lag ein zerknüllter Geldschein.

Ich hob ihn auf und glättete ihn: schließlich war das Bier noch zu bezahlen. Oder sogar noch ein Glas zu bestellen.

Ja, ich bin in Bedrängnis.

Warum bin ich denn frei? Ich überquere Grenzen, ich lebe hier oder an einem anderen Ort, wie sich's gerade ergibt. In der Umgebung meiner Landsleute ersticke ich, doch ist es nicht schwer, ihnen aus dem Weg zu gehen: sie leben verstreut...

Es ist nun einmal so, je mehr Geld, desto mehr Einfluß.

»Ich gratuliere dir zum Geburtstag...«, hm... Wie heißt sie noch?... Zum Beispiel: Brunhild.

»Brunhild! Ich gratuliere dir zum Geburtstag! Ich schenke dir fünfzig Mark.« Und solang das Geld nicht ausgegeben ist, ist sie ihrer kleinen Vergnügungen sicher: Kaffee, Kino, ein Eis, eine Bluse... in gewisser Weise wird sie damit erwachsen: sie tritt augenblicklich in *diese* Welt

Unabhängigkeit. Ein winziges bißchen Macht. Befriedigung eigener Interessen. Der Neugier.

Das heißt sich daran gewöhnen, erwachsen zu sein. Und Erwachsenwerden geht heutzutage weitaus schneller als zu den Zeiten, als an der Wiege noch die angesehenen Leute standen oder die Verwandten.

Eltern pflegen zwar kein Geld herzustellen, doch sind sie Besitzer von Geld und verfügen darüber. Sie verfügen mit Gewalt darüber, was zunächst nur in der Familie erkennbar wird, doch in den Augen des Kindes allmählich zu etwas von den Eltern Unabhängigem heranwächst. Das Erscheinen mehrerer Gewalten auf dieser Welt kompliziert die Sache: sobald das Kind anfängt, dies zu spüren, wird es erwachsen beziehungsweise verliert... seine Kindlichkeit. Das Gesicht... das Gesicht verhärtet sich zu... zu einer Maske. Wieso denn zu einer Maske?... Wohin haben mich meine Gedanken geführt? Ich wollte doch etwas Positives finden! Eine Alternative!

»He du, Franzose! Denkst du immer noch nach? Willst du mit uns fahren?... Wir fahren nach D.«

Im Wagen ist es so eng, daß unsere kaum begonnene Freundschaft gleich noch enger wird: Brunhild stützt sich mit dem Arm auf mein Knie, weil sie so bequemer sitzt und es ihr so angenehmer ist. Sie preßt sogar mehrmals mein Knie.

»Mein lieber Sohn«, schrieb mir Mutter, »ich schicke dir zehn Rubel.« Es hat den Anschein, als sei das dasselbe. Warum wußte ich nicht, daß kein Geld da war: für zehn Rubel wurden Kartoffeln gekauft, Butter, Zucker, Tee, mit einem Wort: Lebensmittel. Schlechter Wein wurde gekauft, was bereits über das Nötigste hinausging, doch darum geht es nicht.

Es geht um etwas anderes: Geld ist in Rußland abgeschafft. Freilich nicht in dem Sinne, daß keins mehr da wäre, wenn auch ich so gut wie nie etwas besessen habe... Es gibt Geld, und auf den Geldscheinen prangt das Bild Lenins (und irgendein Parteidichter war ständig darauf aus, daß Lenins Bild von den Geldscheinen verschwinde, weil er darin eine gotteslästerliche Einstellung sah, wobei unklar blieb, ob er damit die Einstellung zu Lenin oder zum Geld meinte; er hat zu diesem Thema Verse verfaßt).

Wie läßt sich das vergleichen?

Wie kann man zwei Arten zu leben vergleichen? Ich kann kein einheitliches Maß für Gewichte und Längen finden – als hielte ich zweierlei Maß in den Händen, den Westen in Zentimetern messend, und Rußland, nun, da braucht man Millimeter, die bald weiter, bald enger...

Die Einteilung auf dem westlichen Maßstab ist erkennbar:

Elend und Armut; die Norm: das ist der Wohlstand; Reichtum.

In Rußland haben wir:

Die Elendsarmutsnorm – Wohlstandsprivilegien und Wohlstandsverbrechen (Reichtum gibt es nicht).

Da gibt es jemanden in Moskau, der zwar viel Geld hat, sich gleichzeitig aber nicht eines ausreichend hohen Postens erfreut, wo doch die berufliche und gesellschaftliche Position im Staat als einzige Rechtfertigung für Geldbesitz gilt. Wenn keine solche Rechtfertigung vorhanden ist, läßt sich zwar mit Geld so manches kaufen: Aber jegliche Anschaffung ist mit einem Risiko verbunden: außer seiner Freiheit sowie dem ›hohen Umfang‹ des Geldbesitzes, um in der Sprache des Gesetzes zu reden, riskiert der Geldbesitzer auch sein Leben (denn schon beginnt sich der Staatssicherheitsdienst mit ihm zu beschäftigen).

Ein Million haben – o nein, erspart mir das, bitte. Man nehme nur den Fall Iwanow: Da hat er sich eine Wohnung gekauft, ein Auto und eine Datscha außerhalb der Stadt, auf dem Lande gebaut. Damit hätte er es bewenden lassen und sein Leben genießen sollen! Aber nein, er muß auch noch einen Ofen für die Datscha haben, was einer Bestätigung gleichkommt: Er besitzt also ein Zweithaus, in dem sich auch im Winter leben läßt. Und damit beginnen auch schon die Fragen, wenn auch noch nicht an ihn persönlich, so doch an die Nachbarn, Kollegen... Und schon werden von den Nachbarn Briefe geschrieben wie ›Unser Nachbar Iwanow hat sich eine Datscha gebaut, jetzt ist auch noch ein Schornstein dazugekommen, und aus dem Schornstein sieht man Rauch aufsteigen...‹ Und dann hat er sich auch noch einen Swimming-pool zugelegt und eine Grabstätte geschaufelt. Und hat angefangen, die Wände des Swimming-pools mit himmelblauen Keramikplatten auszulegen und hat auch noch drin baden müssen! Wer glaubt er denn zu sein, ein Parteibonze etwa? Nicht einmal Mitglied ist er! – Er wurde kurzerhand an die Wand gestellt.

Eltern pflegen ihr Kind sozusagen der Gesellschaft anzuvertrauen.

Aber war es denn nötig, daß sich die Gesellschaft einem Usurpator als Vater anvertraute.

Die russische Zeitungssprache bedient sich bis zum Überdruß familiärer Bezüge: ›brüderliche Völkerfamilie‹, ›brüderliche Hilfe‹... O Stalin! O Vater, dahinsiechend in Zeit und Raum, ewiger ›Vater der Völker‹! Er lächelte in seinen ›weisen, väterlichen Schnurrbart‹, und sein Lächeln war ›väterlich weise‹. Und Rußland war – und ist – ›Mütterchen Rußland‹, nur die Partei ist aus irgendeinem Grund nicht zum Mütterchen geworden und einfach bloß die ›teure Partei‹, wenn auch natürlich die teure kommunistische Partei.

Dem russischen Volk ist es nicht gelungen, erwachsen zu werden.

Und so wird der Vater nicht zum Mann, noch sein kleiner Sohn, der neben ihm die Straße entlanggeht, denn der Sohn weiß bereits, daß jeder elende dahergelaufene Milizionär stärker ist als sein breitschultriger Vater. Er muß Kind bleiben, um zu überleben. Das russische Volk, das ist kein reifer Mann und kein weiser Greis, das ist ein Pygmäe, ein Zwerg. Es hat sich nach der Revolution nicht im geringsten geändert: Ob vor oder nach der Zerstreuung, irgend etwas ›Russisches‹ bleibt unverändert gleich, und das ist: Infantilität – immer und überall. Die Kinder suchen bis ins Alter ihre Väter, die Väter suchen bis zu ihrem Tod ihre Kinder, um als ›eine einzige einträchtige Familie‹ zu leben, die Willfährigen anspornend und die Nichtwillfährigen vernichtend.

Ein Kind-Volk: Es ist verspielt, vertrauensselig, ist so besinnungslos in seiner Grausamkeit anderen gegenüber, wie nur Kinder grausam sein können.

Niemand ist so sensibel und empfindlich, wenn es um Urteile über sich selbst geht, wie die Russen. Von morgens bis abends sprechen und schreiben sie über Verleumder aller Jahrhunderte, die die ›russische Seele‹ nicht begriffen, das ›russische Wesen‹ und die ›russische Geschichte‹ nicht verstanden haben. Sie sammeln, was weltweit an Lob des Russischen existiert; sie erbetteln Komplimente von jeglicher Kanzel, jeglichem Katheder: da seht, die haben begriffen, denn sie haben uns gelobt... Seelisches Gleichgewicht finden wir nur im Urteil anderer: wir wissen selbst nicht, was wir sind. Wir meiden den Widerspruch: das ›große, mächtige, russische Volk‹, natürlich... Wie denn das: eine Größe, die nichts als eine organisierte und immer wieder zu organisierende Sklaverei – bei sich selbst und allerorten – darstellt? Eine Größe, die ein jämmerliches Nichts geboren hat! Vielleicht ein Nichts, das seine eigene Stärke geltend macht, wie ein Kind, das, gereizt durch die Nichtbeachtung seitens der Erwachsenen, plötzlich frech wird.

»Brunhild, was denkst du von den Russen?«

Vor Verwunderung hörte Brunhild sogar auf, ihren Kaugummi zu kauen:

»Ich? Denken?! Von den Russen?!!...«

Die lebhafte Unterhaltung der Mitfahrer brach ab.

»Sie haben eine Menge Panzer«, sagte der Fahrer und fing meinen Blick im Rückspiegel auf.

»Die Amerikaner haben noch mehr«, sagte schließlich ein junger Bursche mit buntgefärbtem Haar, der neben dem Fahrer saß.

»Sie trinken eine Menge Wodka!« besann sich Brunhild plötzlich, als befürchte sie, das intellektuelle Gespräch könne auch ohne sie vonstatten gehen.

»Nicht mehr, als wir Bier trinken«, kam die scharfe Antwort des Fahrers.

»Man sagt, sie seien sehr gastfreundlich«, sagte noch jemand. Wir schwiegen, angestrengt über die Russen nachdenkend.

»Und du, was denkst du denn?« fragte mich plötzlich Brunhild.

Ich geriet in Verlegenheit. »Ich denke, die Russen sind gastfreundlich, Trunkenbolde, sie sind nachsichtig gegenüber Mängeln und Fehlern, ihren eigenen... und gegenüber ihren eigenen Fehlern bei anderen. Sie hassen Vorzüge und Qualitäten – bei sich selbst und bei Fremden. Das heißt: sie fürchten die Freiheit.«

Eine solche Wendung hatte natürlich keiner erwartet. Brunhild küßte mich sogar auf die Wange, als pflichte sie der Kühnheit und Schärfe des gallischen Verstandes bei. Die anderen schwiegen eher mißbilligend.

»Aber trotzdem, das werdet ihr zugeben, hungern müssen sie nicht«, wandte der junge Bursche mit den gefärbten Haaren vorsichtig ein. »Und die Wohnungen sind viel billiger als bei uns, nicht wahr, darüber ist schon viel geschrieben worden, das kann keiner abstreiten. Und hier ist es mit der Freiheit auch nicht besser, daß ihr's wißt.«

»So billiges Benzin wie bei denen gibt es nirgends in Europa!« mischte sich der Fahrer ein, doch zu spät: Brunhild war bereits auf meiner Seite.

»Die Russen sollen erst mal Jeans nähen lernen!« sagte sie sarkastisch, wobei sie sich noch fester auf mein Knie stützte.

Wir ließen uns an einem Tischchen in einem unsauberen Café nieder: abgebröckelte Wände, unangenehm grelles Licht aus nackten Glühbirnen, Kehricht und Abfall verschiedenster Art, der unter den Füßen knirschte und raschelte. Brunhild verschwand einen Augenblick und kam in völlig anderer Aufmachung wieder: sie hatte die Haare zerzaust und ein Ohr grün gefärbt.

Übrigens saß sie weit weg von den anderen Besuchern, selbst von unserem Tischnachbarn direkt neben uns, der ununterbrochen in sein leeres Glas stierte: in seiner Backe steckte eine Sicherheitsnadel.

Mehrere kleine Tischchen waren zu einem kleinen, niedrigen Podium zusammengeschoben, auf dem bereits geprobt wurde: die bunt angemalten Besucher saßen mit einem Glas in der Hand drumherum, andere auch ohne Gläser, dafür mit dicken selbstgedrehten Zigaretten, von denen ein eigenartiger Geruch ausging.

»Was machen wir hier, Brunhild?«

»Schau nur, schau! Die Vorstellung beginnt!«

Nicht nur ich hatte gleich bemerkt, daß das Stück bereits vor einiger Zeit angefangen hatte: es erinnerte an eine gewöhnliche stürmische Auseinandersetzung, die in einen Streit überging. Lediglich ein Ausruf, fast ein Schrei, rief unter den Dasitzenden Bewegung hervor, auf die Stille folgte.

Die drei Darsteller auf der Bühne erstarrten. Der eine von ihnen hatte gerade auf den anderen eingeschlagen. Er schien heftig zugeschlagen zu haben, denn der Geschlagene ging langsam in die Knie, wobei er sich mit den Händen den Bauch hielt. Er war es auch, der einen Augenblick später aufgeschrien hatte.

Der dritte stand zwischen den beiden, als wolle er ihnen in den Weg treten und den Gestürzten decken. Der erste, der Schläger, zog ein Messer. Die Schneide blitzte in der Luft, näherte sich dem Dazwischengetretenen und streifte bereits seine Kleider: Stoffetzen blieben daran hängen, und Teile davon fielen auf die Bühne. Blut spritzte hervor, kam mir aber allzu klar vor, so, als sei es Farbe. Nein, es war keine Farbe: Brunhild preßte meine Hand und bohrte ihre Nägel dermaßen heftig hinein, daß ich beinahe aufgeschrien hätte – vor Überraschung. Nein, nein, nicht vor Schmerz!

Ich hoffte immer noch, daß es kein Blut sei. Doch diese Fetzen da um den Arm, soeben noch eine sympathische Cordjacke, ein Hemd... Er taumelte, das Messer streifte die bloße Brust und hinterließ rote Streifen. Die Augen der übrigen Zuschauer glänzten. Aber es gab auch andere Reaktionen: Der Mann neben uns erhob sich hastig, seinen Schal vor dem Mund, und stürzte zum Ausgang, wobei er beinahe den Stuhl umwarf und sich in einem Anfall von Übelkeit den Kopf hielt. Sein Zustand wirkte ansteckend: ein Krampf schnürte mir die Kehle zu.

Der Mörder stürzte erschöpft nieder und lag in seiner ganzen Länge auf der Bühne.

Der Verwundete, schweißüberströmt, vermochte kaum das Gleichgewicht zu halten. Er strahlte. Der dritte, offenbar Gerettete, kniete dann, den Kopf gesenkt, hörte nichts und sah nichts.

Erst jetzt bemerkte ich Guido: ein solches Spektakel ließ er sich nicht entgehen. Er verfolgte das, was vor sich ging, gelassen, mit dem Rücken gegen die Theke der Bar gelehnt, auch wenn er sein Interesse nicht verhehlen konnte: so mustert ein Künstler das unerwartete Produkt eines Kollegen. Er lächelte sogar hämisch, als auf der Bühne ein Mann mit einem Arztkoffer erschien und den durch Schnitte Verletzten zu verbinden begann.

»Wie ist das möglich, Guido. Bei alledem nicht...« sagte ich verwirrt. »Bei alledem nicht die Spur Ironie, nicht die Spur Vergnügen!«

»In alledem ist die Spur einer anderen Farbe«, scherzte Guido und wurde verlegen, als er plötzlich spürte, daß der Witz ein wenig zu platt geraten war.

»Zu realistisch!«

»Na ja, du redest, als hätte er sich wirklich mit Farbe übergossen«, bemerkte Guido dazu. »In Wirklichkeit hätte er sich wahrscheinlich anders verhalten: hätte geschrien oder hätte versucht, sich zu verteidigen oder wegzulaufen.«

»Kann sein, kann schon sein, obgleich ich meine Zweifel habe. Aber ich versuche zu begreifen... Schließlich ist die Situation keine reale, aber sämtliche Attribute sind im höchsten Maße real... Was heißt Attribute, eher Elemente, hm ... der Aufführung. Warum er aber...«

»Der, der die Schnitte abbekommen hat?«

»Ja.«

»Kannst ihn ja fragen.«

Ich machte eine Bewegung in Richtung der kleinen Tür neben der Bühne, doch Guido hielt mich am Ärmel zurück:

»Merk dir, Nikolaj: der, der die Schnitte abgekriegt hat, interessiert dich, und nicht der andere, der sie ihm zugefügt hat. Und auch nicht der dritte!« – Guido schrie geradezu: die Musik der Diskothek dröhnte in Wellen, und auf der Bühne und um sie herum war kaum mehr durchzukommen.

Er saß in dem kleinen Zimmer in einem Sessel, die Augen halb geschlossen.

Seine Brust schaute unter der um die Schultern gelegten Jacke hervor und war gänzlich mit einem Verband bedeckt.

Ich schloß fest die Tür hinter mir, und das Schlagzeug war auf einmal nur wie von fern zu hören.

Ein bleiches Gesicht. Schwarze lange Haare. Ein kleiner Bart. Eine lange Nase.

›Ob ich ihn wohl fragen kann, und was?‹ dachte ich und versuchte, den Schauder, der meinen Körper plötzlich überfiel, wenn auch nicht zu beruhigen, so doch wenigstens zu verbergen.

In seinen weit geöffneten Augen las ich Erwartung.

»Hast du, hast du dabei Schmerzen verspürt?« stieß ich aus.

»Ich habe seine Qual gespürt.«

»Er hätte dich töten können.«

»Hätte. Aber nur so habe ich die Rolle spielen können.«

»Hättest du zugelassen, daß er es tut?«

»Natürlich, schließlich ist die Rolle vorher nicht bekannt.«

»Dann ist es keine Rolle: eine Rolle kann man wiederholen. Man muß sie wiederholen und immer wieder wiederholen, andernfalls verliert jede Rolle ihren Sinn, und es handelt sich nicht mehr um Kunst.«

Er begann sich zu bewegen und lächelte beinahe:

»Kunst gibt es nicht mehr. Es gibt keine Kunst mehr, wie die Allgemeinheit und auch du sie verstehst. Im übrigen hat man in alten Zeiten den Schauspielern, damals Sklaven, eine Hand abgehackt. Aber ich bin frei. Es ist mein eigener freier Wille. Ich durchlebe die Qual und das Leiden des anderen in reiner Form: ich entlarve dieses Leiden. Es muß meins werden, es muß sichtbar werden wie alles Menschliche. Es gibt keine Geheimnisse mehr: seht, wie sie leiden, wie sie töten, sich paaren. Das ist der Mensch.«

»Hast du gesehen? Einem, nein, zweien ist übel geworden. Ich mußte beinahe ...«

»Habe ich nicht gesehen. Aber das ist gut: die werden nie in der Lage sein zu töten.«

»Und den anderen glänzten die Augen.«

»Das ist gut: die werden wiederkommen.«

»Mir war entsetzlich zumute.«

»Du wirst nicht wiederkommen: du bist ein Feigling. Du willst vergessen, so tun, als hätte dich das alles nicht berührt ... Oder weißt du etwa nicht, was Verrat ist und Untreue? Und wenn das in dir getötete Blut – das tote Blut – nicht aus dir herausgeflossen ist, ist es dir dann nicht in den Ohren, Nägeln, Haaren geblieben? In der Epidermis?«

»Du bist wahnsinnig.«

»Nicht mehr als du.«

»Mir geht es um etwas anderes!« rief ich und stockte plötzlich. Ich konnte nicht so schnell abwägen, was ich eigentlich sagen wollte, und fuhr deshalb ohne sonderliche Überzeugung fort: »... um Harmonie, um Wahr-heit. Wo das Düstere, Verbrecherische keinen Platz hat: wo das Armselige, Niedrige keinen Platz hat.«

»Du spielst auf die Vergangenheit an, nicht wahr. Doch für die Wahrheit ist Blut vergossen worden, du hast dieses Blut nur nicht gesehen. Du hast mein Blut gesehen: das ist genau dasselbe Blut, nur ist es näher, hier und heute, vor dir. Und dir ist beinahe schlecht geworden. Hast du nie Blut vergossen – du?...«

»Fremdes, nein! Fremdes Blut habe ich nie vergossen!«

»Du bist nicht geliebt worden: niemand hat dein Leiden zur Kenntnis genommen.«

»Ich werde niemals Blut vergießen! Niemals!«

»Du hast Blut vergossen.« – Und mit aller Kraft riß er den Verband von den Schnittwunden, und aus der kaum getrockneten Wunde spritzte es rot, rot, rot. »Da siehst du, wie du mit mir geredet hast«, flüsterte er und preßte den Ballen krampfhaft in seiner Hand, »da siehst du, wie du geredet hast: ich habe dein Messer angenommen... angenommen... Ich spüre dich... Fremdling...«

Wir fuhren Richtung Norden, nach G., ein melancholischer Guido und ich.

Brunhild hatte nach langem Hin und Her abgesagt; Guido hatte augenscheinlich einen starken Eindruck auf sie gemacht, doch weder ich noch sie selber vermochte zu begreifen, ob das nun erfreulich sei oder das Gegenteil. Sie betrachtete Guido, als sei vor ihr ein bisher unbekannter Verwandter aufgetaucht, ein seltsamer Doppelgänger, der irgend etwas von ihr weiß. Im übrigen wollte Brunhild uns nur zurückhalten, als sie sagte, sie würde mit uns fahren; dann bat sie, noch ein wenig zu warten, sie wolle noch ein wenig tanzen, und war auf einmal verschwunden.

Der Wagen fuhr nach Norden.

Nächtliche Straße: kalter Regen und Nebel.

Und innere seelische Ruhe, wie sie sich unvermittelt einstellt, wenn Liebe die Seele streift. Liebe begegnet überall, besonders in der Vergangenheit, besonders in der Zukunft. Quälend, ohne sie zu sein: quälend, nicht geliebt zu werden, quälend – nicht zu lieben. Mir scheint, kein einziges Mal im Leben ist mir ein ›Ich liebe nicht‹ über die Lippen gekommen, und das war keine schweigende Lüge.

Liebe kann nicht gänzlich schwinden, stets bleibt irgend etwas von ihr zurück: ein persönlicher, nicht abgeschickter Brief, ein Tag, in der Erinnerung lebendig geblieben, ein verkohltes Stück Holz aus einem Lagerfeuer am Flußufer... Asche, Asche, Asche... die Handvoll von ihr scheint noch warm.

»Und trotzdem, Nikolaj, irgend etwas Neues schimmert durch in dieser Kunst«, sagte Guido schließlich. »Erstens läßt sich ein solches Stück nicht wiederholen: es ist einzigartig. Und diese Rollen lassen sich nicht schriftlich festhalten: man kann anderen nicht auftragen, sie zu spielen... Man kann so ein Stück nicht kaufen, nicht im Museum unterbringen, keine Serienproduktion damit beginnen. Und das alles in unserer Zeit, wo der Kommerz nur akzeptiert, was die Chance hat, zur Ware zu werden. Die Aufführung hatte nur einen Nachteil: zuwenig Risiko. Genaugenommen war überhaupt kein Risiko dabei. Man hat den Zuschauern irgendwas gezeigt. So, als ob die anderen gezwungen gewesen wären, sich an dem Spektakel zu beteiligen, dabei aber nicht wußten, daß auch sie – in dem Stück mitspielen. Das ist der ganze Realismus!«

»Guido, irgend etwas sagt mir bei der Sache sehr zu: der Anspruch ist mir durchaus vertraut.«

»Anspruch? Versteht sich! Zum Beispiel: ich mime einen Terroristen und lasse mich einsperren.«

»Dann spiel schon gleich eine Terroristin. Nachdem du gesessen hast, kommt dann heraus, daß du nicht nur keine Terroristin bist, sondern auch noch keine Frau...«

Guido fuhr von der Hauptverkehrsstraße ab, als er das blaue Schild einer Raststätte erblickte.

Wir waren allein in dem schlaflosen nächtlichen Café.

Eine Tasse Kaffee. Ein Sandwich.

Guido riß ohne viel Federlesens einen Anschlag mit Fotos und Beschreibungen von Gesuchten von der Wand. Die Frau da mit den langen Haaren... nein, das Gesicht ist zu länglich, wäre schwierig, die zu mimen. Aber die Schwarze da ist gut, hat nur eine viel zu kleine Nase, was soll man da machen – bei der Nase, genauer: dem Zinken von Guido?...

Ein Foto war durchgestrichen: eingelocht, tot, verschwunden.

Ich sah all diese Tischchen, die primitiven Bilder an den Wänden... die Fenster... Sah ich das alles überhaupt? Im übrigen sind alle diese Raststätten kaum voneinander zu unterscheiden.

Auch draußen kam mir die Gegend bekannt vor. Mag sein, daß der Herbst Veränderungen gebracht hatte, Regen und Kälte, auch das Rauschen der Bäume im Wind war ganz anders als im Sommer. Das Rauschen der hin und her schwankenden, gegeneinander rüttelnden Äste ohne Laub, ohne Vögel, ohne Wärme.

Bin ich etwa im Kreis gefahren und zurückgekehrt, ohne überhaupt woanders gewesen zu sein?...

»Sie sind offenbar Engländer«, hörte ich eine heisere Stimme sagen, »ich habe das gleich Ihrem Akzent entnommen.«

Oh, mein Akrobat a. D.!

Damals hatte es auch geregnet, nur war es ein Sommerregen gewesen, reichlich und von kurzer Dauer. Aber dieser hier, der in den Kragen kroch, dieser kalte Regen würde morgen zu Schnee werden. Auch der Körper forderte mehr Aufmerksamkeit für sich – er registrierte jedes Loch im Handschuh, hatte das Bedürfnis nach Watte, Wolle und Daunen.

Oh, mein Paradies.

»Ist dir nicht gut?« – Guido faßte mich am Ellenbogen.

»Doch, doch, es ist nichts weiter... nur, ich war hier einmal...« – es wurde mir schwer weiterzusprechen, doch ich nahm mich zusammen und beendete den Satz: »...glücklich.«

Guido schwieg und blickte über die Hügel.

»Ich war noch nie hier!« sagte er. »Ich habe irgendwie keine Lust, gleich weiterzufahren: ich werde mir einen Schnaps bestellen. Gehen wir hinein, mir ist kalt, Nikolaj.«

In dem Café war niemand. Nur eine Frau saß in einem bequemen Sessel und strickte. Ihre lange Nase berührte ihre Knie. Guido war nachdenklich. Ich öffnete mein Notizbuch und begann zu notieren: ›...der Herbst hat natürlich Veränderungen gebracht: Regen, Kälte. Das Rauschen der Bäume im Wind ist ganz anders als im Sommer: das Rauschen der Baumkronen ohne Vögel...‹

»Was schreibst du?« fragte Guido plötzlich. »Nicht jetzt, versteht sich, sondern überhaupt. Entschuldige, ich kann mich nicht so genau ausdrücken, aber du verstehst schon: der Stil interessiert mich nicht, das ist alles Blödsinn...«

»Ich suche... wie soll ich sagen... es ist nötig, daß ich meine Einheit wiederfinde, denn es will mir nicht gelingen zu vergessen. Indem ich ich selbst bin – der, der ich heute bin –, versenke ich mich gleichzeitig in die Vergangenheit. Sie hat sich zu sehr von mir gelöst. Ich will sie näher an mich heranholen, sie am Ende bezwingen! Soll ich dir etwas vorlesen? Ich habe Angst, allein in andere Abgründe herabzusteigen, ich brauche die Hand eines Menschen neben mir, der auf *dieser* Erde steht. Verstehst du, Guido?«

Guido schaute mir aufmerksam in die Augen und legte seine Hand auf meinen Ellenbogen.

Mutter geht im Zimmer auf und ab. Von der Tür zum Fenster, vom Fenster zur Tür.

Hin und wieder schaut sie aus dem Fenster, ohne sich hinter der Gardine zu zeigen, als befürchte sie, gesehen zu werden.

Abend. An der Decke knirscht von Zeit zu Zeit die schlecht festgeschraubte Glühbirne.

»Die viele Elektrizität im Zimmer«, sagt Mutter. – »Hörst du?« – Ich stelle mich auf einen Stuhl und schraube die Glühbirne fest: das Knirschen hört auf. Mutter schaut mich mißtrauisch an.

»Da siehst du, Mutter: ganz einfach. Es ist so viel Elektrizität geblieben wie immer.«

Mutter begann, sich zum Schlafen zurechtzumachen. Sie goß Einmachgläser voll Wasser und stellte sie neben das Bett. Und unter das Bett. Sie befestigte einen Draht am Rohr der Dampfheizung und band das andere Ende an ihr Bein: Seit einiger Zeit erdet sich Mutter.

»Zu viel Elektrizität«, erklärte sie. »Aber Wasser hilft gegen die Strahlung.«

Ich versank eher in einen Halbschlaf als in richtigen Schlaf auf dem Klappbett in der gegenüberliegenden Ecke des Zimmers.

Ich bin dreiundzwanzig Jahre alt.

Ich habe keine eigene Wohnung.

Und werde keine haben.

Es leben noch andere mit in der Wohnung: eine schwerfällige, übelriechende Frau und ihre Kinder, die mit ihr zusammenwohnen.

Ich hatte mich bemüht, irgendwo anders, an einem anderen Ort – bei Freunden zu übernachten, doch wenn ich Geld gehabt hätte, hätte ich ein Zimmer gemietet. Sogar für einen Monat! – Allein zu leben, das schien mir ein Segen zu sein, eine Erholung, ein unendliches Vergnügen.

Ich haßte die Opernarien, die die Nachbarin laut und deutlich in Küche, Korridor und Bad zu singen pflegte.

Auch Mutters belangloses Gerede war mir unerträglich. Doch ich hielt es für meine Pflicht, bei ihr zu bleiben: war irgend etwas im Anzug, konnte ich vielleicht helfen, verhüten. Aber ich wußte nicht wie.

Am Morgen sehe ich ein drittes Gedeck auf dem Tisch.

»Mutter, erwartest du jemanden?«

Mutter lächelt rätselhaft: »Kann sein, daß er heute kommt.«

Ich frühstücke in aller Eile und gehe auf die Straße hinaus.

Eigentlich ist alles klar.

Was ist klar? Ich kann mit den anderen sagen: die Krankheit.

Was aber wird mir klar?... Daß ich diese neue Welt, die Mutter unerbittlich und gebieterisch gefangenhält, nicht erklären, nicht ergründen, nicht begreifen kann.

Warum ist es so schwer, darüber zu schreiben... Nein, nein, ich muß aufhören! Das nervöse Zucken hat wieder angefangen: der Kopf zuckt krampfhaft, und an Konzentration ist gar nicht mehr zu denken.

»Auch jetzt hast du angefangen zu zucken«, sagte Guido und umfaßte meinen Ellenbogen. »Stimmt schon, ich hatte nicht recht begriffen, warum ihr noch Nachbarn in der Wohnung hattet: warum ihr keine andere Wohnung genommen habt. Es heißt doch, Wohnungen seien billiger in Rußland...«

»Guido, nicht darum geht es«, sagte ich gequält.

»Nicht darum, nicht darum! Lies weiter.«

In diesem Jahr ist wieder ein Nachbarland, das den Gehorsam verweigert hat, besetzt worden. Hochbetrieb auf den Straßen. Lautstarke Unterhaltungen in der Bierkneipe, wo ich mich verstecke vor... Wahrhaftig, in Mutters Umgebung ist so viel... wenn es nicht Elektrizität ist, dann ist es Spannung. Unheildrohende Stille. Gleichmäßiges Auf- und Abgehen von der Tür zum Fenster und zurück.

Der Alkohol befreit mich.

Er stellt sich zwischen mich und die unbegreifliche Welt, in die Mutter sich versenkt. Ja, früher einmal hat mich diese Welt interessiert! Eine Welt ohne die üblichen Regeln und Beziehungen, ohne langweilige Ursachen und Folgen.

Solange sich diese Welt nicht in meinem Umkreis auftat. Ich bin ihr gegenüber hilflos, und an die Stelle der Neugier ist die Angst getreten. Diese Welt ist verschlossen, ich kann nicht in sie eindringen und... Mutter an die Hand nehmen und aus ihr herausführen. Diese Welt ist voller Leiden – es spiegelt sich auf Mutters Gesicht. In ihr gibt es kein Gleichgewicht, auch nicht die Spur von Harmonie. Wie ist das möglich. Genialität und Krankheit, gehen sie nicht zusammen? Nein, nein, in dieser Theorie ist etwas nicht...

Ein hohes, einbeiniges Tischchen in der Bierkneipe. Die Leute um mich herum diskutieren lauthals, auf die Ellenbogen gestützt und ohne die Bierkrüge und Weingläser aus der Hand zu nehmen.

»Befreien wollten sie sie!« sagte ein hochgewachsener Mann mit spöttischer Boshaftigkeit.

»Und du, was meinst du, Student?« fragte mich ein anderer, der auch trank wie ein Arbeiter.

Er will natürlich keinerlei Argumente hören. Auch meine Meinung interessiert ihn nicht: Was er hören will, ist eine andere Meinung, um siegen, erobern und in die Schranken weisen zu können.

»Was schweigst du? So rede schon, rede! Oder soll ich dich kaltmachen! Jawohl, mein Lieber! Hast dir wohl auf die Zunge gebissen, wie?«

»Warum regst du dich so auf?« fragte ich. »Du hast dein Bier gekriegt, also trink. Trink aus, dann wird dir besser. Und geh schlafen.«

»Ich komme schon zu meinem Schlaf. Aber dir, Student, scheint es an Schlafgelegenheit zu fehlen: wie steht das bei dir so, he?« Er spottete bereits unverhohlen: blinzelte mir bedeutungsvoll zu, spuckte aus, grinste selbstgefällig und fuchtelte mit der Hand vor meinem Gesicht herum.

»Wie alt bist du eigentlich?« fragte ich, um das Thema zu wechseln. »Bist du verheiratet? Hast du Kinder?«

»Klar hab ich Kinder. Aber du, wie steht's bei dir?«

»Na also, vierzig bist du, stimmt's?« begann ich bedachtsam. »Seit zwanzig Jahren leckst du also der Obrigkeit den Arsch. Und wirst ihr ihn lecken, bis du krepierst. Und warum? Weil du ein Arschlecker bist, verstanden, ein Höriger, kapiert?«

Sie waren platt. Ich ging zum Ausgang; sie blickten mir nach.

»Pack ihn am Kragen!« schrie einer.

Schritte hinter mir.

»Pack ihn!« schrien sie einem zu, der gerade im Begriff war, die Kneipe zu betreten. Der machte die Arme breit, als wolle er mich umarmen. Ich schwang gleichfalls den Arm. Mit aller Kraft schlug ich ihm mit dem Bierkrug gegen die Stirn.

...Nein, sie würden mich nicht einholen. Diesen Stadtteil kannte ich zu genau. Ich lief im Kreis, obgleich sie wohl kaum die Miliz holen würden: sie wollten selbst nicht... Kann sein, daß sie sie doch geholt haben. Ich wendete meine Cordjacke. Sie war nun blau.

Mutter war gegangen und nicht wiedergekommen.

Am Morgen hatte sie gesagt, sie ginge Möhren kaufen für die Suppe.

Zwei Uhr nachmittags. Ich machte mich auf den Weg in den nächstgelegenen Laden. Möhren gab es nicht, doch sagte mir der Verkäufer, daß es am Morgen noch welche gegeben hatte. Demnach ging es nicht um Mohrrüben.

Ich rief bei allen Verwandten an, die ein Telefon hatten.

Nein, sie war nicht da.

Sie hatte auch nicht angerufen.

Ich rief bei ihren Freundinnen an, wenn es in diesem Alter noch Freunde gibt...

Nein, sie hatte nicht angerufen.

Und war auch nicht vorbeigekommen.

Auf einmal kam mir die Welt kalt und grausam vor, voller zerschlagenem Glas, rostigen Nägeln und Stacheldraht.

Und Leben hieß nackt durch diese Welt gehen, hinüberklettern, hindurchkriechen, hinüberspringen, ohne im Halbdunkel die Folgen zu sehen. Doch irgend etwas rinnt über die Brust, über die Arme, und die Haut wird klebrig.

Im Halbdunkel erkannte ich eine einsame Silhouette vorm Haus.

»Bist du am Leben?« fragte Mutter. Ihre Stimme klang gleichgültig. »Ich bin zu meinem Bruder gefahren, konnte aber nicht in seine Wohnung: das Haus war von Autos umzingelt. Ich kam nicht hinein. Als ich dann aus der Metro kam und zu uns nach Hause wollte, kam ein Mensch auf mich zu. Er hatte einen schwarzen Mantel an. Er sagte: ›Geh nicht. Dein Sohn ist umgebracht worden.‹«

»Aber ich lebe, Mutter. Das ist dir nur so vorgekommen. Es ist doch gar niemand dagewesen!«

»Von wegen, nur so vorgekommen: ist mir nicht nur so vorgekommen!«

»Also gut. Gehen wir nach Hause.«

»Oh, die viele Elektrizität im Zimmer...«

Ich schlage zurück: ich will Mutter in unsere Welt zurückholen. Trotz allem hat das Leiden in unserer Welt seine Ursache. Einiges kann man sich selbst und folglich auch den anderen erklären. Und wenn man schon nicht erklären kann, warum man das ganze Leben mit fremden Leuten, mit Nachbarn zusammenleben muß, dann kann man sich doch berufen auf... worauf?...

Auf historische Bedingungen, beispielsweise: es hat sich nun mal so ergeben, daß...

Es ist nun mal so gekommen...

Wenn es sich schon nicht erklären läßt, so muß man das schwarze Loch verhängen. Es hat sich nun mal so ergeben, daß wir aus der Geschichte herausgefallen sind. Schließlich gab es noch andere Zivilisationen, die untergegangen sind: die ägyptische, die römische... nun ja, auch die russische. Aber es kann ja sein, daß wir wiedererstehen: daß wir die Zwergkiefer der Poesie, die Zwergkiefer der Kunst noch einmal von neuem großziehen. Und wenn man sich niederhockt – hockt euch hin, meine Herrschaften! –, dann kann man sehen, daß sich weder die Kiefer noch die Espe von den heutigen unterscheiden, höchstens in ihrem Wuchs, dadurch, daß sie in Töpfen gezogen werden: so lassen sie sich leichter bewachen.

Dieses Leben ist töricht, aber es ist – das Leben. Ist es nicht ein

Aberwitz, aus der Hocke hochzukommen, sich in der ganzen Länge aufzurichten und das kaum hörbare Rascheln des Ameisenhaufens nicht zu hören?

Ich richte mich auf. Ich mache einen Schritt: die Beine sind ganz steif geworden.

»Du bist am Leben«, sagte Mutter bestätigend und gleichgültig, während sie unbeweglich am Tisch saß. – Nein, ich will nicht essen. Ich werde nichts essen.

Der Krankenwagen muß jede Minute da sein.

»Wir müssen sofort nach Schweden!« sagt Mutter, bleibt am Fenster stehen und lugt hinter der Gardine hervor vorsichtig auf die Straße hinunter.

»Wieso nach Schweden?«

»Dort... dort... kann man eine eigene Wohnung, eine Wohnung für sich bekommen.«

Es klingelt. Vor der Tür stehen zwei Männer in weißen Kitteln, schmutzig-weißen und ohne Knöpfe. Alkoholgeruch geht von ihnen aus.

Mutter wird unruhig.

Sie stürzt zum Fenster, dem letzten Ausgang, der ihr bleibt.

»Wer sind die?« fragt sie mit feindseliger Stimme.

»Wir fahren nach Schweden«, sage ich verlogen. »Ich bleibe noch und packe die Sachen... Ich komme ein wenig später nach...«

Unschlüssig verläßt Mutter das Zimmer; die Männer nehmen sie an den Armen. Sie begreift und beginnt, Widerstand zu leisten. Ein dritter kommt den beiden Sanitätern zu Hilfe.

»Kolja, zu Hilfe!« schreit Mutter aus dem Treppenhaus. »Sie nehmen mich mit!«

Ich stehe unbeweglich. Fenster, Zimmertür und Wohnungstür stehen offen, der Wind geht frei. Er wirft Papierblätter auf den Boden, irgendwelche Briefe, eine Zeitung. Staub wirbelt auf, aufgestört.

›Das ist ihre Welt‹, denke ich. ›Die Welt des Menschen ist

unantastbar. Der Mensch ist frei, selbst wenn er in der Sklaverei lebt: seine Welt ist unzugänglich.‹

Ich, der sich der Freiheit verschrieben hat, der sie liebt … ich habe die Gewalt in Bewegung gesetzt und Mutter der Freiheit beraubt. Ich habe die Freiheit eines anderen mit Füßen getreten, weil sie mir unbegreiflich war.

Diese Freiheit endete mit Selbstmord.

Mir gelang es nur deshalb, wieder zu arbeiten, weil ich die heuchlerische Erklärung hinnahm, die das schwarze Loch für einen Augenblick verdeckte: Mutter sei erkrankt.

Sosehr sie auch litt, Mutter rief mich nicht zu Hilfe angesichts des Irrationalen … angesichts der anderen Welt, die sie in ihren Bann gezogen hatte.

Sie rief mich zu Hilfe angesichts der Gewalt.

Ich bin nicht gekommen.

Die weit geöffnete Tür knarrte.

›Ich sollte das Zimmer in Ordnung bringen‹, dachte ich, aus welchem Grunde auch immer. Ich schloß das Fenster. Die Türen. Sammelte die im Zugwind aufgeflogenen Papierblätter zusammen. Überall, hier, dort, unter der Tischlampe, unter dem Blumentopf – irgendwelche Aufzeichnungen. Mutters Handschrift, ihre Appelle an mysteriöse Besucher: ›Hört auf, meine Sachen kaputtzumachen‹, ›Geht aus dem Zimmer‹. Unter dem Tischtuch fand ich einen Brief von Mutter an irgendeinen ihrer Freunde … Freunde? … Der Brief war nicht abgeschickt worden. Dem Datum nach zu urteilen, bezieht er sich auf den Beginn … hm … ihrer Krankheit. ›Mit mir geschieht irgend etwas Sonderbares. Als ob mich irgendein schwarzer Panther durch ein Labyrinth führte‹, schrieb Mutter.

›Sie hatte noch Hoffnung auf Hilfe‹, dachte ich, innerlich leer. ›Sie stand auf der Schwelle zu einer anderen Welt und suchte nach Hilfe …‹

›Warum ein schwarzer Panther? Was bedeutet dieses Bild? …‹ Tränen laufen mir übers Gesicht.

Tränen liefen mir übers Gesicht. Allmählich kehrte ich zurück an den Tisch und spürte Guidos Arm, als habe er mir bei der Anstrengung geholfen, mich zu erheben, höher hinauf, an den Ort, wo ich auch selbst hätte auf meinen Beinen stehen können.

Die Gespaltenheit verließ mich. Die Nacht schaute in die Fenster; hin und wieder wurden sie von den Scheinwerfern eines vorüberjagenden Autos erleuchtet.

»Diese Welt sollte man in die Luft gehen lassen«, sagte Guido nachdenklich. »Warum habt ihr eigentlich keine Revolution gemacht?«

»Eine geglückte Revolution verändert die Umwelt – eine nicht geglückte verändert uns«, sagte ich. »Im übrigen bin ich froh, daß unsere Revolution nicht geglückt ist. Doch sehe ich einen Sinn in diesem Mißerfolg: Wir sind unrein ... genauer gesagt, wir haben keinen reinen Ort, wo man die Kräfte versammeln kann und zum Angriff übergehen, um ihn zu vergrößern, diesen Ort.«

»Ich möchte jetzt weiterfahren, Nikolaj.«

»Ich auch.«

8

...Die Revolution ist unerläßlich und folglich unumgänglich:

»Offene Proteste haben einen Sinn, doch sind sie nur von kurzer Dauer«, sagte Sch. »Die Überwachung derjenigen, die protestieren, führt zur Konsolidierung eines Kreises Gleichgesinnter und zum Auftreten von Sympathisanten. Nur konspirative Arbeit, die in unserer Gesellschaft so gut wie unmöglich ist, hat reale Perspektiven. Es ist dringend nötig, Kontakte zu neuen Leuten aufzunehmen, die bereit sind, diese Ansicht zu teilen. Unentbehrlich sind Sympathisanten, die ihre Wohnungen für Zusammenkünfte, als Arbeitsplatz und Materiallager zur Verfügung stellen. Unerläßlich ist das Einziehen von Erkundigungen über den Polizeidienst. Unerläßlich das Sammeln von Geld.«

Folglich ist eine Organisation unerläßlich, wenn auch ohne Statuten und Mitgliedschaft. Unser Staat ist so organisiert, daß eine im Entstehen begriffene Struktur unausweichlich auf die starren Strukturen des Staates stößt, aufgespürt und liquidiert wird. Eine revolutionäre Organisation muß amorph sein: sie muß sich tarnen, zusammenhalten und sich selbst tragen. Ihre Mitglieder müssen sich nach außen als normale Sowjetbürger geben: in Versammlungen gehen und sämtliche Möglichkeiten nutzen, um auf der Dienstleiter nach oben vorzurücken. Und, wie sich von selbst versteht, Parteimitglied werden...

Mir war der Gedanke, in die Partei eintreten zu müssen, unangenehm, der Gedanke, meine ohnehin beengte Freiheit selbst beschneiden zu sollen, wenngleich mir Sch.s Überlegung logisch schien. ›Übrigens...‹, dachte ich, während sich Sch. im Badezimmer aushustete und ausspuckte, ›übrigens ist völlig klar, daß der Sowjetmensch ein Heuchler ist. Unter der Maske des

Sklaven trägt er sein eigentliches, sein wahres Gesicht. Doch Millionen ... sollte das Maske sein ... Bisweilen dachte ich, es sei Maske, um dann mit Entsetzen feststellen zu müssen, daß es das Gesicht war ...

Manch einer reißt die Maske herunter – und geht zugrunde.

Unser Weg ist ein anderer: das Gesicht bleibt verborgen, und wir zeigen es nur in der Gesellschaft von Gleichgesinnten.

Wir sind nur sehr wenige, doch gibt es uns bereits überall.

Wir suchen einander.

Die Bücher, die in Bibliotheken zugänglich sind und von Druckverfahren handeln, liefern nur eine höchst ungefähre Vorstellung. Es läßt sich weder eine Beschreibung der Maschinen noch der chemischen Zusammensetzung der Farbe und anderer Materialien finden. Darüber wird nur hinter vorgehaltener Hand gesprochen: hier beginnt das Staatsgeheimnis. Aber so manches ist uns doch bekannt, zum Beispiel, daß man die Metallplatte mit statischem Strom aufladen muß. Dann nämlich wird die Abbildung – ein Text beispielsweise – darauf projiziert, und die Ladung an den erleuchteten Stellen verschwindet! Darauf werden winzig kleine Glaskügelchen auf die Platte gestreut und mit schwarzem Puder bedeckt. Und dann ...

Sch. hatte eine Wohnung in einem Neubauquartier gemietet.

Beton. Schnee. Das Knirschen des Schnees unter den Füßen vieler Tausender Menschen, die am Abend von den entfernt liegenden Autobushaltestellen den neuen Stadtvierteln zustreben: schwarze Menschenreihen, die das schneebedeckte Baugelände durchquerten.

Eine Glühbirne an der Decke. Kahle Wände. In der Ecke ein Bett. Zwei oder drei Schlafsäcke, in denen Kameraden nächtigten, die aus der Provinz anreisten. Ein Tisch, vollgepackt mit Einmachgläsern, Schüsseln und Besteck.

Sch. interessierte Wohnlichkeit nicht. Er war kaum älter als ich, doch völlig gleichgültig, was Kleidung, Kost und Vergnügungen anbelangt.

Mir ist das übrigens nicht unbedingt gleichgültig, aber ich war kaum anders gekleidet als er: schöne Sachen waren teuer.

Ein ganzer Tag nutzloser Arbeit hatte mich müde gemacht.

Es war noch eine halbe Flasche Wein da. Ich goß mir ein Glas ein. Sch. warf mir einen flüchtigen, unzufriedenen Blick zu: ihm war dieser russische Hang unangenehm, ja sogar zuwider. Übrigens durfte er keinen Alkohol trinken. Er mußte sich des öfteren räuspern und nahm irgendwelche Tabletten – er hatte irgend etwas mit der Lunge. Er pflegte sehr oft seine Taschentücher zu waschen und zu trocknen. Er zog das Hemd aus, um sich umzuziehen: schmale Brust. Lange Arme. Ein Revolutionär.

»Weißt du nicht, daß Alkohol Nervenzellen zerstört?« fragte er streng.

Mein Wohlbehagen begann zu schwinden. Zum Glück war an der Wohnungstür das vereinbarte Klopfen zu hören, und Sch. ging, um zu öffnen; dabei schloß er sorgfältig die Zimmertür hinter sich.

»Mein Freund ist drinnen«, hörte ich seine Stimme aus dem Vorraum. »Er ist nicht allein.«

Das sollte heißen, daß sein Freund, also ich, in Gesellschaft einer Frau war. Dieses Argument hält selbst den allerunverfrorensten Bekannten zurück.

Ich machte es mir mit meinem Notizbuch auf dem Bett bequem – ich wollte ein paar Dinge festhalten.

Aus der Küche war ein lebhaftes Gespräch zu hören.

Eine Viertelstunde später erschien Sch. mit einem Stoß maschinengeschriebener Seiten: »Ganz frisch. Können sie uns nicht dalassen, nicht mal eine Nacht.«

»Und was ist mit der Frau?«

»Was für eine Frau?« – Sch. blickte mich drohend an.

»Du hast doch gesagt, ich sei nicht allein.«

»Ach so! Die ist eingeschlafen, schläft, ist weggegangen!«

Ich befestigte den Fotoapparat auf dem Stativ. Zum Glück alles in allem nur vierzig Seiten. Das Stenogramm eines laufenden Prozesses: vervielfältigt... verbreitet...

Eine Stunde später war der Film entwickelt, und der Unbekannte ging. Noch eine Stunde später war der Packen feuchten Fotopapiers fertig. Wir vertieften uns ins Lesen, wobei wir von Zeit zu Zeit die dumme Frage des Staatsanwaltes oder die mutige Antwort des Angeklagten zum Anlaß nahmen, unsere Meinungen auszutauschen. Das Urteil: sieben Jahre Haft und fünf Jahre Verbannung.

›Irgendwann einmal wird irgend jemand die Aufzeichnung meines Prozesses vervielfältigen‹, dachte ich, ›dann nämlich, wenn mir die Vervielfältigung dieses Stenogramms zur Last gelegt wird. Doch dieser Irgendjemand kommt dann irgendwann wegen Vervielfältigung des Stenogramms meines Prozesses hinter Gitter... und irgend jemand wird das Stenogramm seines Gerichtsurteils vervielfältigen! Und diesen Irgendjemand...‹

Doch rief der Gedanke an die Unausweichlichkeit der Gefängnishaft keine besonderen Gefühle hervor. Das gehörte zur Ordnung der Dinge.

Mehr als das: Liegt in der Gefängnishaft nicht die Schule der Weisheit?

Erlebt man dort nicht – das Leben in einer Grenzsituation, das Durchlaufen einer existentiellen Krise sozusagen, wenn man nämlich seinen wahren Charakter erfährt?

Ich möchte das Antlitz des Nichts schauen – oder das Antlitz Gottes.

Ich möchte leidensgeprüft sein.

»Ich habe Nachricht aus J. bekommen«, sagte Sch. »Das Gerät ist fertig.«

Der Nachtzug war überfüllt; glücklicherweise stiegen viele Reisende unterwegs in den kleinen Städtchen unweit Moskaus aus. Es waren Leute mit Körben und Taschen. Sie waren in die Hauptstadt gefahren, um Lebensmittel einzukaufen. Es gelang mir, einen Platz zu finden, wo ich mich hinlegen konnte, ganz oben, auf dem Gepäckbrett. In der Nacht weckte mich der

Gestank schmutziger Socken und Wäsche, der sich oben an der Decke des Abteils angesammelt hatte, und im Halbschlaf handelte ich entschlossen, als müsse ich mich retten. Eilig kletterte ich herunter, die Köpfe der dicht nebeneinander sitzenden und schlafenden Reisenden kaum berührend, und ging in den Gang hinaus.

Hier war die Luft frischer, ja sogar so frisch, daß mir kalt wurde. Ich wollte zurück auf mein Brett, indes rekelte sich dort bereits irgendein anderer und pfiff sich eins durch die Nase. Auch der Gang war voller Leute, die keinen Platz gefunden hatten oder aber auf die Station warteten, an der sie aussteigen wollten.

»Bald sind wir da, bald!« sagte eine junge Frau freudig, die im Gang auf einem auseinandergebrochenen und mit Bindfäden zusammengehaltenen Koffer saß. »Und du, wozu fährst du nach J.? Auf Dienstreise?«

»Was denn sonst?« stimmte ich hastig zu.

»Verheiratet?«

»Verheiratet, versteht sich.«

»Ich bin auch verheiratet«, seufzte meine junge Reisegefährtin. »Gerade erst!«

»Und was hast du davon?«

»Tja, was hat eine Frau schon von einem Mann? Nun ja, wenigstens ein bißchen was: einen winzigen Nutzen wenigstens. Wenn man aber viel trinkt, verschwindet der ganze Nutzen im Suff.«

»Na, sag das nicht: vom Wein hat man schon seinen Nutzen.«

»Von einem Glas, mag sein. Aber eine Flasche, und das jeden Tag: wo soll da der Nutzen sein. Trinkst du?«

»Und wie ich trinke!« beteuerte ich.

»Sieht man aber nicht«, sagte die Frau zweifelnd und stand sogar von ihrem Koffer auf, wobei sie mir durchdringend ins Gesicht schaute, obgleich man mich in dem trüben Licht des Ganges wohl nur mit Mühe sehen konnte. »Du bist jung«, sagte sie schließlich billigend, als sähe sie darin ein Verdienst.

»Du bist aber auch nicht gerade alt«, antwortete ich und biß mir auch schon gleich auf die Zunge. Was soll mir das, worauf will ich da hinaus! »Und dein Mann ist doch bestimmt auch kein Greis!« bemühte ich mich, die Situation zurechtzurücken.

»Kein Greis, das nicht!« sagte sie lebhaft, und ihre Augen begannen im Halbdunkel zu glänzen. »Wenn er auch älter ist als du und sich durch die Trinkerei dermaßen ruiniert hat, daß... von wegen Nutzen – da lachen ja die Hühner!«

»Aber erfahren wird er doch sein!« setzte ich mich zur Wehr im Bestreben, mir einen Weg zum Rückzug einfallen zu lassen. ›Sollte ich nicht die Flucht durch den Gang ergreifen‹, dachte ich, ›schließlich hat sie ihren Koffer dabei und wird mich kaum einholen können.‹ Indes hätte ein solcher Rückzug meinen Stolz verletzt; wer hätte schließlich in vergleichbarer Lage nicht den Spott einer Frau gefürchtet?

»Gleich sind wir da«, sagte sie mit zärtlicher Stimme, »du bist müde von der Reise, ich werde dir etwas zu essen machen: habe Fleisch in Moskau erstanden. Zu trinken gibt's natürlich auch, wenn auch keinen Selbstgebrannten, aber Wodka, reinen Wodka, klar und kühl.« Sie schloß die Augen und lehnte ihren Kopf an meine Schulter. Ich fuhr zurück.

»Ich will nur meine Tasche ins Abteil bringen«, sagte ich. »Mein Schal ist da, ist ziemlich kalt hier.«

Mit der Tasche in der Hand trat ich den Rückzug durch den Gang an, aber die Frau bewegte sich hinter mir her, ohne dabei ihren schweren Koffer aus der Hand zu lassen.

»Liebster, komm doch, mach's mit mir!« bettelte sie durch die Tür der Plattform. Ich hielt die Tür mit dem Fuß fest, entschloß mich dann aber, in den anderen Wagen hinüberzugehen. Und schon holte mich ihr Rufen, lauthals und das Rattern der Räder übertönend und im Gang zwischen den Wagen gleichmäßig widerhallend, ein: »Liebster! Komm doch, mach's mit mir!«

Der Bewohner J. öffnete mir die Tür und schaute gleichgültig, doch bemerkte ich sofort, daß sein Blick von ungewöhnlicher

Aufmerksamkeit war und der erste Eindruck nur daher kam, daß ich ihn im Schlaf gestört hatte.

Ich hielt ihm einen Brief entgegen.

»Komm rein«, sagte er nach einiger Zeit, indem er zu Ende las und mich nach beendeter Lektüre nicht ohne ein gewisses Zutrauen betrachtete.

»Tja, Sch. hat dich genauestens beschrieben«, sagte er. »Aber du wirst verstehen, die Sache ist die... Hast du irgendein Dokument bei dir?«

Ich hielt ihm meinen Personalausweis hin. Es war wohl das erste Mal, daß ich mich auswies, ohne umgehend Schwierigkeiten gewärtigen zu müssen.

»Also gut... gut...«, sagte er und blätterte in einem Büchlein. »Ist alles bereit, muß nur noch etwas fertig machen... genauer gesagt, das Gerät ist in drei Teile zerlegt: ich wollte es nicht zusammenmontiert lassen, wer weiß. Aber jetzt will ich mich erst einmal waschen.«

Doch zunächst heizte er den Ofen an, wofür er den Brief von Sch. verwendete.

»Das wäre schon mal gut!« sagte er, während er sich am Waschbecken wusch, das an der Wand neben dem Ofen hing. »Gut so, gut!« sagte er durch den Seifenschaum hindurch. »Wie steht's so bei euch? Wie geht's Sch.? Also, wenn man dich so sieht – nicht gut!« fuhr er fort durchs Handtuch zu reden, während er sich das Gesicht abtrocknete. »Du hast also noch nie gesessen? Na gut! Sch. schreibt, du hast was mitgebracht? Stimmt's? Gut so!«

Ohne das Tuch aus der Hand zu legen, betrachtete er mit Genugtuung einige Fotokopien, um sie anschließend in eine Schachtel zu legen und aus dem Zimmer zu gehen, wohl in einen Nebenraum – nein, dort befand sich ein zweiter Ausgang – in den Hof, zu einem Stapel Brennholz und einem niedrigen Klohäuschen, ganz von Schnee überschüttet.

»Aber worauf spielt er da an, daß man ihn befördern will?...«

Das wußte ich nicht. Was ich wußte, war, daß Sch. in einem

Institut im Ministerium arbeitete, im Ministerium für Inneres. Befaßte sich mit Problemen des Verbrechens.

»Weißt du nicht? Na gut.«

Zum Frühstück sagte ich nicht nein, zu einem Gläschen auch nicht. In der Wärme, die in Wellen vom Ofen ausging, wurde mir irgendwie weich zumute, ich wurde ruhiger, während ich mich der Behaglichkeit des Provinzdaseins überließ und es aufgab, gegen die Schläfrigkeit anzukämpfen.

Mit dem Nachtzug fuhr ich in die Hauptstadt zurück. In der Tasche hatte ich die Schachtel mit dem Gerät, das an ein kleines Rundfunkgerät ohne Gehäuse erinnerte. Es war für die Ladung der Platte mit statischem Strom bestimmt. Ihr erinnert euch doch an das Prinzip dieses Druckverfahrens? Die Metallplatte – ich muß präzisieren: die Selenplatte lädt sich mit statischem Strom auf. Darauf wird die Abbildung auf die Platte projiziert – mittels eines Vergrößerungsapparates zum Beispiel. Und schon ... Wozu übrigens sich an all das erinnern ... Wieviel ließe sich doch von jugendlichem Enthusiasmus berichten ...

Der Vorschlag, den man Sch. angetragen hatte, machte großen Eindruck auf ihn. Und auf mich ebenfalls. Schien er doch durch die Geschichte geheiligt; immerhin waren Fälle dieser Art auch im vorigen Jahrhundert vorgekommen, das schließlich mit dem Sturz der Monarchie sein Ende fand. Sch. war vorgeschlagen worden, mit seiner Arbeit ins Allerheiligste unseres Staates überzuwechseln, sich unter die besten, verdientesten Söhne Rußlands zu mischen – in die Reihen der Geheimpolizei. Mit anderen Worten, er ging zum Staatssicherheitsdienst. Das war ein offenkundiger Erfolg: Das sozusagen offizielle Gesicht Sch.s erweckte nicht nur keinen Verdacht, im Gegenteil, es stieß bei den erfahrenen Vertretern der Avantgarde der Arbeiterklasse auf einhellige Sympathie. Und bei alledem würde er sich auch noch mit der Psychologie des Verbrechens beschäftigen.

Es lag auf der Hand, daß wir mit der Beförderung von Sch.

große Möglichkeiten gewonnen hatten, wenn auch noch unklar war, welche. Vor allem würden wir Nachrichten aus erster Hand über Aufbau und Methode der Arbeit des Geheimdienstes bekommen. Mit der Zeit wäre auch damit zu rechnen, konkrete Nachrichten zu erhalten und sich im voraus über die Gefährdung des einen oder anderen Mitglieds unserer Organisation zu informieren, das die Aufmerksamkeit des Sicherheitsdienstes zu sehr auf sich gezogen hatte.

Doch wenn schon die Rolle eines einfachen Sowjetmenschen, der bewußt seine Persönlichkeit gespalten hat, schwierig war, wie mußte dann erst die Rolle des besten aller besten Sowjetmenschen, des ach so hoffnungsfrohen Werktätigen unseres Landes, der nicht minder gespalten war, aussehen?... Er muß sich von vielen Bekannten distanzieren.

Er mußte sich einem neuen Kreis anschließen. Auch in seinem Privatleben war er nicht mehr ganz sein eigener Herr – seine Ehe beispielsweise mußte sanktioniert werden. Die Nachrichtenvermittlung war mit ständigem Risiko verbunden, die Auswertung der Nachrichten mußte sorgfältig durchdacht sein: der Umfang des Informationsstroms zwang den Sicherheitsdienst des Sicherheitsdienstes dazu, sich über seine bewußte Auslieferung Gedanken zu machen.

Sch. war unschlüssig.

Ich dachte eher an die romantische Seite der Angelegenheit und an ihre Perspektiven.

Doch indem ich diese Rolle für mich selbst abwog, ob ich wohl... begann ich ebenfalls unschlüssig zu werden.

›Offener Protest bringt Freiheit, daran ist kein Zweifel‹, dachte ich, aber für viel zu kurze Zeit. Kaum jemand könnte sie nutzen. Sorglosigkeit und Beschaulichkeit sind in der zu erwartenden Haft undenkbar, und die ständige Gegenwart von Gefahr engt die Persönlichkeit ein. Maßvolle Heuchelei gestattet es, Zeit zu haben für Sorglosigkeit, und nur dann ist schöpferisches Tun möglich: arbeiten läßt sich nur im Gefühl völliger Gefahrlosigkeit, völliger Sicherheit.

Heuchelei und Gespaltenheit bedeuten Absage an die Freiheit überhaupt.

Es läßt sich auch Gefährliches denken: der Revolutionär in der Maske des Polizeiagenten begegnet einem entlarvten Revolutionär. Wozu führt das?

Nein, nein, ich wäre nicht fähig.

Sch. war dazu nicht fähig.

Er sagte übrigens, die Opposition sei dermaßen klein und amorph, dermaßen unentwickelt, daß sie nicht imstande sei, die Informationen, die er bekommen könnte, auszuwerten. Ganz zu schweigen davon, daß für den Fall, daß die Sache aufgedeckt würde, nicht die geringste Hoffnung bestünde, mit dem Leben davonzukommen.

Mehrmals hatte ich das Gefühl, beobachtet zu werden. Genauer gesagt, zunächst ein Gefühl der Beklommenheit, ein unangenehmes Gefühl. In der überfüllten Metro – dem besten Ort, nicht wahr, um allein zu sein – kehrte ich langsam in die Realität zurück, hörte Gesprächsfetzen und sah unbewegliche Gesichter, sogar einen Zeitungsleser nicht weit von mir: Er schaute hinter seiner Zeitung hervor, seine Augen begegneten für einen Augenblick den meinen, um sich sogleich wieder abzuwenden. Seinem Äußeren nach unterschied er sich in nichts von den übrigen Fahrgästen. Fast in nichts.

Ich kehrte müde nach Hause zurück und unternahm daher nichts, auch aus Neugier nicht: Meine Adresse war bekannt.

Noch im Treppenhaus hörte ich das Klingeln des Telefons und eilte in die Wohnung. Am anderen Ende der Leitung wurde der Hörer wortlos wieder aufgelegt.

Eine Viertelstunde später läutete es wieder, diesmal allerdings bereits an der Tür. Wir hatten es so ausgemacht, doch beeilte ich mich nicht sonderlich zu öffnen und vergewisserte mich noch einmal, daß alles in den Verstecken war, die ich überall in der Wohnung eingerichtet hatte.

Sch. kam herein und zog mich ins Badezimmer. Beim Rauschen des Wasserstrahls begrüßte er mich und teilte mir mit, daß seit gestern abend und auch heute noch an seinem Hauseingang ein Lastwagen stehe. Ein Planwagen. An der Rückwand sei ein Klappfenster angebracht, und dahinter habe er deutlich ein Objektiv, sei es von einem Fotoapparat, sei es von einem Fernglas oder auch einem Fernrohr gesehen, er könne es schwerlich sagen, zumal er nicht näher herangegangen sei, um sich seine für einen anständigen Sowjetmenschen allzu große Neugier nicht anmerken zu lassen.

Sch. war gekommen, um mir den Schlüssel zu einer anderen Wohnung zu bringen; er selbst würde nicht zur Arbeit gehen, habe abgesagt, bis geklärt sei, worum es gehe: Es sei noch keiner geholt worden. Oder doch, nur wisse bis jetzt noch niemand etwas davon.

›... die Behandlung wird abgebrochen, falls der Zustand des zu Untersuchenden ausweglos oder der Tod eingetreten ist‹, las ich in der Instruktion, die Sch. aus dem Schoße des Ministeriums für Innere Angelegenheiten mitgebracht hatte. Es durfte angenommen werden, daß eine entsprechende Instruktion auch beim Sicherheitsdienst vorlag.

›...falls der Zustand ausweglos oder der Tod eingetreten ...‹

Immerhin, man läßt abbrechen: ist das nicht seltsam... Wenngleich es schwierig sein dürfte, bei einem Toten noch irgend etwas zu ›behandeln‹. Freilich wird nicht gesagt, welcher Zustand als ausweglos angesehen wird.

Ich arbeitete in der anderen Wohnung, deren Schlüssel mir Sch. gebracht hatte. Den Namen der Wohnungsinhaber kannte ich nicht. Die Wohnung lag wenn auch nicht im Zentrum Moskaus, so doch nicht weit davon: Durch das offene Fenster drang Straßenlärm.

Zu guter Letzt lädt sich die Selenplatte gleichmäßig mit statischem Strom auf! Dann ... Nein, ich lasse den mittleren Teil herunter, der Monate an Kraftaufwand gekostet hat. Endlich halte ich den Bogen Papier mit den winzig kleinen vor den Augen verschwimmenden, indes gut zu lesenden Buchstaben in Händen. Erfolg. Das Herz klopft stark, so stark...

Aber das ist noch nicht alles. Der Farbstoff muß noch fixiert werden, der den Bogen überlagert. Ein paar Sekunden über die zum Glühen gebrachte elektrische Platte gehalten... er schmilzt... dringt in das Papier ein...

O Gutenberg, ich begreife deine Freude!

Doch dein Experiment wiederholen ist gar nicht so einfach!

›Unser Revolutionsprogramm hat zweifellos eine Lücke!‹ kam es mir urplötzlich in den Sinn, und ich verspürte einen Anfall von Stärke in mir, ›und das ist – die Machtübernahme.‹

Angenommen, unsere revolutionäre Organisation wäre dermaßen angewachsen, daß sie unmöglich zu beseitigen wäre: sie hat zwar Verluste durch Haftstrafen, aber auch nicht mehr. Sie ist schon so groß und umfassend, daß sie bereit ist, mit Gewalt vorzugehen. Sie ist bereit, die Macht zu übernehmen, die dann ein freies Staatsgebilde schaffen soll.

In erster Linie muß man sich der Verbindungswege bemächtigen, das ist einsichtig: Dem Staat darf es nicht gelingen, seine Armee zusammenzuziehen. Doch ist der Staat mit seinen Befürchtungen der revolutionären Stimmung dermaßen zuvorgekommen, daß... Beim Sicherheitsdienst und bei der Regierung existiert ein eigenes Verbindungssystem: eigenes Telefonnetz, unterirdische Flughäfen, Lebensmittellager. Moskau und die großen Städte sind von einem Netz konspirativer Wohnungen des Sicherheitsdienstes überzogen. Ortswechsel lassen sich ohne jede Schwierigkeit anhand des Personalausweises kontrollieren.

Der Staat wartet nicht: er schlägt als erster zu, um nicht nur jede Aktion, sondern auch den Gedanken daran im Keim zu ersticken. Und gleichzeitig betreibt er seine Erziehung durch Eintrichterung und Drohung.

›Wie soll das gehen‹, dachte ich. ›Überschätzen wir nicht unsere realen Möglichkeiten? Und gibt es sie überhaupt?‹

Doch es ist schon zu spät, nicht mehr weitermachen zu

wollen. Und kann man denn die Hoffnung aufgeben? Wenn wir der Zeit zuvorkommen, dann sind wir – ein Werkzeug der Zeit, ist es nicht so... Die Zeit macht das Monster, das über die Fluren Rußlands hergefallen ist, altern, nicht aber uns.

»Nichts Besonderes«, sagte Sch., vom Verhör zurück. »Also: Du hast mit jemandem Gespräche geführt?«

Ich zeige mich einigermaßen verwundert und verlange eine Erklärung. »Tja, die letzte Frage des Untersuchungsrichters war: ›Wer von Ihren Bekannten hat Drohungen an die Adresse von Führern aus Partei und Regierung ausgesprochen?‹«

Hm, wer wohl?

»Ich habe geantwortet: ›Niemand, versteht sich. Dergleichen Bekannte kann ich gar nicht haben.‹ Darauf sagte der Untersuchungsrichter, schon im Gang draußen, während er mich entließ: ›Über meine letzte Frage sprechen Sie, bitte, nicht mit... Bokow.‹«

Sollte etwa eigens auf diese Weise mir diese... Drohung überbracht werden?

Nein, Sch. war nicht dieser Meinung. Er nahm sogar an, daß die Angelegenheit nicht einmal dem Sicherheitsdienst völlig klar sei, da man in ihm, Sch., zum Teil einen der ›Ihren‹, möglicherweise sogar einen der Ihren ohne Gänsefüßchen, sehe und der Schatten, der auf ihn gefallen sei, möglicherweise ein peinliches Mißverständnis sei.

Wie sich herausstellte, waren in T., einer kleinen Stadt an die dreihundert Kilometer von der Hauptstadt entfernt, Verhaftungen vorgenommen worden. Und tatsächlich, einen der Verhafteten kannte Sch. Er hielt es für vernünftig, die Bekanntschaft nicht zu leugnen, bestritt aber den ›verbrecherischen Charakter der Verbindung‹, wie es in der Sprache des Polizeiprotokolls hieß: Nein, er habe nichts weitergeleitet, nichts bei sich aufbewahrt, nichts gewußt. Und überhaupt, die Bekanntschaft sei eine rein zufällige gewesen.

Am nächsten Tag klärte sich alles auf. Einer aus T. kam

angereist und berichtete, daß es sich um eine Denunziation gehandelt habe. Eine ganz gewöhnliche, wie sie am häufigsten vorkommt. Ein Neuling hatte ein Buch bekommen. Er las es durch – es ging um die Einrichtung von Kolchosen in den dreißiger Jahren –, konnte aber mit seiner inneren Erregung nicht fertig werden und nahm das Buch mit auf einen gewissen Ort. Die bei Nacht durchgeführte Durchsuchung bei den angezeigten Personen blieb ergebnislos; übrigens hat man sie alle verhaftet. Der Denunziant hatte, wie sich herausstellte, irgendwann einmal Sch. gesehen und eine Beschreibung von ihm gegeben: hochgewachsen, mager, brünett, aus Moskau; doch bisher ist noch unklar, auf welche Weise...

»Du erzählst wohl Witze!« rief Sch. empört. »An wen glaubst du eigentlich geraten zu sein!«

Ich mußte zur Kenntnis nehmen, daß ich bereits von der Universität relegiert worden war und ich letzten Endes bei keiner Sache durchhalte. Eine Arbeit zu finden, daran war gar nicht zu denken. Das Drucken von Material bietet natürlich eine Existenzmöglichkeit, aber wo wird das noch vertretbare Risiko zur Dummheit?

Ich wunderte mich nicht, als ich von Sch.s Entlassung hörte.

Und als ich eine Einladung zu seiner Hochzeit erhielt, wunderte ich mich auch nicht: gleichzeitig mit der Arbeit hatte er auch seine Aufenthaltserlaubnis für Moskau verloren, er war kein Moskauer. Diese Hochzeit konnte die Aufenthaltsgenehmigung natürlich nicht ersetzen, machte jedoch eine unverzügliche Ausweisung unmöglich.

»Ich habe irgendwas mit den Zähnen«, sagte Sch. und öffnete den Mund, ohne eine Frage meinerseits abzuwarten. Zwischen den Zähnen trat – wie Kirschen – angeschwollenes Zahnfleisch hervor. »Die Sache beunruhigt mich. Aber es ist nichts von Bedeutung.«

»Wahrscheinlich Avitaminose?«

»Kann sein.«

Doch es war Zeit, zu den Gästen zurückzukehren, an die nicht gerade von Fröhlichkeit, höchstens von Wodka erwärmte Hochzeitstafel.

Es war Herbst geworden: Schlamm überall auf den Straßen, Schlamm zwischen den Häusern, Schlamm, der an den Fußsohlen kleben blieb.

In der Luft die Gegenwart – von etwas anderem. Nur der Alkohol zerstörte diese lästige, offenbar feindselige Gegenwart. Mein Tischnachbar am Hochzeitstisch – von kleinem Wuchs, mit einer plattgedrückten Nase, ein Verwandter oder Nachbar oder Freund der Familie – füllte ständig mein noch nicht ausgetrunkenes Glas nach und redete auf mich ein: »He, Student, was bist du für ein Schwächling! Ich vertrage da aber mehr, viel mehr!«

»Wo arbeitest du?« fragte ich, weniger, um ins Gespräch mit ihm zu kommen, als mich gut erzogen zu zeigen.

»Ich? Aufseher. Aufseher bin ich.«

Seine plattgedrückte Nase – offenbar von einem brutalen Schlag herrührend – neigte sich mir zu:

»Sieh mal: draußen ist es kalt. Aber jetzt haben wir einen getrunken – und schon ist es warm! Ist doch gut, nicht?«

Am Kopf des Tisches saßen die Neuvermählten: Sch-w, aufrecht und in einem ausgezeichnet gebügelten Anzug mit Schlips, nippte kaum an seinem Sektglas. Er nähme Arzneimittel, die sich beim besten Willen nicht mit Alkohol vertragen, sagte er. Die traurige Braut saß neben ihm, übrigens lachte sie plötzlich laut auf und trank ungeheuer viel, als ob sie von etwas wisse und sich bemühe, nicht daran zu denken.

»Trink!« sagte der Aufseher. »Der Bräutigam trinkt ja überhaupt nicht, ist nicht gut, ist nicht gut!«

Nein, nicht die Gegenwart des Gefängniswärters an der Hochzeitstafel war das *andere*, hier eher ironisch Anmutende: Unsere Wege hatten sich zu früh gekreuzt, und die Umstände unserer Begegnung waren höchst ungewöhnlich.

Nein, das andere lag in der erdigen Gesichtsfarbe von Sch-w, in der Qual im Gesicht der Braut, die durch die Grimasse der Fröhlichkeit hindurchschaute... darin, daß schon so viel Wodka getrunken worden war und daß, aus welchen Gründen auch immer, neue Flaschen aufgetragen wurden.

»Weißt du, ich gehe ins Krankenhaus, es geht darum, sie vermuten... wie soll ich dir's sagen... Leukämie.«

»Ja aber, warum...«

»Ich glaube, sie haben mich... bestrahlt.«

Sch-w stand mit dem Rücken zu mir.

Ich erstarrte. Ich sah weder Wände noch Decke. Das trügerische Versteckspiel hatte aufgehört. Das Entsetzen vor dem Mord kommt aus der Tiefe des Wesens. Vor dem Mord, der in der Stille geschieht. Das ist kein Lastwagen, der sozusagen zufällig angefahren kommt. Kein Messer, das zwischen die Rippen fährt. Kein Schlagring, der den Schädel zerschmettert.

Es sind die Mordwaffen, die heutzutage angewendet werden. Kein Revolver, nein – ein gewöhnlicher Mensch besitzt keinen Revolver, man kann ihn nicht kaufen, und der mit einem zweifachen oder dreifachen oder vierfachen Schuß Ermordete... Mit dem Revolver morden kann nur der Staat, weshalb ein Revolver bei gewissen Vorhaben nicht angewendet wird.

Von einer Bestrahlung war nichts zu sehen.

Der Tod tritt nicht auf der Stelle ein.

»Der Lastwagen. Erinnerst du dich an den Lastwagen, der an meinem Hauseingang stand?«

»Aber ich dachte, sie haben die Rein- und Rausgehenden fotografiert, dich fotografiert, um dein Foto dem Denunzianten in T. schicken zu können.«

»Wer weiß, ob meine Aufnahmen wirklich *dort* sind?«

»Kann sein, wer weiß... schließlich sind sie auch für andere von Interesse.«

Die Krankheit, in der Umgangssprache häufig ›Weißblütigkeit‹ genannt, trägt unter Ärzten den Namen ›Leukämie‹. ›Es handelt sich darum‹, las ich in einem medizinischen Buch, ›daß der Organismus beginnt, zuwenig rote Blutkörperchen zu produzieren, und letztere sind notwendig: sind sie es doch, die den Sauerstoff im gesamten Organismus in Umlauf bringen...‹ Sauerstoff... Gebt mir Sauerstoff! Ich ersticke, ich werde unhörbar, unmerklich umgebracht! Der todbringende Strahl hat mich gestreift... nein, nicht mich... nicht mich! Ich bin noch am Leben. Ich blickte in den Spiegel, sah aber keine blutigen Kirschen zwischen meinen Zähnen hervortreten.

Leukämie pflegt chronisch zu sein. Das Rückenmark produziert zuwenig rote Blutkörperchen, und der Mangel kann durch Bluttransfusion ausgeglichen werden. Es gibt auch eine akute Leukämie: hierbei produziert das Rückenmark immer weniger rote Blutkörperchen und hört schließlich ganz auf, sie zu produzieren. In diesem Falle...

»Ich wollte dich fragen...« begann Sch-w, »was weißt du... was denkst du, nun ja, wie es – *dort* sein wird?...«

Wußte ich viel vom Tod? Wahrscheinlich mehr als heute. Ein Rätsel: ein Rätsel? Nein, eine Fortsetzung, nein, Geburt, ein Zufluchtsort, Ruhe und Frieden – für unsere Seele, nicht wahr, für unser körperloses Wesen.

Der Tod – ich habe über ihn nachgedacht. Er ist auf jeder Seite meines ›Lachens nach Mitternacht‹ unausweichlich zugegen... Wie lange ich an diesem Buch geschrieben habe, das mit einem Gebet an den Tod endet.

Ich gab Sch-w das Buch, genauer, einen Stoß Blätter:

»Da: ich dachte... ich, stimmt, ich weiß nicht...«

Ich wußte nicht, wie ich auf Sch-ws Frage antworten sollte. Ich fühlte mich aus irgendeinem Grunde verpflichtet, gewissermaßen objektiv zu sein. Ich wollte die Ansichten verschiedener Philosophen und anderer, die über den Tod nachgedacht hatten, darlegen. Doch kaum hatte ich begonnen, spürte ich meine Unaufrichtigkeit: Sch-w erwartete einen Gedanken, nicht von Beweisen erhärtet, vielmehr durch den Atem, den Schrei, die Qual, die Verzweiflung desjenigen, der den Tod *durchlebt* hat.

Mein Freund, der Tod, öffnet uns die Tür in die Ewigkeit.

Wir sollen nicht töten, denn wir sind unsterblich.

Du siehst, wie einfach.

»Schau nur, was für ein Souvenir.«

Es war ein Kreuz, das mir ein alter Mann geschenkt hatte, der so lange im Gefängnis gesessen hatte, daß ... das Kreuz war aus einem Suppenlöffel herausgeschnitten. Es war schön, wenngleich man sich schwerlich etwas Schönes vorstellen kann, das aus einem Material wie Aluminium hergestellt worden ist.

Sch-w hielt es in der Hand, warf einen befremdeten Blick darauf, auf seinem Gesicht zeigte sich sogar ein Ausdruck von Herablassung, und er legte es an die Tischecke.

Wir verabschiedeten uns.

Als ich die Tür hinter ihm geschlossen hatte und ins Zimmer zurückkam, war das Kreuz, wie nicht anders zu erwarten, verschwunden.

»Eine gelenkte, zielgerichtete Bestrahlung ist unmöglich«, sagte mir ein Physiker. »Zumindest gibt es bis heute keinerlei solche Apparaturen. Der die Bestrahlung vornimmt, setzt sich gleichzeitig auch selber den Strahlen aus. Im übrigen ist mir bekannt, daß Forschungen in dieser Richtung im Gange sind. Doch bis heute ... nein, nein. Eine andere Sache ist ein geschlossener Raum! In ihm ist, so betrüblich es auch sein mag, eine solche Bestrahlung möglich. Sie haben vielleicht von Gerüchten gehört, die in der Hauptstadt die Runde machen, über die Liquidierung eines ausländischen Kommunisten, eines Revisionisten oder wie es dort heißt. Man hat es so arrangiert, daß er allein einen Korridor entlangging. Verstehen Sie?«

Sollte ich die Ergebnisse meiner Nachforschungen Sch-w mitteilen? Ich war unschlüssig. In diesem Fall hätte ich behaupten müssen ... nun ja, die Krankheit als solche sei rätselhaft, doch sozusagen normal, naturgemäß. Etwas in ihm Schlummerndes. Offenbar habe die nervliche Anspannung der letzten Jahre sie zum Vorschein kommen lassen ... und bei einem weniger aufregenden Leben wäre er noch ... Doch im Krankenhaus ... man hatte ihn bereits in ein Einzelzimmer gebracht, von den übrigen abgesondert (»Hier werden Sie mehr Ruhe haben«), so daß man ihn auch jederzeit besuchen konnte, ein Privileg, das einem das Herz erstarren ließ ...

Doch während ich im Krankenhaus den langen, von trüben, staubigen Glühbirnen erleuchteten Gang mit den unpersönlich gelben Wänden entlangging, überlegte ich es mir anders. Es würde für Sch-w nur noch schwerer werden, wenn er die Ansicht eines Spezialisten hörte – so, als ob ein gewaltsamer Tod begreiflicher wäre als ein natürlicher; von Menschen vernichtet zu werden eher verständlich als von der Natur.

Das zu wissen, ist wichtig für die Lebenden, genauer: die Gesunden, die allem Anschein nach Gesunden.

So wenig ist getan, wie viele Pläne ... So nah ist die Freiheit, bereits von der Energie und dem Denken so vieler genährt, und plötzlich ... Nein, die Natur kann nicht gegen uns sein!

Ob ich wohl auch dann der Ansicht wäre, daß er vernichtet würde, wenn ich ein Werkzeug der Rache in den Händen hätte?

Vielleicht wären andere auch gern dieser Ansicht, um einen Grund zum Hassen zu haben.

Aber ich bin hilflos. Wäre es nicht besser zu glauben, daß ich gar nicht so wehrlos bin, so daß *sie* nicht mehr in der Lage wären ... nein, sie sind natürlich in der Lage, da gibt es keinerlei Zweifel, und aufhalten kann sie niemand ... daß sie nicht mehr in der Lage wären, auf diese Weise zu töten.

»Wissen Sie«, sagte mir der alte Arzt, wobei er ununterbrochen mit den Augen zwinkerte, »die Sache ist die, ich will Ihnen ein Dienstgeheimnis anvertrauen. Vielleicht gibt es ein Mittel, das Sch-ws Leben verlängern – ich sage nicht ›retten‹ könnte. Aber das ist ein Mittel aus dem Ausland, man bekommt es nur in Krankenhäusern für ... Sie verstehen? ... für wichtige Leute, die für den Staat von Bedeutung sind ... oder im Ausland, natürlich. Es ist uns untersagt, Rezepte für dieses Mittel auszustellen. In den Apotheken ist es nicht zu haben. Es ist uns sogar untersagt, mit den Kranken darüber zu sprechen. Sie verstehen... Wozu Hoffnung machen mit einer Chance, die zwar existiert, aber nicht für sie? Das Mittel heißt Methylgag.«

»Bitte, schreiben Sie mir den lateinischen Namen auf«, sagte ich und hielt ihm Füllfederhalter und Papier hin.

»Ja, wissen Sie, ohne Brille... ach nein, hier ist sie, hier ist sie ja«, sagte der Arzt verlegen. »Aber nein, Sie können doch selbst, eigenhändig, wie man so schön sagt... Ich werde Ihnen Buchstabe für Buchstabe diktieren.«

Hoffnung.

Und Freude, die nach und nach das Herz ergreift! Ströme von Wärme, Wärme, Wärme...

Feuchte Novemberkälte. Getauter Schnee. Matschwetter.

Ich hätte Lust auf eine Tasse Tee. Mir scheint, ich habe Bekannte in diesem Stadtviertel. Beinahe Freunde.

Eine ebene Fläche, bebaut mit zehn- oder vierzehnstöckigen Häusern, eins wie das andere. Und eine kleine Erhebung: Die eins wie das andere aussehenden Häuser steigen zu einem von Abfällen verseuchten Flüßchen hinab und den gegenüberliegenden Abhang hinan. Häuser aus Betonplatten; die Ritzen zwischen den Platten sind mit schwarzem Asphalt ausgefüllt. Die Fassaden, die Stirnseiten, sind in regelmäßige Quadrate unterteilt. Auf den ersten Blick sind es schwarze Gerippe, die sich auf dem Hintergrund des weißen Schnees gen Himmel recken, und nur ein geübtes Auge vermag die Fensteröffnungen wahrzunehmen.

Ich freute mich, sie zu sehen. Der Hausherr war sogar hoch erfreut, denn er hatte versucht, mich tags zuvor anzurufen, aber ohne Erfolg. Nun eilte er, mir seine Frau vorzustellen, die mir etwas zu sagen hatte.

»Es geht um den Patienten, nicht wahr«, begann sie, »bei dem man Leukämie festgestellt hat. Ich kenne zufällig eine Gruppe Patienten mit derselben Diagnose, die von Ärzten behandelt werden, aber... inoffiziell, Sie verstehen? Ich habe mich mit einem Patienten aus dieser Gruppe unterhalten. Er gab sein Mitgefühl zu erkennen. Er ist bereit, Sie zu treffen, bittet jedoch, nicht am Telefon von der Angelegenheit zu sprechen und überhaupt nicht anzurufen ... Mehr noch: es ist ein Geheimnis, daß er krank ist. Sie wissen schon, warum – er bekommt ein Mittel injiziert ... die Injektion ist sehr teuer ... Er arbeitet viel dafür, erarbeitet an die zwei Injektionen pro Monat. Wenn man an seinem Arbeitsplatz erfährt, daß er diese Krankheit hat, wird er auf der Stelle als Invalide entlassen, verstehen Sie? Er wird eine Invalidenrente bekommen, von der man nicht einmal leben kann, geschweige denn illegale Spritzen bezahlen. Na, Sie wissen schon ...«

Die Frau führte mich ins Badezimmer. Beim Rauschen des laufenden Wassers flüsterte sie mir heiß ins Ohr:

»Hier ist die Adresse. Heute abend, um sieben. Sagen Sie: ›Herzlichen Gruß von Larissa‹.«

Hoffnung. Und Ströme von Wärme, Wärme, Wärme ...

Dennoch. Verschwörer im Untergrund – das ist verständlich. Auch Untergrundschriftsteller scheinen mir kein Paradox zu sein – Pascal und seine ›Briefe eines Provinzlers‹, Voltaire, der König der Pseudonyme, und auch ich, müßt ihr wissen, liebe die Stille. Aber Untergrundkranke – das ist eine Neuigkeit!

Die Türen der Metro gingen zu, doch nicht ganz: ich hatte den Fuß dazwischengeschoben und schaute hinaus. Und ich sah, wie konnte es anders sein: Im Wagen nebenan hielt auch jemand die Tür auf, sein Kopf schaute heraus.

Ich war nicht allein.

Ich darf aber niemanden auf den Fersen haben, sonst müssen alle dran glauben und Sch-w mit ihnen. An der nächsten Station ging ich anders vor. Ich wartete einen Moment, während ich die Türen mit dem Fuß offenhielt. In der Stille fiel eine von irgend jemandem offengehaltene Tür schallend zu. Da hier der Bahnsteig einen kleinen Bogen macht, war nicht zu sehen, daß meine Türen nicht geschlossen waren. Ich sprang ab und bemerkte im selben Moment eine in der Tür hängengebliebene Figur: zu spät.

Noch einmal und noch ein zweites Mal stieg ich um – in andere Linien der Metro. Wie mir schien, folgte mir niemand mehr. Ich ging den schmalen Röhren der Fernsehkameras, die die Bahnsteige beobachten, aus dem Weg, mischte mich unter die Menge und erreichte den nördlichen Stadtteil. Ich stieg in den Trolleybus um und kam an der gewünschten, genauer gesagt: eine Haltestelle nach der gewünschten Station unbeschattet an. Es stiegen zwar noch zwei Leute mit mir aus, doch um die ging es nicht.

Man sagt, die Moskauer Metro erstrecke sich dermaßen weit, daß die Nachrichtenübermittler des Sicherheitsdienstes hier ihre Tätigkeit nicht ausüben können, weshalb die Beschattungstechnik auf so altmodische Weise praktiziert wird. Auch die auf Schritt und Tritt installierten Fernsehanlagen lassen sich schlecht abdecken, genauer gesagt, die Leute am Bildschirm können auf der Suche nach demjenigen, den sie verfolgen, nicht die ganze, sich hin und her bewegende Menge von Fahrgästen im Auge behalten.

Ich bin allein.

Allein vor dem genau beschriebenen einstöckigen Haus.

Kein Briefkasten, keine Klingel. Ich klopfe.

Fast im selben Moment – als habe jemand hinter der Tür darauf gewartet – eine scharfe Stimme:

»Wer ist da?«

»Guten Tag. Herzlichen Gruß von Larissa.«

Man öffnet sogleich die Tür:

»Schnell, kommen Sie herein.«

Der Hausherr ließ mich an einem Tisch mit einer Wachstuchtischdecke Platz nehmen und setzte sich dazu. Über dem Tisch hing eine trübe Lampe: das Licht war so spärlich, daß die Ecken des Zimmers im Dunkel verschwanden, nur das Bett schien als heller Flecken hervorzutreten. Auch die Gesichtszüge meines Gesprächspartners waren nicht sonderlich gut zu erkennen, bis auf die Backenknochen, die Nase, den Bart und die zarte Gesichtshaut.

»So, so...« sagte er, und seine Stimme klang weich, beinahe freundschaftlich. Er las die Beschreibung des Falles Sch-w. »Die Diagnose gleicht der meinen. Gut, ich werde den Ärzten die Beschreibung übergeben. Sie begreifen natürlich, daß das keine einfache Behandlung sein wird. Ich will damit sagen, daß die Behandlungsbedingungen nicht ganz die gewohnten sind. Sie verstehen, meine Ärzte... das heißt... man hat ein neues Medikament entdeckt, doch unsere Bürokratie... verstehen Sie, es wird natürlich irgendwann einmal anerkannt werden... doch für mich, für uns... schließlich lebe ich nun schon das zweite Jahr, genauer ein Jahr und zweiundneunzig Tage. Eine Spritze kostet so viel, daß... Kann Sch-w diese Spritzen bezahlen? Gut.«

»Wann soll ich Sie anrufen?« sagte ich, als er schwieg und mich abwartend anschaute.

»Um Gottes willen, keine Anrufe! Morgen werde ich die Krankengeschichte von Sch-w übergeben und bekomme dann einen Tag später Antwort. Kommen Sie in zwei Tagen wieder. Ach nein« – er verzog das Gesicht – »übermorgen ist Parteiversammlung. Also gut, in drei Tagen. Offenbar haben Sie nichts einzuwenden – ich sehe meinerseits keine Hindernisse. Dann kann Sch-w herkommen, oder auch Sie, und die Details besprechen.«

Auf dem Rückweg wählte ich, versteht sich, eine völlig andere Route. Man könnte mir irgendwo auf dem Weg, den ich genommen hatte, als ich herfuhr, aufgelauert haben.

»Wer ist dort?«

»Herzlichen Gruß von Larissa.«

Schweigen hinter der Tür. Sich entfernende Schritte. Befremdet klopfe ich noch einmal an die Tür.

»Kommen Sie nicht noch einmal. Man hat es abgelehnt, Ihren Freund zu behandeln.«

»Öffnen Sie doch, bitte.«

»Nehmen Sie Ihr Schreiben da.«

Etwas Weißes kam unter der Tür hindurch, und ich beugte mich nieder, um es aufzuheben: ein zusammengefaltetes, vierseitiges Schreiben – die Krankengeschichte von Sch-w.

»Aber erklären Sie mir doch ... es geht schließlich um Leben und Tod ...«

»Gehen Sie, bitte«, rief man hinter der Tür, und in der Stimme schwang Haß mit. – Keine weitere Reaktion. Keine Erklärung.

»Sie selbst ... Sie haben doch die gleiche ... genau die gleiche Diagnose! Sie werden doch verstehen, daß ...«

»Bitte, gehen Sie! Man hat mir gesagt, wenn ich mich mit Sch-w treffe oder mit einem seiner Bekannten ... Sie verstehen ... Man ... man hat gesagt, daß ich ... ich habe Ihnen doch gesagt, daß alles normal zu sein scheint ... das heißt, daß Sch-w wirklich krank ist ... Aber man hat mich wissen lassen, Sie verstehen ... wenn ich weiter insistiere, werden mir ... die Spritzen entzogen.«

Sch-w richtete sich im Bett auf, als er mich in der Tür sah.

Ihm war sofort klar, daß ich mit leeren Händen kam.

»Offenbar sind diese Ärzte – Gauner, Scharlatane, die sich ihre Patienten nach Gutdünken zusammenstellen. Wahrscheinlich ist ihre Kalkulation ganz simpel: sie wenden ganz gewöhnliche Medikamente an. Oder einfach destilliertes Wasser! Der eine stirbt, der andere bleibt ein Weilchen länger am Leben oder wird sogar gesund – es gibt schließlich so geheimnisvolle Möglichkeiten ...

Die Ärzte haben abgelehnt, dich aufzunehmen, weil du von außen betrachtet eine unbekannte Persönlichkeit, vielleicht auch eine hochstehende, die ... Klarer Fall: sie wollten nichts riskieren.«

»Ja, ja«, nickte Sch-w mit dem Kopf. »Wird wohl so sein. Vielleicht auch anders. Vielleicht ist die Geschichte von dem neuen Medikament purer Unsinn. Diese Ärzte wenden in der Tat sehr teure Medikamente an, die aus dem Ausland kommen oder die sie in Krankenhäusern für Privilegierte bekommen

(Sch-w sagte selbstverständlich nicht ›mitgehen lassen‹, das wäre unbillig gewesen.)

Die Augen geschlossen, fuhr er voll Überzeugung, als werde ihm die Sache immer klarer, fort:

»Nein, die haben gewisse Beziehungen mit dem Ausland. Möglicherweise ist der Zoll auf dem laufenden und kriegt seinen Teil. Die sofortige und entschlossene Absage kommt daher, daß sie Erkundigungen über meine Person eingeholt haben und hier Verbindungen mit dem Sicherheitsdienst bestehen, schließlich ist der Zoll nichts weiter als eine Abteilung des Sicherheitsdienstes. Und den Ärzten hat man geraten, nicht mit mir in Kontakt zu treten, weil sich die Sicherheitsorgane direkt mit mir befassen... Verstehst du?«

Ich hatte verstanden. Ich hatte verstanden, daß ich versuchen mußte, an dieses Medikament heranzukommen. Eine, zwei, ja drei Stunden wich ich nicht vom Telefon – ich hatte ein Gespräch mit P. angemeldet, mit Bekannten im Ausland.

Die Warterei wurde langweilig, und so griff ich selbst zum Hörer. Keinerlei Zeichen. Der Apparat war gesperrt.

Mitternacht. Doch im Haus gegenüber waren noch viele Fenster erleuchtet. Auch in dem anderen, dem Nachbarhaus, erleuchtete Fenster. Auch meins wohl, wenn man es von außen sah. Doch diese Luft... diese Warterei... dieses Gefühl des Verdammtseins, aber auch der eigenen Bedeutung: Der Staat war in direkte Beziehung zu einem, der auf seinem Territorium lebte, getreten – in der Annahme, seine Tätigkeit sei gefährlich. Wie sollte man da nicht auf den Gedanken kommen, an der Geschichte beteiligt zu sein. Und sie spielte sich in Moskau ab.

Nachts um zwei klingelte das Telefon. Ich kam langsam aus dem Schlaf, tastete im Dunkeln lange nach dem Apparat und fürchtete schon, ihn nicht rechtzeitig zu finden.

Durch das Rasseln und Rauschen in der Leitung hindurch war eine menschliche Stimme zu vernehmen. Ich gab meine Botschaft geradezu buchstabenweise durch, doch mein Gesprächspartner konnte nicht ganz verstehen. Mit größter Mühe kämpfte ich mich durch das Gestrüpp von ›was?‹ und ›wie?‹ hindurch. Offenbar war alles, was letzten Endes durchgekommen war, der Name des Medikaments:

»Methylgag.«

Die Verbindung war unterbrochen. Im Hörer war nichts als ein leises Rauschen und Kratzen zu hören, als liefen Insekten über Zeitungspapier. Freudige Bewegung erfaßte mich: Ich hatte die Umzingelung durchbrochen und mit jemand gesprochen ... zumindest mit einem Gleichgesinnten gesprochen ... und wir ... und ich ... wir sind noch am Leben!

In das Zimmer, wo Sche-new lag, traten zwei Männer in weißen Kitteln. Der behandelnde Arzt, an diesem Tage ein wenig nervös, sei es, daß er überarbeitet war oder auch durch private Angelegenheiten schlecht gelaunt, informierte Sche-new eine Viertelstunde vorher davon, daß ihn Spezialisten untersuchen wollten.

Der eine der Spezialisten war ziemlich groß und hatte ein Stethoskop um den Hals, während der andere, eher kleine, dickliche, eine Aktenmappe unter dem Arm trug. Sein weißer Kittel saß, als trüge er ihn zum ersten Mal, was im übrigen seiner würdevollen, dem Fall angemessenen Haltung keinen Abbruch tat.

Der Große hörte Sche-new an, ohne irgendwelche Fragen zu stellen, und blätterte eher zerstreut seine Krankengeschichte durch, als sei ihm der Inhalt längst bekannt. Der Arzt beobachtete die Spezialisten nicht ohne Besorgnis, und auf seinem Gesicht zeigten sich sogar rote Flecken, wohl von der nervlichen Anspannung.

»Bis jetzt keine Temperatur?« fragte der Große.

»O doch, doch«, besann sich plötzlich der behandelnde Arzt und sagte in entschuldigendem Ton: »Allerdings nicht hoch.«

»Schon gut, schon gut«, beruhigte ihn der Große. Der Dickliche stand am Kopfende und ließ kein einziges Wort fallen. Aus irgendeinem Grunde schienen ihn die Einzelheiten der Krankheit von Sche-new nicht im geringsten zu interessieren. Er schaute sich im Zimmer um, in dem noch ein Bett stand, wenn auch nicht belegt, obgleich mehrere Betten mit Kranken im Gang standen. »Gut, gut«, sagte der Große und betrachtete die Pipette für die Veneninjektion.

»Schmerzen?« fragte er schließlich. Sche-new nickte.

»Geben Sie Morphium?« fragte der Große den behandelnden Arzt.

Der öffnete den Mund, um zu antworten, doch Sche-new kam ihm zuvor: »Ich will keine schmerzlindernden Mittel!«

»Nun, wie Sie wollen, wie Sie wollen«, erklärte sich der Spezialist einverstanden. »Wenn die Schmerzen bisher erträglich waren... Ich denke, wir können die Untersuchung beenden.«

Der Kleine und der Große gingen den Gang entlang, zogen im Gehen die weißen Kittel aus, und schon waren es zwei Männer in Zivilkleidung, die da die Treppe hinuntergingen.

»Sie unterschreiben also die Akte?« erscholl widerhallend die Stimme des einen – offenbar war es der Kleine, der angefangen hatte zu sprechen.

»Natürlich, natürlich, das Bild ist völlig klar.«

»Ich nehme Sie mit, im Aut...«, und die zugeschlagene Tür schnitt das Ende des Satzes ab.

›...die Behandlung wird abgebrochen, falls der Zustand des zu Behandelnden ausweglos oder...‹

Dezembermorgen: in Moskau ist es da so dunkel wie am Abend. In weißen Schleppen zieht sich der Rauch aus den Auspuffrohren der Autos. Dunkle Menschenmassen und Dampf, der aus den Türen der Metro entweicht; der Dampf schweigender Menschenmengen, die auf die Trolleybusse warten.

›Sie bauen ihre Pyramide‹, dachte ich, im Trolleybus sitzend. ›Sie werden sie immer und ewig bauen.‹ Ach, in jungen Jahren... im Knabenalter pflegte ich die Abbildungen von Pyramiden und ihrer Erbauer nachdenklich zu betrachten und mich staunend zu fragen, warum sie sich eigentlich nicht dagegen aufgelehnt haben. Es wäre doch so einfach gewesen! Und die einzig richtige Antwort – alle anderen sind nichts als Scheinerklärungen, nichts als Ausflüchte des Verstandes –, die einzige Antwort: weil sie sich nicht aufgelehnt haben.

Wozu so weit gehen… better red than dead… Diesen Spruch haben sich die stolzen Briten ausgedacht, die steifen Engländer.

Ich fuhr außerhalb der festgesetzten Zeit ins Krankenhaus.

Der Schnee, von den Rädern der Autos zermanscht, lag in schmutzigen Furchen. Verdammt nochmal, er spritzte unter den Rädern hervor mir ins Gesicht: Autofahrer kennen gegenüber Fußgängern keine Rücksicht.

Ich ging den unendlich langen, von trübem Licht erleuchteten Gang des Krankenhauses entlang. Hier und da abbröckelnde Farbe an den Wänden: gelbbraune Farbe. Patienten, alle in verschossenen, spärlich mit Knöpfen versehenen Baumwolljakken und ebensolchen Hosen – irgendwann einmal müssen sie blau gewesen sein. Sie unterhielten sich leise miteinander, ich konnte nur Fetzen von Sätzen auffangen: ›Koteletts… Püree…‹, offenbar wurde das bevorstehende Essen begutachtet. Es mochte sich auch um die Reste des gestrigen Abendbrots handeln.

Weiter begegnete ich niemandem. Ich war am äußersten Ende der Etage, in einer Sackgasse.

Die Tür war einen Spaltbreit geöffnet.

Der Kopf im Kopfkissen versunken, der steigende Winkel des Kissens ließ das Gesicht nicht erkennen. Die Decke war halb heruntergerutscht: hervortretende Schlüsselbeine, Rippen, von ziemlich dunkler Haut überzogen.

Eine Frau saß auf dem Bett und streichelte nachdenklich die Schulter und fuhr behutsam und liebevoll mit den Fingern über den Bauch. Sie beugte sich über ihn, die Augen halb geschlossen, und küßte das Schlüsselbein, den Hals… mit der Wange an den Bart geschmiegt.

Ich wollte die Tür schließen, als hätte ich heimlich etwas belauscht, das zwischen zweien zu bleiben hat. Doch die Frau drehte sich um.

»Wenn du willst, lasse ich euch allein...« flüsterte ich. Sie schüttelte verneinend den Kopf.

»Herschicken, ja, ja!« hörte ich die Stimme des Arztes – er sprach offenbar ins Telefon. »Einer meiner Patienten hat kapituliert.« Er senkte aus irgendeinem Grunde die Stimme: »Scherschnew.«

›Die Fachsprache ist sehr präzise‹, dachte ich. Eben: ›kapituliert‹. In einem ungleichen Kampf hat er aufgegeben, in einem Kampf, in dem es keine Chance gab... O doch, eine Chance hat es gegeben. Eine Chance gibt es immer. Er ist von der Natur besiegt worden, die sich plötzlich auf der anderen Seite zeigte... auf der gegnerischen. Scherschnew ist in einem einsamen Kampf gefallen.

Die Sanitäter schickten sich bereits an, seinen Körper auf die Bahre zu legen. Sie hoben ihn auf das Laken, doch irgendwie ungeschickt, so daß sie ihn beinahe auf den Boden fallen ließen.

Seine Frau schrie auf und stürzte hinzu, um zu helfen, als könnten ihm die Leute Schmerz zufügen, indem sie mit ihm rücksichtslos und grob umgingen. Sie ging hinter ihnen her, wie um noch zur Seite sein, helfen, beschützen zu können.

9

Es wurde bereits Abend, aber es war mir einfach nicht gelungen, aus S. wegzukommen, einem kleinen Städtchen, beinahe Dorf inmitten von Hügeln, die höher und höher werdend im Nordosten in die Alpen übergingen. Ich ließ mich in einem am Wege liegenden Café nieder, nippte an einem Glas Apfelschnaps mit Coca-Cola gemischt und wartete nun schon die zweite, dritte Stunde auf eine Mitfahrgelegenheit. Es waren nur zwei Gäste in dem Café: außer mir noch ein Mann so um die Vierzig, der die ganze Zeit dasaß – wie ich – und das gleiche trank wie ich. Er hatte schon ein paarmal zu mir herübergeschaut, und gegen Abend wandte er sich schließlich mit der Frage an mich:

»Bist du Schwede?«

»Ja, ich bin nicht von hier«, pflichtete ich ihm bei.

»Trinkst du ein Glas mit mir?«

Ich sagte nicht nein, beeilte mich jedoch zu bemerken, daß ich ihn meinerseits nicht zu einem Glas einladen könne, die Bank... leider... die Überweisung sei noch nicht... ich sei in Geldschwierigkeiten.

»Du hast es also nicht so eilig, irgendwohin zu kommen?« fragte er.

»Nein, ich habe es schon lange nicht mehr eilig, irgendwohin zu kommen.«

»Du könntest dir bei mir etwas nebenbei verdienen, ich bin nämlich dabei zu bauen, ein Haus, genauer einen Anbau ans Haus.«

Er betreibe den Bau allein. Die Sache ginge nur langsam voran, und er würde den Anbau gern so schnell wie möglich unter Dach und Fach bringen. Er arbeite jeden Freitag nach dem Mittagessen daran und dann den ganzen Samstag und am Sonntag wieder nach dem Mittagessen. Er könne mir ... nun, sagen wir mal, vierhundert zahlen. An die zwei Monate würde die Arbeit wohl dauern. Ich könnte ein Zimmer bei seinem Großvater kriegen. Für zweihundert, vielleicht sogar hundertfünfzig.

Ich antwortete nicht gleich, doch irgendwie war mir und auch ihm klar, daß mir die Bedingungen zusagten. Ich trank noch ein zweites Glas, das, wie sich herausstellte, Paul bestellt hatte. Dann kam das Gespräch wie üblich auf Philologisches. Paul konnte ein bißchen Schwedisch, wie sich zeigte, und er konnte auf französisch grüßen, ja, und auch andere Sprachen verstand er meisterhaft zu imitieren.

»Und so sprechen die Russen!« begeisterte er sich. Übrigens erinnerte mich seine Imitation mit ihren explosiven und gespannten Kehllauten eher ans Arabische, was ich ihm auch sagte, doch Paul lachte mich aus: da wisse er aber besser Bescheid! Er habe etliche Male zugehört, wie Russen miteinander reden, und mehr als das, er habe einen Bekannten, der sei Jugoslawe.

Während des Abendessens bei ihm zu Hause fühlte ich mich, kaum hatte ich seine mißmutige Frau gesehen, ziemlich beklommen, wenngleich sich das Haus in nichts von den vielen anderen Bauernhäusern unterschied: ein Steinhaus, zweistöckig, ein Farbfernseher, die unvermeidlichen Sprüche, Volksweisheiten auf lackiertem Holz, an der Wand. Paul beeilte sich, meine Biographie herzuerzählen und Luisa dazu zu bringen, an der allgemeinen Unterhaltung teilzunehmen. Ich erfuhr, daß ich an und für sich in Stockholm lebe, jetzt aber in dieser Gegend auf der Durchreise sei, Student, im Baufach bewandert und deshalb mit ihm, Paul, arbeiten würde, bis der Anbau ...

»Na, du weißt ja, Luisa, im Garten ...«

... fertig sei. Darauf wandte sich Paul immer wieder mit Fragen, die im übrigen lediglich ein Ja oder Nein als Antwort verlangten, an seine Frau, und Luisa nickte oder blieb unbeweglich wie zuvor.

Gegen Ende des Abendessens wurde sie lebhafter, wohl wegen der Anwesenheit des neu hinzugekommenen männlichen

Wesens am Tisch, und ging sogar so weit, sich zu interessieren:

»Aber wo soll denn Nikolaus wohnen?«

»Beim Großvater«, sagte Paul, froh über das neue Thema.

Ich fühlte mich ungemütlich. Es ist immer unangenehm, Zeuge familiärer Spannungen zu sein, die Brise von Gereiztheit und Feindseligkeit streifte auch mein Herz. Und wenn es mir auch in der Jugend bisweilen gelungen war, mit der Gereiztheit bei anderen fertig zu werden, sie ins Lächerliche oder einfach Unterhaltsame zu ziehen, so blieb mit den Jahren immer weniger von der seelischen Energie übrig; ich zog ganz offen die Gesellschaft von Menschen vor, die einander liebten, so daß auch ich von ihrer Wärme und Zärtlichkeit etwas hatte.

Luisa ging aus dem Zimmer. Paul senkte die Stimme:

»Luisa ist endlich schwanger, wie es scheint ein Sohn. Du mußt dir vorstellen, so viele Jahre nichts, und jetzt ist sie schwanger!«

Paul strahlte aufrichtig, gleich einem Schöpfer, der soeben ein Werk vollendet hat.

»Das ist ja ein Bunker!« rief ich verwundert aus, als wir die Anlage kaum über Bodenhöhe in einem entlegenen Winkel des Gartens besichtigten.

»Ein Atombunker!« unterstrich Paul, kaum merklich verlegen geworden. Und er begann, ein Loblied auf die benachbarte Schweiz zu singen, wo fast jeder, genauer: jede Familie, einen ausgezeichnet ausgestatteten Bunker besitze. Und überhaupt sei die Schweiz ein bewundernswertes Land, das einzige in Europa, das keine Schulden habe, im Gegenteil, alle hätten Schulden bei der Schweiz.

»Mein Schutzbunker ist übrigens ein schweizerisches Projekt«, bemerkte Paul und setzte nach einigem Überlegen hinzu: »Mein Atombunker.«

Es gelte noch, Kommunikationsmöglichkeiten zu schaffen auf diesem kleinen unterirdischen Raum, der mit einer Toilette ausgestattet war sowie mit einigen anderen kleinen Anlagen zur Aufbewahrung, genauer gesagt: künftigen Aufbewahrung von Wasser und Nahrungsmitteln.

Ebenso sollte noch ein Sauerstoffgerät für den Fall installiert werden, daß eine Bombe zu nahe, das heißt direkt daneben, einschlagen sollte und sich die Sauerstoffilter im ersten Moment, wenn die Radiation am stärksten ist, als unzureichend erweisen sollten.

Im Bunker brannte Licht, und es stand auch schon ein kleines Schränkchen in der Ecke. Bei seinem Anblick empfand ich Wehmut und sogar so etwas wie Nostalgie.

Paul holte eine Flasche aus dem Schränkchen. Es war nur ein Glas vorhanden, und das bekam ich, während Paul den Schnaps aus der Flasche trank.

»Luisa ist im fünften Monat«, sagte er. »Jetzt wirst du verstehen, warum es mir eilt: unser Sohn wird bald zur Welt kommen.«

Ich blieb wahrscheinlich wegen der Nähe des Waldes und der Felder. Die Felder dehnten sich hinter dem Haus des Großvaters aus, und dahinter erhob sich der Wald und stieg weiter hinauf über die Hänge der Hügel. Der Bau des Bunkers beschwor freilich andere Gedanken herauf, ließ den Krieg wirklich, geradezu unausweichlich erscheinen; mehr als das, ich zeigte mich gewissermaßen an ihm beteiligt, nicht nur dadurch, daß ich an dem Zufluchtsort mitbaute, sondern auch weil ich, zumindest früher, dem Volk angehört hatte, vor dem zu schützen ich hier und jetzt behilflich war.

Doch der Waldsaum, sonnenüberflutet, und das Rauschen der Wipfel über mir; die Bewegung der Luft, die das Gesicht, erhitzt beim Ersteigen des Hügels, spürt ... Und das Summen der Bienen ... nein, ich eile zu sehr voraus: der Sommer ist noch weit. Ein anwachsender, durchdringender Lärm – ein Militärflugzeug durchschnitt im Tiefflug die Luft über meinem Kopf, so daß ich in den Beinen wie von selbst zusammenknickte, um mich zu ducken.

»Guten Tag, Luisa!« Aus dem Wald zurückgekehrt, begegnete ich Pauls Frau. Schweigen als Antwort. Ich war verwirrt, als hätte ich mich ihnen als Arbeiter aufgedrängt.

»Grüß dich«, sagte der gebrechliche Greis; er war beinahe völlig kahl, so daß seine Augen wie rot umrandet schienen. »Ich bin Pauls Großvater.«

Aus irgendeinem Grunde war er der Ansicht, daß ich als Lehrer an der Schule des Ortes arbeite. Er hörte so schlecht, daß er meinen Akzent gar nicht bemerkte.

Ich war nur für kurze Zeit in meinem Zimmer, als es an der Tür klopfte. Hinter Pauls Rücken schaute Pauls Großvater hervor.

»Gehen wir einen trinken«, sagte Paul. Paul brauchte jemanden, mit dem er sich unterhalten konnte. Er brauchte einen Zuhörer, und zwar einen Zuhörer, der nicht unter dem Vorwand, sehr beschäftigt zu sein und daher schnell gehen zu müssen, verschwand. »Das ist nicht mein Problem«, hätte ein Franzose gesagt, wenn ein Gespräch über das Wetter oder den Preis der Brötchen hinausging; bei ihm ist alles in Ordnung, und wenn es nicht so ist, gehen seine Probleme niemanden was an.

In meiner Jugend hat man mich oft zum Beichtvater ausersehen, was manchmal peinlich wurde. Doch schien es mir unmöglich, einen Menschen, der das Bedürfnis hatte zu reden, abzuweisen. Mehr noch: ich hielt es für wichtig, ihn anzuhören, für rettend. Dem Gesprächspartner war es ein leichtes, in mich einzudringen. Ich tat einen Blick in den Abgrund des anderen und spürte mit ihm die Verzweiflung, nahm sie in mich auf, versuchte dabei jedoch stets, einen vernünftigen Ausweg zu finden.

Auch Paul beobachtete ich ängstlich.

»Weißt du, Luisa...« sagte Paul und nahm eine Flasche und ein, nein zwei Gläser aus dem Schränkchen. Inzwischen waren auch ein kleines Tischchen, flüchtig instandgesetzt, und zwei Stühle, ebenfalls kaputt und ebenso grob wie schnell mit Nägeln zusammengeflickt, in dem Bombenkeller aufgetaucht.

»Also, Luisa. Weißt du... sie glaubt...«

»Warum ist sie so mißmutig?«

»Das hat nichts zu sagen, sie ist immer so, sie ist gut, aber immer so.«

»Liebst du sie?«

Diese Frage verblüffte Paul ein wenig, erschien ihm wohl auch allzu direkt, doch seine Antwort klang fest:

»Wir sind acht Jahre verheiratet. Und jetzt werden wir einen Sohn haben«, er wurde unsicher und verbesserte sich weniger entschieden: »Wir werden ein Kind haben!« Wir tranken auf den glücklichen künftigen Vater.

»Weißt du, Luisa glaubt... sie hat es mir sogar direkt gesagt, heute morgen hat sie zu mir gesagt: Ich weiß, hat Luisa gesagt, daß du eine Geliebte hast. Kannst du dir das vorstellen?!«

Paul verbarg seine aufrichtige Verwunderung und Entrüstung nicht, und meine Frage ›Hast du denn eine Geliebte?‹ blieb unausgesprochen.

»Und dann hat sie noch gesagt, daß sie schon lange dahintergekommen sei. Man habe ihr längst schon geraten: Paß auf deinen Paul auf, Luisa! Wohin hat er da eigentlich Susanne mitgenommen? – Das ist ein Mädchen«, erklärte Paul, »hat gerade die Schule beendet. Als ich einmal in den Nachbarort fuhr und sie Autostop machte, habe ich sie mitgenommen!«

Es kommt natürlich vor, daß ein Mensch auf der Suche nach Mitgefühl ein bißchen dick aufträgt oder aber untertreibt, um größeres Mitgefühl zu erwecken. Das nämlich ist es, was er nötig hat: daß man ihn ohne Vorbehalt bemitleidet. Paul jedoch litt aufrichtig.

Wie war doch alles gut geregelt: ein solide gebautes Haus, gesichertes Auskommen, vierzigtausend auf der Bank, bis jetzt keine Kinder, aber die würden jetzt kommen. Wenn erst eins da war, würden die anderen schon hinterherkommen. Und nun auch noch – der Bunker. Für fünf Personen: Luisa, Paul und die drei Kinder.

»Und der Großvater?« fragte ich und verteilte in Gedanken die Plätze im Bunker.

»Großvater?« Paul war ein wenig betreten. »Nun ja, solange nur ein Kind da ist, ist für Großvater Platz, wenn es dann drei sind, wird man sehen. Wird uns schon was einfallen.« Wir tranken auf den zu erwartenden Nachwuchs.

Das Land dort ist – anders. Ich sage nicht ›fremd‹, denn Rußland ist das Land, in dem ich geboren wurde. Worin bestand das Leben dort ... Darin, Demütigungen und Gewalt aus dem Weg zu gehen.

Ein Leben unter Demütigungen ist dennoch ein Leben und nicht der Tod. Wir haben das Leben dem Tod vorgezogen. Und es ist uns, so seltsam es anmuten mag, gelungen – es ist uns gelungen, uns am Leben zu verzehren und sogar zu erfreuen – bei einem Glas Wodka, bei einem Gespräch unter Freunden, meistens jedoch bei beidem zugleich.

Dort, dort entstand das Gefühl, daß die Welt unvollkommen ist. Und dort wurden wir gepackt von der Leidenschaft für die Vollkommenheit der Form. O heilige Kunst. O russische Sprache – einziges Gebiet, auf dem ich vielleicht nicht Dilettant geblieben bin. Die Nuancen ... die Feinheiten ... für niemanden sichtbar, die Unbestimmtheit des Russischen, das den Anschein erweckt, als seien ihm viele Gefühle überhaupt unbekannt.

»Guten Tag, Luisa!«

Schweigen. Glücklicherweise sah ich sie selten, und wenn ich einen kleinen Umweg machte und von den Feldern her in den Garten kam, konnte ich eine Begegnung überhaupt vermeiden.

»Guten Tag, Großvater!«

»Guten Tag«, antwortete der Alte. »Ich bin der Großvater von Paul.«

Die Routine des Alltags hat ihre Vorzüge: meine Tätigkeit wurde nur vom Schlaf unterbrochen, und wenn ich wach wurde, streckte ich die Hand aus und griff nach meinen Notizen ... nein, zunächst wohl doch nach einer Zigarette. Der jahrelange Kampf gegen das Rauchen auf nüchternen Magen war nur von Zeit zu Zeit von einem zum Teil künstlich vorbereiteten Sieg gekrönt – ich pflegte die Zigaretten am Tag zuvor irgendwie irgendwo zu vergessen.

Die Routine des Alltags hat auch ihren Nachteil: Die Zeit vergeht zu schnell. Das Lebensende beginnt nah zu erscheinen, allzu nah... Warum nur hat die jugendliche Vorstellung vom Tod als der naturgemäßen Fortsetzung des Lebens, genauer gesagt: einer neuen Geburt, an Kraft nachgelassen? Und in manchen Augenblicken gewinnen Wehmut und Angst und Kälte die Oberhand. In Augenblicken der Schwäche und Kränklichkeit übrigens.

Merkwürdig jedoch die Menschen, die sagen und sogar schreiben: Nach dem Tod kommt nichts mehr, das ist nun mal der natürliche Lauf der Dinge, und es ist doch alles gleich. Ob das ein Zeichen von Mut oder Gefühllosigkeit sein mag... Nein, meine Herrschaften, denkt, was ihr wollt, meine Seele ist unsterblich... mag auch das Bewußtsein der Unsterblichkeit bei den Menschen gering sein – doch darum geht es nicht.

Es geht offenbar darum, daß der Himmel auf die Erde gefallen ist und man hier und dort Stücke von ihm zusammensammelt, sie nur anders benennt als das Ganze, sei es nun etwa Kommunismus, Nazismus oder was immer den Zeitungen an Ausdrücken einfallen mag. Doch dieser Himmel, dieser Himmel... Generationen, die über Riten und Zeremonien spotten, die verspotten, was tiefer, was ganz tief in ihnen liegt, das, was dauert, was ewig ist. Was aber, wenn es nichts Ewiges, Dauerndes gäbe, das alles Vergängliche schrumpfen läßt, was wäre denn dann imstande, den Zauber von Macht und Gewalt, den Zauber von Banknoten und Münzen, den Zauber einer Zeitung schrumpfen zu lassen? Wie wäre dann... wo wäre dann noch ein *reiner* Ort?

In der Tür stand, die Arme weit ausgebreitet, Paul. Ich zuckte zusammen, worauf er einen Schritt zurück machte und, für einen Augenblick verlegen, anklopfte.

»Luisa will sich scheiden lassen«, sagte er.

»Magst du einen Schluck?« sagte ich. Ich besaß leider nur ein einziges Glas; ich stellte es Paul hin. Es gab zwar noch eine Tasse und einen Teller und noch irgendeine Schüssel, doch ich hatte keine Lust, mich zu erheben und Geschirr zu spülen. Im übrigen war es nicht die Zeit für Alkohol.

Er war verwirrt, ja geradezu in einem verheerenden Zustand.

»Bist du mit ihr glücklich?« fragte ich. »Oder besser: warst du mit Luisa glücklich?«

Er blickte mich befremdet an, so, als sei ich vom Thema abgewichen und hätte nach etwas Anderweitigem gefragt.

»Wir sind acht Jahre verheiratet!« sagte er beharrlich. »Wir hatten lange keine Kinder: acht Jahre lang. Und jetzt kommt ein Sohn, vielmehr ein Kind, und da hat Luisa vor, sich scheiden zu lassen!«

»Laß dich scheiden«, sagte ich.

Er blickte mich haßerfüllt an.

»Oder nicht«, korrigierte ich mich. »Vielleicht verändert das Kind Luisa: Sie ist so traurig.«

Paul schaute mich dankbar an.

»Ich gehe zu diesem Mädchen, dieser Susanne, ich werde mit ihren Eltern reden. Sie soll ... sie sollen ihr sagen, sie soll Luisa sagen, daß ich nichts mit ihr habe! Laß uns auf der Stelle losgehen!«

»Paul, du weißt doch ... ich will abreisen«, begann ich, und meine Stimme klang immer unaufrichtiger. »Ich habe gestern abend eine Nachricht bekommen. Ich muß unbedingt fahren.«

Pauls Spannung ging immer mehr auf mich über. Es fehlte nicht viel, und ich hätte angefangen, sein Leben zu leben, sein Leid zu tragen, und es wäre nicht die Spur von der kaum erst wiederhergestellten Integrität meiner selbst übriggeblieben. Alles wäre zunichte. Eine Kunst voller Angst würde bleiben, die Welt sich eingeengt und eingeschränkt zeigen, so daß man sich weder drehen noch wenden konnte, ohne hier und dort und überall Haut lassen zu müssen.

»Du mußt mit mir kommen!«

Wir gingen zusammen, doch am Haus angekommen, blieb ich stehen und sagte, ich wolle auf der Straße warten, schließlich ging es um höchst private Dinge und die Anwesenheit eines Außenstehenden könne da nur schaden.

Auch ohne meine Begleitung führte Pauls Besuch zu nichts. Nach etwa einer Stunde kam er wieder, mißmutig und niedergeschlagen.

Ich saß am Rand des Bürgersteigs und rauchte eine Zigarette. Übrigens war es zunächst einmal Susanne, die aus dem Haus kam: ein hübscher Teenager mit rosaroten Wangen. Sie warf mir einen neugierigen Blick zu, und ich hatte den Eindruck, daß mich Paul während des Gesprächs erwähnt hatte und sie herausgekommen war, um sich den Schweden anzusehen.

»Paul, ich muß fahren. Ist ja doch nur noch wenig zu tun am Bunker. Und ich muß, du verstehst, eine dringende Angelegenheit... habe Nachricht bekommen...« sagte ich, noch ohne zu ahnen, daß ich zwei Tage später tatsächlich eine Nachricht bekommen sollte, die mich zwang, unverzüglich die Zelte abzubrechen.

Vorläufig jedoch machte ich mir Gedanken über die dringende Angelegenheit, der entstandenen Situation zu entfliehen.

»Schade«, sagte Paul. Und er fügte hinzu, als wäre ich ein Verwandter: »Da bist du gerade erst gekommen und mußt schon wieder fort!«

Wir deckten die Betonwände mit Bleiplatten ab und nagelten kreuzweise Holzplatten darüber. Das Verputzen ging schnell voran, und es gelang uns sogar, das Ganze mit einem salatgrünen Anstrich zu versehen. Paul fand das unnötig, aber die Farbe war nun mal noch vorhanden, und außerdem verlor der Bunker dadurch sein allzu strenges und fremdes Aussehen. Der Lampenschirm, dessen Farbe ich bestimmt hatte, verwandelte den Raum völlig. Im Grunde genommen ist es die Beleuchtung, die eine Behausung gemütlich oder aber unbewohnbar macht.

»Da es nun mal nicht anders geht, müssen wir uns trennen«, sagte Paul und wurde von Tag zu Tag schweigsamer. »Aber das Haus... der Haushalt... der Farbfernseher... und schließlich waren lange Zeit keine Kinder da, aber jetzt kommen sie... Was soll man sich noch wünschen?«

Ich dachte (sprach es aber nicht aus), daß Luisa Susanne wohl eher als Vorwand genommen habe, das Ganze vielleicht sogar ganz einfach eine Erfindung sei. Wie sind sie doch feige, die Menschen: der Wunsch zusammenzuleben ist versiegt, verglommen, vielleicht ist man einander einfach überdrüssig geworden. Oder die Nacht versöhnt nicht. Ist es nicht so, wenn den einen oder den anderen dieser Körper da langweilt, diese Liebkosungen, dieser Ton in der Stimme. Doch sagt man: Er, sie versteht mich nicht, er ist schuld, sie ist schuld... du hast meine Jugend zerstört... meine Mutter hat ganz richtig gesagt: Mit ihr wirst du nicht glücklich werden...

Vielleicht hat nur der Einbruch eines anderen Mannes oder einer anderen Frau in das Leben zweier Menschen sozusagen praktische Konsequenzen. Wenn aber das ›Ich liebe dich nicht‹, ›Ich will nicht mehr mit dir leben‹ keinen triftigen Grund hat, ist es leichter, sich etwas vorzulügen, den anderen zum Schuldigen zu stempeln und sich selbst und auch die anderen davon zu überzeugen, daß der andere schuld ist, und schließlich sogar selbst von der eigenen Makellosigkeit überzeugt zu sein.

Ich fuhr ab, als die Postkarte kam, auch wenn ich sie wegen der unbekannten und nervösen Handschrift nicht ganz entziffern konnte.

Es ging um Guido. Ich war allerdings beunruhigt, daß die Postkarte von jemand anderem geschrieben und an mich geschickt war, obgleich zweifellos Guido die Anschrift geschrieben hatte: er schrieb gern in gotischen Lettern.

Ich war lange nicht mehr mit dem Zug gefahren: Ach, wie gut... die rhythmische Bewegung... Der Zug fuhr langsam: langsam näherten sich anwachsend und verschwanden kleiner werdend die Pylone einer Hängebrücke über dem großen Fluß. Langsam kroch ich aus dem Nebel hervor, der das Ufer bedeckte.

Langsam kroch ich aus der Vergangenheit hervor.

›Bedauerlich, daß die Franzosen uns nicht erobert haben‹, sagte Dostojewski, und ich hörte ihn sprechen ... ›diese Vater- und Selbstmörder‹. Nun ja, unlängst hätten uns die Deutschen beinahe erobert. Nein, erobert wird nicht! Und ihr ... befreit uns ... von uns selbst ... die Amerikaner ... ihre Nation ist hundert, die unsere tausend Jahre alt, aber wir sind nicht einmal auf einer Altersstufe mit ihnen, sind eben erst der Wiege entwachsen. Wir durchkreuzen die eigenen Versuche, selbständig und unabhängig zu leben – ohne Mütterchen und Väterchen Regierung. Unser Stammbaum ist kein Baum, sondern ein Stamm ohne Laub, eine Säule, die in die Breite wächst. Sibirien ist zu klein, wir brauchen den Erdball, um überall Gewalt, nackte Gewalt anwenden zu können, Gewalt in reinster Form, die indes für Musik, Kunst und Wissenschaft gehalten zu werden wünscht: Arbeiter, Soldaten, Ameisen, die Gedichte schreiben und Bilder malen – das ist unsere Bilanz.

Im übrigen, wenn es sich nur um den derzeitigen Aufbau des Staates handelte ... Aber da ist ja auch noch das Bewußtsein des Volkes, der Geist der Nation, der überall durchscheint ... auch in diesen russischen Territorien ... irgendwo weit hinten in ...

Ich erinnere mich an den Bahnhof in ... Ein Milizionär nahm einen Mann fest. Der leistete Widerstand und ließ sich nicht abführen. Und schrie: »Ihr habt kein Recht dazu!« Aus der Menge, die im Halbkreis herumstand, löste sich plötzlich ein Mann in weißem Hemd und machte einen Schritt nach vorn, wenn auch unsicher, um dann auf die miteinander im Kampf Liegenden loszurennen. Der Sichwehrende hatte bereits einen Mantelknopf verloren, klammerte sich aber an eine am Erdboden festmontierte Bank.

Der freiwillige Helfer zerrte an seinem Arm und wollte ihn fertigmachen, aber noch immer ließ er nicht los. – Der Mann wurde bald darauf überwältigt und abgeführt: wütend das Gesicht des Milizionärs, erschöpft das Gesicht des Verhafteten; der Freiwillige war zufrieden.

Dem Russen sagt Macht und Gewalt zu. Indem er sich auf ihre Seite stellt, wird er selbst mächtig und stark, wird vollwertig und erwachsen. Es tut ihm gut, Macht und Gewalt anzuwenden und danach das Opfer zu bemitleiden. Andere Mächte sind ihm unbekannt, so zum Beispiel Geld: diese Macht entbehrt jeglicher Zirkuselemente...

›Dem Russen sind Macht und Gewalt nicht zuwider‹, dachte ich, während ich auf den großen deutschen Fluß schaute. ›Ich bin damals nicht eingeschritten, wenngleich dies der erste – und stets richtige – Gedanke war: einschreiten. Wenngleich ich ihnen hätte folgen, eine Erklärung verlangen, schließlich als Zeuge hätte aussagen sollen; doch die Vernunft hielt diese Reaktion zurück, und ich sagte mir: nutzlos. Zweitens war da ja noch meine Sache, eine wichtige... Könnte ich nicht womöglich wegen einer Belanglosigkeit erwischt werden... schließlich habe ich in meiner Aktentasche... Man würde mich bestimmt durchsuchen, das war klar. Und meine Lage war die, daß man wohl eher den Verhafteten hätte laufenlassen, um mich an seiner Stelle zu behalten. Und mich wegen ›Widerstands gegen die Staatsgewalt‹ zu verurteilen... schließlich hatten *sie* schon lange nach einem Vorwand gesucht.

Wieviel Argumente doch die Feigheit hat. Und wieviel mehr noch die russische Feigheit: Ich habe die Angst mit der Muttermilch eingesogen; ich bin voll unmerklich aufgegriffener Angst, der Angst meines verstorbenen Großvaters, meiner Verwandten, Nachbarn, Freunde und Kollegen... natürlich nicht in dem Sinne, daß ich nachts aufschreie und in Schweiß aufwache... obgleich auch das vorkommt. Diese Angst trage ich mit mir, und sie bricht hervor, sobald sich Beziehungen zur Obrigkeit anzubahnen beginnen, zum Beispiel in Form von vernünftigen Argumenten. Und jeder Hergelaufene glaubt, einem erklären zu müssen, was zu tun sei, um nicht durchsucht zu werden: beim ersten Anruf auf den Milizionär zugehen, seine Papiere mit einem Lächeln vorzeigen... freudig zu Versammlungen gehen, seinen Kameraden mit Vehemenz verurteilen... und wenn dann die Angelegenheit schon weit gediehen und er verhaftet ist, ihn zum Taugenichts erklären... Todesurteilen applaudieren... Aber nein, diese Zeiten sind längst vorbei, und man ist nicht mehr zu Applaus verpflichtet: wir sind doch keine Kannibalen, ich bitte Sie... es ist doch aber völlig natürlich – das wird mit einem Seufzer konstatiert –, daß die Gesellschaft von Schmutz und Unrat gereinigt werden muß, oder, wie ein Staatsanwalt zu vergleichen beliebte: die Erschießung eines Verbrechers ist so wie die Säuberung der Straßen von Abfällen.

Ein Mann, hochgewachsen, führte mich in ein Zimmer voller Aquarien und Gewächse. Die Wände waren über und über mit Fotografien und aus Illustrierten ausgeschnittenen Fotos bedeckt.

»Ich habe dir geschrieben, weil ich eine Postkarte mit deiner Adresse gefunden habe. Guido hat mir da was von Zusammenarbeit erzählt!« – Er lachte auf, und in seinen Augen blitzte es, offenbar beim Gedanken an unser Flugprojekt. – »Magst du etwas trinken?«

Ich mochte nicht.

»Ich begann mit der Filmerei, als klarwurde, daß Guido überwacht wird. Er konnte lange Zeit unbemerkt arbeiten. Aber eines Tages dann...« Der Lange stellte den Filmapparat ein.

An einer Straßenecke stand ein Mann in einem Mantel und las Zeitung. Er las einigermaßen zerstreut und blickte ständig auf die andere Straßenseite in Richtung eines nicht besonders großen, gerade erst renovierten und angenehm ins Auge fallenden Hauses. Die Tür des Hauses ging auf, und eine Frau in einer Jacke trat auf die Straße. Ich zuckte zusammen, wenn auch nicht deshalb, weil ich in der sportlichen jungen Frau Guido erkannte, merkwürdig ähnlich... wem nur? Ich kannte diese Frau sogar... wenn auch unter der Schminke Guido zu erkennen war... Sie blickte sich um... das war Guido, ohne Zweifel... er blickte sich um und ging zur Straßenbahnhaltestelle.

In Großaufnahme: der Mann im Mantel ... vierzig Jahre ... wie er hastig die Zeitung zusammenfaltet, zur Straßenbahn eilt. Beide nehmen Platz. Ein bis zu diesem Moment regungslos dastehendes und zwischen den vielen anderen unbemerkt gebliebenes Auto beginnt sich zu bewegen. In ihm sitzen der Fahrer und ein Mitfahrer.

Eine Frau kommt aus einem Haus. Vielmehr Guido ... Sie, vielmehr er ... Eine andere Frau mit einer Handtasche an der Straßenbahnhaltestelle weckt keinerlei Verdacht, steigt auch nicht mit in die Bahn: Guido ist allein weitergefahren.

Als dann aber die Frau in das Haus zurückkehrt, kann die andere an der Straßenbahnhaltestelle ihre Aufregung nicht verbergen: Sie hat nicht bemerkt, wie die sie interessierende Person – Guido – das Haus verlassen hat. Und hat die denn überhaupt das Haus durch diese Tür verlassen? ... Die zeitungslesenden Männer, die an der Haltestelle warten, aus Telefonkabinen anrufen und von Zeit zu Zeit die Passanten behindern, werden mehr und mehr ... ganz zu schweigen von den Pärchen, die unterm Fenster auf und ab spazieren.

Guido ... genauer gesagt die Frau, das heißt natürlich: Guido kommt aus dem Haus. Plötzlich strecken sich ihm ein Menge Arme entgegen, sehr lange Arme, irgendwie verlängerte Arme ... und da, einer geht in die Knie und zieht ab ... Guido ist kunstvoll geschminkt ... wo habe ich nur dieses Frauengesicht, das Guido da trägt, gesehen ... Guido hebt die Arme in die Höhe ... die Leute gehen auf ihn zu ... ein gutaussehender Herr mit einem Megaphon in der Hand gibt Kommandos ... Guidos rechter Arm sinkt herab ... nicht ganz nach unten, er ist noch in Gesichtshöhe ... plötzlich knickt Guido in Körpermitte zusammen, macht einen Schritt, seine Beine rutschen weg wie auf glattem Eis. Er fällt. Die vielen stürzen sich auf ihn, springen über ... seinen Körper ... springen über seinen Körper und verschwinden eilig ins Haus.

»Zeig noch einmal die Stelle, wo Guido den Arm sinken läßt. Nur langsam, bitte«, sagte ich. »Hast du mir nicht etwas zu trinken angeboten?«

»An scharfen Sachen habe ich nur Whisky«, schrie der Hausherr aus der entfernt liegenden Küche. »Und aus irgendeinem Grunde sind keine Eiswürfel da – macht's was?«

Eine Frau mit erhobenen Armen. Der Arm stop sinkt herab stop nä stop hert sich stop dem Auge stop das Auge stop ist halb geschlossen stop Guido beginnt stop Guido stop Guido stop Guido stop beginnt stop sich nach vorn stop zu stop beugen stop

Vielleicht hat er ein Staubkorn ins Auge bekommen – die Bewegung war eher instinktiv als beabsichtigt. Zweifellos instinktiv, nur einen Augenblick lang. Und die Bewegung der Finger, die so oft abgedrückt hatten, war ebenfalls instinktiv: sonst wäre es der Terroristin gelungen, den Revolver aus der Innentasche der Jacke zu ziehen. Ein Staubkorn.

Ein Staubkorn, das ihm ins Auge gekommen war, hat Guido getötet. ›Den Dichter tötete ein Staubkorn, das ihm ins Auge gekommen war‹, dachte ich angespannt und hielt mich an diesem – wie ich heute sehe – banalen Gedanken fest; hielt mich daran fest, um dem Chaos der Gefühle und Gedanken zu entkommen.

Ich sah dieses Frauengesicht, das Guido trug, vor mir. Ob man allerdings dafür garantieren kann? Aber es war dem Gesicht jenes Mädchens in der Diskothek sehr ähnlich, jenes Mädchens, das bei dem Gespräch über die Russen meine Partei ergriffen hatte... Brunhild.

10

Die Toten beginnen, sich aus unserer Erinnerung zu entfernen, sich zurückzuziehen, als habe die Zeit tatsächlich eine Richtung. Tote lassen wir hinter uns. Nicht alle natürlich: meinen Großvater zum Beispiel sehe ich noch – weit, weit in der Ferne. Andere jedoch haben wir gänzlich hinter uns gelassen: und mit ihnen verödet ein Teil unserer Seele, tut sich ein Stück Ödnis auf, wo aller Wahrscheinlichkeit nach nichts mehr wachsen wird, kein Baum einer neuen Liebe, der Zuneigung, der Freundschaft...

›Er wird doch nicht versuchen, ein Gespräch mit mir anzufangen‹, dachte ich erschrocken und bemühte mich, dem Blick meines Gegenübers auszuweichen. Der hatte sich bereits mehrmals geräuspert, offenbar, um den Hals freizubekommen und eine Frage zu stellen, hatte sogar irgend etwas gesagt, doch der Lärm eines entgegenkommenden Zuges hatte seine Worte glücklicherweise verschluckt. Mein Reisegefährte ließ sich jedoch nicht beirren und fragte nochmals:

»Entschuldigen Sie, welcher Nationalität sind Sie?«

Er blickte mich freundlich an und nötigte mich dadurch, wenn schon nicht gesprächig, so doch zumindest höflich zu sein.

»Ich bin aus P.«, sagte ich ausweichend.

»Dann sind Sie Franzose?« zeigte er sich verwundert.

»Nicht ganz... so ganz nicht!«

»Natürlich, natürlich«, sagte er befriedigt auf französisch. »Wie schade, daß ich aussteigen muß und wir nicht dazu gekommen sind, uns zu unterhalten! Gute Reise!« – Er drückte mir freundschaftlich die Hand und verließ das Abteil: tatsächlich, der Zug verlangsamte das Tempo.

Ich wollte endlich weg. Ich wollte weg... ›Ich wollte fort aus

Moskau‹, dachte ich. – ›Und ich bin weggegangen, habe die undurchdringlichste Grenze der Welt überschritten. Ich bin nach P. gekommen und dennoch in Moskau geblieben. Aber jetzt verlasse ich es endgültig – ich habe eine neue Vergangenheit erworben ... bis in die Kindheit hinein: mit dreißig Jahren bin ich wieder Kind geworden. ›Werde ich denn nie erwachsen: sollte ich es nie werden‹, dachte ich bekümmert, ›ist das nicht langweilig, ja lästig.‹

›Aber ich bin doch noch in Moskau‹, dachte ich und blätterte in meinem Notizbuch. – ›Diese Notizen habe ich damals offenbar auch im Zug gemacht – die Handschrift ist kaum zu entziffern, völlig unleserlich.‹

In Moskau hatte ich erfahren, daß er beabsichtigte, sich mit mir zu treffen, und war nicht sonderlich verwundert: wir waren seit langem befreundet, wenn wir uns auch selten trafen. Ich ließ ihm sagen, ich werde auf dem Bahnhof auf ihn warten, auf dem Moskauer Bahnhof, von wo der Weg nach Norden führt. Ich sagte auch noch, daß ich um drei oder um sechs am verabredeten Ort sein werde. Ich wollte ohne Begleitung kommen, was mit jedem Tag schwieriger wurde.

Es gelang mir, mich schnell von dem hochgewachsenen Burschen abzusetzen, der, unrasiert, in einem schäbigen Mantel und in Stiefeln, ausgezeichnet den Arbeiter und zufälligen Mitreisenden spielte. Er machte nur einen Fehler: er stieg als erster aus dem Zug. Anders ging es allerdings nicht, denn er saß zu nahe am Ausgang, und es wäre aufgefallen, wenn er auf mich gewartet hätte. Er ging langsam den Bahnsteig entlang, blieb hinter den übrigen Reisenden zurück und blickte sich von Zeit zu Zeit um. Ich öffnete die Tür auf der anderen Seite und sprang in einen Zug, der auf dem Gleis daneben stand, und hinten gleich wieder hinaus, so daß ich auf dem nächsten Bahnsteig landete. Nun war ich von zwei Zügen verdeckt und konnte mit Genugtuung beobachten, wie der Bursche auf einmal unruhig wurde, als habe er jemanden verpaßt oder übersehen, er machte sogar kehrt und ging noch einmal zum Zug zurück, als habe er etwas vergessen, erreichte ihn aber nicht mehr und rannte im Laufschritt zum Ausgang.

Ich fand meinen Freund in einer Gastwirtschaft unweit des Bahnhofs und setzte mich zu ihm an den Tisch, und zwar so, daß ich Trottoir und Eingang im Blickfeld hatte.

»Verstehst du, mir ist alles egal«, sagte mein Freund nach kurzem Schweigen. Bierflaschen standen überall auf den Tischen herum; ein alter Mann in einer schmutzigen weißen Schürze sammelte sie fast bewegungslos auf einem Tablett ein. Der Geruch nasser Schafpelzjacken hing in der Luft, obgleich nur wenige Gäste dasaßen. Auch der Geruch von angebrannten Speisen, einer schweren, unappetitlich zubereiteten Suppe und von Sauerkohl stieg unangenehm in die Nase.

»Mir ist alles egal«, fuhr mein Freund fort. »Ich weiß, daß so oder so Schluß ist. Verstehst du, Schluß. Ich dachte, daß... wenn *euch* gedient wäre... ich bin bereit, verstehst du, weil mit mir sowieso Schluß ist, das weiß ich. Aber ich will nicht einfach so – auf und davon! Einfach so – verschwinden!« Er wurde lebhaft, nahm eilig einen Schluck Bier und trank dann das ganze Glas in einem Zuge aus, als wäre es Wodka, goß sich wieder ein und holte Luft.

»Ich stand immer ein bißchen abseits: nun ja, wollte sehen, was bei euch so herauskommt... aber jetzt... nein, nicht weil bei euch irgendwas rausgekommen wäre, es kann gar nichts rauskommen, das ist ausgeschlossen, aber mir ist alles egal, verstehst du, und ich bin bereit, einen Anschlag... nicht einfach so, natürlich – schießen und weglaufen, wenn's nur hinhaut, das nicht, natürlich – mir ist wichtig, daß man mich anzeigt, verstehst du?«

»Und womit willst du schießen?« fragte ich verdutzt.

Er öffnete seine Tasche, wobei er sich nach allen Seiten umschaute, und nahm eine Schachtel heraus, wie man sie normalerweise beim Kauf von Schuhen bekommt. Nun blickte auch ich mich um: nein, niemand weit und breit, ringsum leere

Tische, nur ganz weit hinten ein einsamer Betrunkener, der mit sich selber redete und versuchte, Wodka in sein Glas zu gießen: der Flaschenhals tanzte hin und her, und der Wodka ergoß sich über den Tisch. Ich beobachtete ihn genau: es war wirklich ein Betrunkener.

In der Schuhschachtel befand sich auf einer Schicht Watte – Weihnachtsspielzeug. Mein Gesprächspartner hob die Watte hoch: Auf dem Boden der Schachtel lag ein Revolver.

»Woher?« fragte ich und spürte, wie ich plötzlich von Tatkraft ergriffen wurde: die Waffe lag so nah vor mir, ich brauchte nur die Hand auszustrecken und zuzugreifen. Mit ihr in der Hand wäre ich in der Lage, mich zu verteidigen, mit ihr wäre nicht mehr alles so ... Ich wollte die Hand ausstrecken und zugreifen, doch sie gehorchte nicht und blieb auf dem Knie liegen. Ich war erstaunt darüber und blickte meinem Freund ins Gesicht, aber es gelang mir nicht, seinem Blick zu begegnen.

»Eines Nachts ... ja, erst im vergangenen Jahr ... heftete sich mir ein Milizionär an die Fersen, nachts ... nun, ich habe ihn ... habe ihn genommen.«

Er packte die Schuhschachtel wieder weg.

Die Erklärung war einfach und daher glaubwürdig. Ich erinnerte mich deutlich ... genauer gesagt, in den Ohren erscholl Scherschnews Stimme: ›Wer von Ihren Bekannten hat Drohungen an die Adresse von Führern aus Partei und Regierung ausgesprochen ...‹

»Verstehst du, mir ist alles egal ...«

›Ist es dir nicht ein bißchen zu sehr egal‹, hätte ich beinahe gesagt, aber nur beinahe, denn laut sagte ich: »Gut. Ich will's mir überlegen.«

»Wie man hört, willst du abhauen ... sie wollen, daß du abhaust.«

»Woher weißt du das?«

»Ich habe Ch. gesehen. Man hat ihn verhört, er hat gesagt, sie haben ihn auch über dich ausgefragt. Haben gesagt, du liebst Rußland nicht. Und von deiner Mutter haben sie gesagt, das heißt, sie haben davon gesprochen, daß deine Erbanlagen nicht gerade die besten sind: müßtest unbedingt behandelt werden. Weißt du davon?«

Ich wußte.

Was ich allerdings nicht wußte, war, daß Ch. so nah mit meinem Gesprächspartner bekannt war, daß er ihn bis ins Detail ins Verhör einweihte. Aber es handelte sich im Grunde um kein sonderlich großes Geheimnis.

Während ich an der Metro auf Irina wartete, um anschließend mit ihr aus der Stadt zu fahren, dachte ich noch immer darüber nach: es wurde langsam Nacht. Auch der Unbekannte, der sich mir näherte, konnte mich nicht von meinen Gedanken ablenken. Er visierte mich mit professionellem, fotografisch genauem Blick, der das Gesicht restlos erfaßt: das Bild, das so in Erinnerung bleibt, kann man später dem Foto zum Vergleich gegenüberstellen. Oder umgekehrt das Foto mit dem Gesicht, das man gesehen hat, vergleichen.

Ich war unbesorgt, die Adresse, wo wir übernachten wollten, war mir bekannt. Indessen wurde ich unruhig, als ich auf die Uhr schaute: Seit zwanzig Minuten wartete ich schon auf Irina. Ich hatte mich zwar bereits daran gewöhnt, daß sie oft zu spät kam, aber dennoch ... quälend der Gedanke: Was kann mit ihr sein? Wo ist sie? Was mag sie aufgehalten haben? Sie war noch zu jung, um wissen zu können, in was für einem Land wir lebten. Im übrigen ahnen die meisten ... ja fast alle ... nur vage etwas von den dem ungeübten Auge nicht sichtbaren Arterien und Muskeln jenes anderen, im Körper des Volkes verborgenen Körpers, und schon gar nichts von den Anfängen des neuen Körpers, der zwar zu leben begonnen, aber nicht die geringste Chance hat zu wachsen und zu gedeihen.

Ich sah Irinas Lächeln in der Menschenmenge, noch bevor ich sie selbst sah, und fühlte mich erleichtert. Es war nichts passiert, nichts, gar nichts ... Wir waren glücklich. Ich sah ihre kindlich runden Wangen, hörte ihr weiches Lachen, jenen Ansatz eines freudigen Lachens, das einem Schnurren glich.

Der Zug fuhr Richtung Osten. Aus irgendeinem Grunde waren nicht einmal die gewohnten Unterhaltungen zu hören, nur ein Säugling ließ sein übliches Geschrei am anderen Ende des Wagens hören.

»Du bist nachdenklich«, sagte Irina, als frage sie gleichzeitig nach der Ursache meiner Nachdenklichkeit.

»Nachdenklich? Stimmt, ich bin irgendwie zerstreut. Ich habe das Gefühl, daß irgend etwas passieren wird. Aber es gibt eine Chance, die Chance zu fliehen. Sie ist nicht groß, aber sie existiert. Wenn sie mich...« fuhr ich fort und spürte, wie ein Fiebern durch meinen Körper ging, ein Feuer, eine Begeisterung – ungewöhnlich und quälend. »Wenn sie mich einsperren, du – gehst trotzdem! Mich können sie nicht zurückhalten, ich komme überall raus und schaffe es, über die Grenze zu kommen. Ich kenne den Norden und gehe bei Nebel über die Grenze, auf Skiern, und wir treffen uns *dort* wieder!«

»Nein, nein, niemals: du hier und ich dort...« sagte Irina verwirrt.

Der Zug hielt in S.

Jedesmal hatte ich die schwache Hoffnung, der Zug würde weiterfahren, ohne an dem schrecklichen Ort haltzumachen, und uns in meine... Kindheit bringen. Wir gingen langsam den verschneiten Weg ins Dorf entlang. Sobald wir in der Dämmerung die gelben Quadrate der Fenster erblickten, begannen wir zu laufen. Wir kamen in die Wärme des Holzhauses, zu Großvater und Großmutter, dem auf dem Tisch summenden Samowar, der Katze, die am Ofen döste.

Wir stiegen vorher aus, versteht sich.

In der Dämmerung gingen wir den vereisten Weg entlang. Der Wind jagte Schlangen trockenen Schnees. Bald sollten wir vom Weg abbiegen auf einen Pfad zwischen Schneewehen, so eng, daß zwei Leute nur mit Mühe aneinander vorbeikamen. Danach führte der Weg an ein Flüßchen, da man eine Brücke, genauer, ein Brückchen überqueren mußte, um das steile gegenüberliegende Ufer hinanzusteigen: von hier aus konnte man das Haus, seine Umrisse erkennen; seine Fenster freilich waren nicht erleuchtet, das sollte unsere Aufgabe sein.

Auf dem Weg kam uns ein Mann entgegen; er war an die fünfzig Schritte von uns entfernt, als wir in den Pfad einbogen. Ich schaute mich um und sah mit Verwunderung, daß er uns folgte. Seltsam, er hätte das Flüßchen über die andere Brücke überqueren können, von der Seite, von wo er auch aufgetaucht war, und so den Weg verkürzen.

Meine Verwunderung wurde von einem anderen Gefühl abgelöst.

Meine Verwunderung wurde abgelöst von einer noch nie gefühlten Schwäche in den Gliedern. Im Herzen. Im ganzen Körper. Ich hörte den beschleunigten Atem dieses Mannes: offenbar hatte er ein Stück des Weges, der zwischen uns lag, rennen müssen.

Irina hielt vor der kleinen Brücke jäh inne, wendete sich nach mir um und versetzte mir mit aller Kraft einen Stoß, so daß ich einige Schritte machen mußte, um das Gleichgewicht halten zu können, dabei ausrutschte, aber nicht stürzte, da ich mich am Brückengeländer festhalten konnte.

Irina kam langsam auf mich zu.

Der Schatten hinter ihr bewegte sich nicht. Der Unbekannte blieb stehen, ohne die Brücke zu betreten; wir schauten uns vom Abhang her noch einmal um: der Mann bewegte sich nicht. Wir liefen auf das Haus zu. Wir rannten, als könne das Haus Schutz bieten, wir liefen über den knirschenden Schnee und begegneten niemandem, nur die Schneewehen erhoben sich zu beiden Seiten der Dorfstraße, und mit trockenem Rauschen jagte der Wind die Schneekrumen über die harsche Kruste.

Der Wind warf den trockenen Schnee gegen das Fenster. Im Ofen flackerte das Feuer auf, und schon streiften erste Ströme von Wärme Gesicht und Hände.

»Ich weiß nicht, weshalb ich dir den Stoß versetzt habe«, sagte Irina, für einen Augenblick aus ihrer Nachdenklichkeit auftauchend. »Als hätte irgend etwas mir einen Stoß versetzt...«

›Wir gehen fort. Wir gehen ans Ende der Welt. Dort, am Ende‹, dachte ich, ›können wir zu zweit allein sein.‹

Wir gehen fort, mein Engel, wenn es uns gelingt, fortzugehen.

Ich erwachte von ihrem Schrei: sie suchte irgend etwas mit der Hand, die im Mondlicht unnatürlich weiß schien, und schließlich fand sie, was sie suchte: meinen Nacken. Mit zitternder Hand tastete sie über ihn hin.

»Was ist passiert?« fragte ich erschrocken. »Hast du geträumt?«

»Ich habe Angst... nimm mich fest in die Arme... nimm mich in die Arme... nein, nichts... mir hat geträumt, daß es aus deinem Nacken... fließt.«

»Aber nein, es ist nichts: nichts fließt.«

»Dann ist ja gut.«

Wir werden diese Nacht überschreiten. Wir werden auch am Tag einander beschützen. Wir werden einander immer lieben. Ich liebe dich.

Aus dem offenen Rachen des Ofens kroch Hitze und karmesinrotes Licht, das sich mit dem das Zimmer überflutenden Mondlicht vermengte, von dem ein Teil beweglich wurde und über Wand und Zimmerdecke kroch. ›Kann das denn Mondlicht sein, es ist Nacht und Halbmond‹, sagte ich zu mir, mit vor Schweiß feuchter Hand die Stange umklammernd, mit der ich die Kohle im Ofen schürte, ›doch, es ist das Mondlicht...‹, aber ich hatte bereits begriffen, daß es das Licht einer Laterne war. »Wer weiß«, sagte ich, »schließlich hat man uns dieses Haus kostenlos überlassen, nur das Brennholz müssen wir selber besorgen. Im Winter wohnen die Besitzer in der Stadt, nicht wahr, und letzten Winter hat man das Haus ausgeraubt, und für diesen Winter haben sie uns das Haus kostenlos überlassen...« Wahrscheinlich ein Räuber... natürlich, ein Räuber, dachte ich erleichtert, ging ans Fenster und schaute vorsichtig hinaus: Im Mondlicht sah ich das grünlich aussehende Gesicht eines Mannes, der sich schwarz von dem Schnee abhob. Hinter dem niedrigen Gartenzaun war noch eine Silhouette zu erkennen.

Der Mann mit der Laterne ging durch die Zauntür auf den Pfad hinaus auf die Silhouette zu.

Sie wechselten einige Worte miteinander und gingen davon.

›Gott sei Dank, Räuber‹, dachte ich und wischte mir den strömenden Schweiß ab, ›Gott sei Dank‹, redete ich mir heftig ein, um nur nicht den Gedanken aufkommen zu lassen, daß es auch andere gewesen sein könnten.

Nicht lange, und ich hörte wieder das Atmen der Schlafenden.

Wir werden hier nicht leben, mein Engel: Wir werden nach Norden gehen, in den Schneesturm, werden verschmelzen, aufgehen in der Schneedecke, und der fallende Schnee wird die kaum sichtbare Skispur zudecken – Hunde können die menschliche Stimme nicht wittern, nicht hören. Wir werden durch Wälder wandern, uns zwischen Hügeln verstecken. Wir werden gehen, ohne zu hasten, werden sparsam mit den Kräften haushalten, damit wir, wenn wir nicht mehr kriechen können, doch noch spüren, daß wir noch am Leben sind.

Schnee liegt – blau – im Schatten und funkelt unerträglich in der Sonne. Ich bringe Wasser vom Brunnen: In dem kalten, durchsichtigen Wasser schwimmen Eisstückchen. Der Ofen ist angezündet. Auch der Teekessel ist schon so heiß geworden, daß er zu pfeifen beginnt.

Morgen. Sollten wir nicht in den Wald gehen, er beginnt gleich hinter dem Gartenzaun.

Doch auch zu Hause bleiben wäre angenehm, in der Wärme, im durchsonnten Zimmer am Schreibtisch sitzen.

Erst einmal einen Tee trinken, einen starken, heißen. Auch ein wenig Brot ist noch da, ja sogar:

»Ich habe ein wenig Reis gekocht: weißt du, es war noch etwas Reis da«, sagte Irina. »Ich habe ihn gekocht. Mit getrockneten Pflaumen.«

Sie betrachtete mich aufmerksam:

»Heute hast du ein helles Gesicht... sogar deine Haare leuchten... es geht dir gut?«

Ich hielt ihre Hand fest, die mir über den Kopf strich, ihre Hand, die ich so liebte – ich liebte es, diese schlanken Finger mit den gewölbten mandelförmigen Nägeln zu sehen – und küßte sie.

»Ganz gut, gut. Ich bin ganz unbeschwert.«

»Wie gut. Ich liebe dich – unbeschwert.«

»Und gegen Abend können wir fahren, nach Moskau. Gehen irgendwohin und werden irgendwo übernachten: bei Bekannten.«

Ich ging hinaus in den funkelnden, verschneiten Garten. Der Pfad führte von der Außentreppe zu einem entfernten Winkel, dort stand ein Holzhäuschen, das Klosett. Nicht weit davon blieb ich stehen und errechnete nach Augenmaß den Abstand: ja, hier, ungefähr drei Schritte vom Häuschen. Der Pfad war von beiden Seiten fast bis in Gürtelhöhe von Schneewehen eingezäunt. Am Fuße einer Schneewehe fegte ich den frischen Schnee weg und wollte das Manuskript aufheben: zu einer Rolle zusammengerollt und in einer Plastiktüte verpackt, lag es unter dem Schnee. Doch ich kam nicht dazu, denn das Knirschen des Schnees unter sich nähernden Schritten, das sich weit in der eisigen Stille ausbreitete, drang an mein Ohr. Eine schwarze Menschengruppe kam die Straße entlang auf das Haus zu.

Augenblicklich bin ich im Haus und verriegele die Tür. Als bliebe die kurze Zeitspanne noch mein. Sie ist auch mein. Doch dann, als ich das Klopfen an der Tür höre und frage »wer da?«, gehe ich mich ankleiden, denn ich bin ja gerade erst aufgestanden... brauche mich nicht zu beeilen.

»Da kommen sie!« schrie Irina aus dem Zimmer und kam auch schon herausgerannt. Sie schaute mich an – voller Schrecken und Hoffnung, als wisse ich Wege und Möglichkeiten zu entkommen.

Wir sahen im Fenster, wie die Menschenkette zur Gartenpforte hinschwenkte. Sieben... oder acht... neun...

»Küß mich«, sagte ich.

Der Zug stand offenbar schon eine Weile, und das Gefühl, daß er sich schon lange nicht mehr bewegte, ich es nur nicht bemerkt hatte, brachte mich zu mir. Im Waggon herrschte Stille, und ich begriff, daß ich als einziger noch dasaß, daß ich längst in P. angekommen war.

11

»Wir sehen uns doch – oder sehen wir uns nicht mehr?!« hallte es durch den Telefonhörer, so laut, daß ich ihn in gehörigem Abstand vom Ohr halten mußte.

»Wir sehen uns!« brüllte ich meinerseits. »Wir werden uns heute noch sehen!«

Als ich Jules Verne zum ersten Mal sah, da... wann war das noch? Heute läßt sich das nur mehr schwer sagen, es klingt vielleicht sogar banal: wir kannten uns seit eh und je. Genauer gesagt, ich erwartete diese Begegnungen, und sie fanden statt, wenn auch vielleicht nicht so häufig, wie es wünschbar gewesen wäre, indes: lebende Dichter traf ich auch in Moskau. Stimmt, dort aus irgendeinem Grunde weit häufiger. Aber es gab auch gedankliche Begegnungen sozusagen über Jahrhunderte hinweg, wenn ich etwas las.

Doch hatten mich die Widersprüche meiner Zeit verwirrt. So ist beispielsweise ›Bourgeois‹ zu einer dermaßen verachtenswerten Bezeichnung geworden, daß viele ihren Beruf gewechselt haben und Schriftsteller oder Professor geworden sind, ja sogar Dichter, doch hat sich dadurch nicht viel geändert, genaugenommen hat sich fast nichts geändert. Auch nicht die mimosenhafte Empfindlichkeit gegenüber dem Steigen oder Fallen dieser oder jener Aktie. Und wenn schon ein Buch gelesen und diskutiert wurde, dann deshalb, weil man darüber spricht. Im übrigen ist man vorsichtig in seinen Urteilen und spricht nicht über das, worüber man nicht spricht: man könnte ja anfangen darüber zu reden, und wenn dann nicht gesagt wird, was man gesagt hat, dann befindet man sich in einer schwierigen Lage. Man kann, wie man sagt, Gedichte schreiben, doch auf alle Fälle hat man auch einen Beruf, sogar mehrere. Oh, der Dichter steht auf der Tribüne, neben ihm eine Karaffe mit Wasser, und gekleidet ist er in einen strengen Anzug... Ich nenne unser Jahrhundert kühn das Jahrhundert der Universalität, beinahe Renaissance, wie das Jahrhundert des unvergleichlichen Leonardo: das Meisterwerk der Malerei und das Projekt für den ersten Hubschrauber hatten ein und denselben Schöpfer.

Unser Jahrhundert ist dermaßen universal, daß es unbegreiflich ist, warum es sich nicht als solches empfindet. Was nur hindert es daran...

Ob es die Kirche ist?... Nein, das wohl kaum: Meine Altersgenossen blicken mich verwundert an, wenn ich sie zufällig im Gespräch erwähne, und die Jüngeren lachen sogar, als hätte ich bloß gescherzt. Und wenn sie sich dann von meiner Ernsthaftigkeit überzeugt haben, verzeihen sie mir meine peinlichen und unangebrachten Bemerkungen angesichts meiner Vergangenheit.

Oder ist es der Staat?... Übrigens lebe ich neuerdings, nein, irre ich neuerdings von Staat zu Staat. Ich bin in einem Stamm im Osten geboren, in einer großen Völkerfamilie, die freilich nicht wenige Adoptivkinder hat, ja sogar gewaltsam angenommene. Und die Lebensweise dort hat zweifellos einen Vorteil: Die geistliche und die weltliche Macht sind eins. Langweilig, nicht wahr, wenn sie getrennt werden: In ein und derselben Sprache mit zwei Zungen reden ist unmöglich. O wie angenehm, in die Kindheit des Mittelalters zurückzukehren... Und damit er neuerlich wieder daran gehen kann, seine Untergebenen zu überwachen, ihre Gespräche abzuhören und ihre Privatkorrespondenz zu lesen, werden wir...

»Wir werden einen anderen Kommunismus bauen«, sagte eine deutsche Kommunistin, die Russisch gelernt hatte, um Karl Marx und den bewundernswerten Friedrich Engels im Original lesen zu können.

»Zeit, höchste Zeit, die Reichen Mores zu lehren«, sagte mir ein französischer Kommunist – er leitete die Badebetriebe seiner Gemeinde in einem Vorort von P., wo ich über eine bescheidene

Behausung, genauer gesagt, ein Dach über dem Kopf verfügte. Hin und wieder sehnte ich mich nach heißem Wasser und begab mich in die Dusch- und Badeanlagen der Gemeinde, wo sich, wie konnte es anders sein, das arme Volk zu waschen pflegte: das war der Hauptstützpunkt der kommunistischen Partei des Bezirks. Der Badewärter wendete sich mit einigem Mitleid an mich:

»Ist nicht gut, daß du dein Vaterland verlassen hast... sein Vaterland muß man lieben. Liebst du etwa dein Vaterland nicht?... Na, macht nichts, wasch dich nur, wasch dich...«

Das also kann ein schlichtes Läuten des Telefons bewirken, wenn es ein Dichter ist, der da angerufen hat! Wie viele Gedanken, verschiedenartige und durchaus nicht unbedingt poetische, gehen einem da durch den Kopf!

Jules Verne erscheint bisweilen fast schüchtern, und in diesen Augenblicken fühle ich eine starke Verwandtschaft mit ihm. Bisweilen wirkt er verschlossen, doch wenn man genau hinschaut, ist er in solchen Augenblicken melancholisch. Er kennt keinen Neid, und hierin ist er mir verwandt. Er ist reich an Gedanken, und ein in dieser Weise Reicher ist frei von Neidgefühlen, die die Freiheit einschränken. Im übrigen ist seine materielle Lage ausgezeichnet.

Er versammelt auf der ganzen Welt die einzige Internationale, die mir keine Angst einflößt – die Internationale der Neuerer.

Der Gedanke, daß wir uns vermutlich deshalb begegnet sind, ist mir sympathisch. Jedoch ist da auch eine mir rätselhafte Eigenschaft, die nicht zu bezweifeln ist, selbst wenn er Englisch spricht: er ist Franzose. Und mehr als einmal machte ich mir, wenn ich Verne hörte, Gedanken über Ähnlichkeiten und Unähnlichkeiten zwischen den Völkern.

»Trinken wir ein Gläschen?«

Jules war meiner Geste zuvorgekommen, obwohl ich die Hand in die Tasche gesteckt hatte, einer Vorstellung von Etikette gehorchend, nichts weiter. In der Tasche war nämlich nichts außer einer längst abgefahrenen Fahrkarte für den Vorortzug.

Ich bewahrte sie als Reliquie auf, doch nicht nur: Sollte ich in die Hände von Kontrolleuren geraten, diente die Fahrkarte als Vorwand, ein Gespräch anzufangen und schließlich laufengelassen zu werden.

Nein, auf nüchternen Magen sollte man besser Bier trinken.

»Nein, Jules, abends ziehe ich es vor, Bier zu trinken. Wovon habe ich noch gesprochen? Ach ja: aber wer weiß, wer da nicht alles sagt: verstehen wir nicht, und überhaupt, war alles schon, und Neues, das wird es nicht geben!«

»Nikolaj! Es gibt auch redliche Konservative. Das ist ganz normal, ganz natürlich: wenn es Menschen der Zukunft gibt, warum soll es dann nicht auch Menschen der Vergangenheit geben! Merk dir: sie lieben Poesie und sind daher vorsichtig in ihren Urteilen. Es gibt freilich auch die anderen, die sagen, daß es alles schon gegeben hat, sobald sie irgend etwas Außergewöhnliches sehen, und sie applaudieren, wenn man ihnen etwas zeigt, das nichts als Wiederholung ist. Sie wünschen, daß sich nichts tut, so wie sich auch mit ihnen, in ihnen nichts tut. Nun ja, Leichen: sie begreifen nur das, was sie im Gedächtnis behalten haben, und ihr ganzes Verstehen und Begreifen ist bloß das Auflegen einer Schablone. Verständnis im eigentlichen Sinne kennen sie nicht, denn sie würden am liebsten alles zum Stillstand bringen. Doch zum Teufel mit ihnen, es gibt doch anderes!«

»Mich schmerzt noch ein Drittes. Jules, es gibt noch ein Drittes... das die Unbeweglichkeit besiegt hat... die Unbeweglichkeit, die ich besiegen wollte. Aber sie hat mich besiegt. Das Leben hat allerdings nicht aufgehört: ich lasse das Unbewegliche beiseite und hinter mir.«

»Gewiß!« – Es funkelte sogar in Vernes Augen. »Freiheit – das ist kein Tunnel... hm, aus Granit! Das ist ein Sichlosreißen, ein Flug, verdammt nochmal!«

Ein Sichlosreißen... habe ich mich nicht allzu sehr losgerissen... dennoch bisweilen... nein, nicht immer... doch von Zeit zu Zeit würde ich gern Festes, Unerschütterliches berühren.

Was ist das, die Erde, auf der ich geboren bin? Die ewige, wie man sagt, Liebe? Oder sind in meiner übermäßigen Liebe zur Frau... beide Lieben zusammengekommen, beide Hoffnungen: durch sie die Erde berühren. Die Schlafende berühren, über der unsichtbar das Elternhaus schwebt... und um sich loszureißen – aufzusteigen – muß man, nicht wahr, sich selbst verlieren... sich abstoßen... oder auch hinausgestoßen werden?

»Jules, ich bin irgendwie verwirrt, wahrscheinlich drücke ich mich unklar aus: ich verstehe die Welt meiner Landsleute nicht mehr. Vielleicht habe ich sie auch früher schon nicht verstanden, habe nur nicht darüber nachgedacht. Bisweilen kommen sie mir wie Irre vor, aber kann denn ein ganzes Volk den Verstand verlieren? Und wenn ja, ist es nicht merkwürdig, daß ich ihnen auch irr vorkomme? Sie wissen, wo die Wahrheit... Noch etwas Wein?... Nein, danke, ich trinke Bier: es beruhigt.«

»Schade, ich muß gehen«, sagte Jules, »muß zu Filmaufnahmen. Ich spiele einen, der im Kampf von Kameraden niedergemetzelt wird. Von ehemaligen Kameraden natürlich. Sie schneiden mir die Kehle durch.«

»Hm... und wie?«

»Einfach ein Präservativ, mit Farbe gefüllt: so!«

Und Jules spielte den Niedergemetzelten: er klammerte sich an die Theke, glitt auf den Boden, und dem Besitzer des Cafés, der gerade ein Bierglas mit einem Geschirrtuch abtrocknete, fiel das eine wie das andere aus den Händen.

›Ich will die Meister meines Jahrhunderts kennenlernen, nein, diejenigen, die in ihrer unmittelbaren Nähe gelebt haben‹, sagte ich mir, während ich eine Kerze am Kopfende des leider ein wenig feuchten Bettes aufstellte. ›Meine Lehrer sind tot, einigen ist es sogar gelungen, ihren eigenen Tod zu sterben. Meine Zeitgenossen schreiben die reine Wahrheit, vielleicht sogar tragen sie ein wenig dick auf dabei, damit die Wahrheit noch unumstößlicher und bohrender wird. In der russischen Literatur gibt es keine anderen Worte als die Wahrheit... In diesem Fall will ich die reine Kunst! Wenn es sie nicht im eigenen Vaterland gibt, weshalb soll man sie nicht bei anderen Völkern finden können!‹

Ein wenig ruhiger geworden, öffnete ich ein dickes Buch und begann zu lesen.

Erstes Kapitel. *Der Lift.*

In der Zeit, als das Haus gebaut wurde – und es ist gebaut worden, als die großen Boulevards angelegt wurden –, gab es noch keine Hebekräne. Der Lift, von dem die Rede ist, ist erst viel später eingebaut worden: an der Gittertür des Schachtes wurde ein Kupferschildchen angebracht mit der eingravierten Aufschrift: *Kupernik und Co. 1931*. Zu jener Zeit kostete ein Lift noch viel Geld, und nur reiche Hausbesitzer konnten sich einen solchen Komfort leisten. Gußeiserne Gitter trennen den Schacht von dem übrigen Raum des Treppenhauses: auf ihnen sind Blattwerk, Früchte und Vögel auf Bäumen zu sehen. Seit damals ist das Gitter mehrmals mit schwarzer Farbe gestrichen worden: was zuviel war an Farbe, ist zu Tropfen und Rinnsalen erstarrt zurückgeblieben, und wenn sie auch das gegossene Bild nicht gänzlich zerstört haben, so haben sie es doch schwerer, lastender gemacht. Wenn man den Klingelknopf drückt, leuchtet ein etwas höher angebrachtes grünes Auge auf; es ist aus geschliffenem Glas – ausgezeichnete Imitation eines Smaragds. Sobald ein Benützer den Lift betritt und die Tür hinter sich schließt, leuchtet ein kleines weißes Lämpchen auf; das rubinrote Glas, mit dem es früher einmal verkleidet gewesen ist, ist im Jahre 1948 zerschlagen worden, als Duval mit dem Lift Teile eines Bücherregals beförderte: eines der schweren Bücherbretter schlug mit einer Ecke auf das kleine Paneel auf, und das rote Deckglas zersprang in tausend Stücke. Aus eben diesem Anlaß hatte Duval eine stürmische Auseinandersetzung mit dem Hausbesitzer, die eine verhängnisvolle Rolle in seinem Leben spielen sollte – auf diese Auseinandersetzung kommen wir im sechsundfünfzigsten Kapitel mit dem Titel ›Duval‹ zurück.

In der Kabine des Lifts ist an der dem Eingang gegenüberliegenden Wand ein Spiegel im Stil Ludwigs XIV. angebracht, mit geschliffenem Rand. Der Spiegel wird von vier Bronzeschrauben gehalten. Unten, um die linke Schraube, hat sich ein schwarzer Fleck gebildet, der an einen Löwenkopf erinnert, den der kleine Pierre Croissant aus der vierten Etage so gern betrachtet. Die Wände der Kabine sind dunkel gelackt und rundherum mit Kritzeleien übersät. Andere Kratzer sind zufällig zustandegekommen: der erwähnte Duval ist für einen tiefen Kratzer im Jahre 1956 verantwortlich, als er die Vorhänge im Lift herunterließ. Ein in der Holzplatte steckengebliebener Nagel wanderte erbarmungslos über die Lackwand, und die späteren Lackschichten – aus den Jahren 1957, 68 und 74 – unterstrichen nur noch den Schaden. Dort ist noch ein zweiter Kratzer – ach nein, das ist ein Herz, von einem Pfeil durchbohrt, mit der bis zur Hälfte eingeritzten Inschrift ›Ich lieb...‹ – offenbar hat den Poeten irgend etwas gehindert, sein Werk zu vollenden.

Rechts vom Eingang befindet sich eine Holztafel mit den Knöpfen für die Etagen: 1, 2, 3, 4, 5. Die Knöpfe sind schwarz, und darüber liegt ein roter Knopf für unvorhergesehenen Halt und ein grüner Alarmknopf, zur Hälfte geplatzt, so daß die eine Hälfte abgesprungen und verlorengegangen ist. Der Knopf für die fünfte Etage ist eingedrückt: er wird besonders häufig gebraucht, da auf der fünften Etage nicht nur die Familie des Geologen Perchon wohnt, sondern auch die Treppe anfängt, die weiter nach oben führt, zu einem kleinen Korridor und den Türen von sechs Zimmern, in denen sich eine Studentenkommune häuslich eingerichtet hat. Über der Tafel mit den Knöpfen ist ein Schildchen mit der Aufschrift ›Maximalgewicht 270 kg. Drei Personen‹ angebracht.

An der Wand gegenüber der Holztafel mit den Knöpfen ist ein abgenutzter Fleck von annähernd Menschengröße zu sehen: die oberste Schicht des Holzes ist durch die ständige Berührung der Liftbenützer, die sich in der Regel nach Drücken des gewünschten Knopfes mit dem Rücken zurücklehnen, abgerieben. Der Boden des Lifts ist mit einem Stück Teppich ausgelegt; nur mit

Mühe läßt sich das Muster erraten, das von den oft nassen und schmutzigen Schuhsohlen beinahe völlig zum Verschwinden gebracht worden ist. Doch an einer Stelle ist noch deutlich ein Jagdhorn und der Mund des Jägers, der hineinbläst, zu erkennen – ein banales Sujet für Gobelins des 17. Jahrhundert.

Der kleine Pierre Croissant ist gerade mit dem Lift nach unten gefahren und hat im Gehen ein Stück Kuchen gegessen – die weißen Krümel sind noch gut auf dem Teppich, der den Boden bedeckt, zu sehen.

Im Augenblick befindet sich im Lift der Anarchist Bougeval. Der Lift ist, was früher nur selten vorgekommen ist, in letzter Zeit dermaßen oft zwischen den Etagen steckengeblieben, daß bereits Gerüchte über die Anschaffung eines neuen Lifts kursieren und der Geologe Perchon Unterschriften der Hausbewohner unter eine Petition zu diesem Thema zu sammeln begonnen hat. In der Tasche von Bougeval befindet sich eine Bombe, er hat den Auftrag, sie in eine Abteilung der Rothschild-Bank zu legen. Der Zeitmesser der Bombe ist auf 12.30 Uhr eingestellt. Bougevals Armbanduhr zeigt 12.18 Uhr. Er ruft durchdringend nach Hilfe, drückt den Alarmknopf und pocht vor Ungeduld mit den Füßen gegen das Gitter des Schachtes. Bougeval, der die Bombe am Abend zuvor ausgehändigt bekommen hat, hat den Mechanismus eingestellt, nachdem er seine Wohnung in der vierten Etage verlassen hat, weiß nun aber nicht, wie man ihn wieder zum Stehen bringt. Seine Schreie hört niemand: In der Wohnung von Abdullah Rachman auf der vierten Etage ist niemand, und in der Wohnung von Duval auf der dritten auch nicht. Duval wartet vielmehr unten auf den Lift. Er hat gerade auf einer Auktion einen Second-Empire-Sessel erstanden. Duval ist erstaunt: Warum nur der Lift so lange nicht kommt? Er hört ein seltsames Geräusch und sogar Rufen, begreift aber nicht, was das bedeuten soll. Er stellt den Sessel ab und begibt sich die Treppe hinauf.

Bougeval sitzt auf dem Boden des Lifts, über seine breite Denkerstirn rinnen Tropfen von Schweiß, seine Haare sind verklebt. Die Sprengladung ist auf eine Explosion von solcher Stärke berechnet, daß sie die Betonwände der Bankkellerräume zum Einstürzen zu bringen vermag. Duval hält inne, um zu verschnaufen, und lehnt sich ans Treppengeländer. Er schaut auf die Uhr: 12.29 Uhr. Er zieht das Taschentuch aus der Tasche, um sich geräuschvoll...

Die Kerze ist abgebrannt. In der Dunkelheit verglimmt der letzte Funken. ›Wie schade, daß ich nicht weiterlesen kann. Wie gut geschrieben‹, dachte ich. ›Ob es wohl auch weiter so gut bleibt?‹

Ich zünde den Gasherd an, um mir einen Tee zu machen und mich ein wenig zu wärmen. Es scheint auch noch ein Rest Brot dazusein, aber ich habe keine Lust, aufzustehen und in der Dunkelheit danach zu suchen und damit den kommenden Schlaf zu verscheuchen.

Ich deckte mich mit sämtlichen Decken zu, die ich auftreiben konnte. Eine der Decken war übrigens völlig neu. Irina hatte sie gekauft, und diese Neuerwerbung rief bei mir eine unverhältnismäßig große Gereiztheit hervor. ›Bei unseren Mitteln!‹ hatte ich damals grob zu ihr gesagt. Sie hat sie mir gelassen.

Ich trank im Dunkeln den Tee und spürte, wie mir warm wurde, und es überkam mich auch nicht die gewohnte Unruhe vor dem Einschlafen – nicht zufällig heißt es ja, daß der Schlaf etwas dem Tod Ähnliches sei. Träge gingen die Gedanken, die Bilder verloren die Lebendigkeit des Tages.

Der Wind jagt Schneeschlangen über die harte Schneekruste.

Wir gehen durch den Schnee, immer wieder stürzend und mühsam die Beine herausziehend. ›Wir sind wieder hier, wie nur‹, denke ich voller Angst.

Ich will Irina danach fragen – sie geht voran.

Eisiger Wind umgibt mein Herz: es ist uns nicht gelungen, aus S. wegzukommen. Irina betritt die Brücke. Kalter Atem brennt mir den Nacken. Ich verspüre einen Schlag, doch keinen heftigen: ich höre das Krachen des eingeschlagenen Schädelknochens. Ich falle.

Ich falle flach auf ein Wasser, von dem Dampf aufsteigt. Das Wasser empfängt mich weich, ich habe die Arme weit ausgebreitet. Die Strömung trägt mich an ein Schilf.

Ich steige.

Und einen Augenblick später sehe ich mich unten, der Länge nach ausgestreckt auf dem Wasser.

Irina steht bis zur Taille im Wasser und versucht, mich... meinen Körper... zu sich ans Ufer zu ziehen. Ein Unbekannter rennt aus dem Fluß. Sein Weg ist vom Atem markiert, der ihm aus dem Mund dringt. Einzelheiten sind nur flüchtig zu erkennen, ich sehe so gut wie nichts.

Ich gehe einen Weg entlang, neben mir geht... Wer mag das sein... Scherschnew im offenen Mantel. Auch er versetzt mir mit aller Gewalt einen Stoß: Ich falle mit dem Rücken auf die Erde, ich will mich wie eine Katze auf den Bauch drehen, aber ich falle, falle... falle langsam... nein, ich fliege.

Ich erwachte schweißbedeckt. Die Beine waren ermüdet vom Flug. Durch die Vorhänge drang Licht. Eilig arbeitete ich mich unter dem allzu heißen Plunder hervor. Der Kopf drehte sich mir, und in den Ohren dröhnte es, als hätte ich einen schweren Schlag abbekommen. Ein Blutstropfen auf der Hand... nun, das hat nichts zu sagen, nichts, das kam schon des öfteren vor, daß aus der Nase – wenn es zu heiß war zum Schlafen – Blut kam. Es ist aus der... Nase gekommen, natürlich, ich sehe im Spiegel eine bräunliche Spur über der Oberlippe.

An der Türklinke steckt außen ein Kuvert. Irgend jemand wird mir einen Brief geschrieben haben... nun, sicherlich Landsleute. ›Wir bitten, die Wohnung innerhalb von zwei Wochen zu verlassen...‹

Was soll ich darauf antworten...

Wahrscheinlich werde ich überhaupt nicht antworten. Werde gehen.

Ich werde sie verlassen: ich habe sie bereits verlassen.

Ich habe diese ihre Vergangenheit, diese ihre Gegenwart, diese ihre Zukunft voller Verzweiflungsschreie, Schaum vor dem Mund, Haß in Auge und Ohr verlassen... diesen Geruch von Schießpulver, verfaultem Kohl, frischen Zeitungen... Laßt mich nur überlegen, was ich mitnehmen soll auf den Weg, um... um... den Ozean zu überqueren.

12

Dort, wo Mosel und Rhein zu einem Strom zusammenfließen, wo die schwarzen Schleppkähne mehr und mehr werdend in einer Karawane nach Westen, dem Meer und dem Ozean zustreben, vorbei an der Stadt K., dort steht das Denkmal der Deutschen Einheit: schwarz, wie verkohlt, rußbedeckt, einem steinernen Haus gleich, das einer Feuersbrunst ausgesetzt worden ist.

Langsam fällt der Schnee, fällt ins Wasser und verschwindet, bleibt aber zurück auf den Hängen, auf den Decks der Lastkähne, auf der steinernen Brüstung, auf den Schultern des einsamen Beobachters. Sein Herz ist voll süßer Wehmut, wenn er einen Menschen auf dem Heck eines vorüberziehenden Schiffes sieht: auch er könnte so ein Passagier sein, der dem Ozean entgegentreibt... Passagier sein ist an und für sich schon Glück; ein Passagier, irgendeiner, der mit dem Schiff treibt, fährt, dahinfliegt... dem Paradies zutreibt, wo er lieben wird... und er liebt bereits.

Doch der Mensch auf dem Heck neigt den Kopf zurück und trinkt, offensichtlich aus der Flasche: Wein oder eher wohl etwas Stärkeres. ›Was für ein Paradies mag ihn erwarten‹, dachte ich, und schüttelte den Schnee von den Schultern. Alles in allem vielleicht Filzpantoffeln, ein Fernseher und eine warme deutsche Bettdecke.

Treibe denn nicht auch ich auf einem unsichtbaren Schiff, während ich am deutlich sichtbaren Ufer zurückbleibe und wie eben jetzt die Straßen dieser Stadt entlanggehe? Treiben wir nicht alle... und wie alt bist du? Und du?... und ich selbst? Nun, du bist noch... und ich schon... Aber wir werden noch viele Pläne schmieden, wir werden noch lieben, wir werden uns noch über

Ereignisse erregen, an die wir später nie mehr zurückdenken werden, wenn wir plötzlich merken, wie sich die Landschaft verändert, wenn wir plötzlich von den Ufern eine andere Sprache vernehmen, Sommer und Herbst hinter uns lassen und in den schneeweißen Winter treten.

Ich blieb an dem weiten Fenster des Cafés stehen und betrachtete mein Spiegelbild: geht so einigermaßen, noch erkenne ich mich wieder. Anscheinend bin ich zu nah an die Scheiben herangegangen: das Spiegelbild ist verschwunden, statt dessen sehe ich mehrere Köpfe, die sich über ein Tischchen neigen, auf dem eine Karte ausgebreitet liegt. Einer der Köpfe kam mir sehr bekannt vor, und ich klopfte mit den Fingerknöcheln an die Scheibe.

Christina zuckte zusammen, ich sah den Schreck in ihrem Gesicht, dann jedoch ein Lächeln, und sie sprang vom Stuhl. Und auch ich rannte geradezu los. Wir stießen in der Tür zusammen; wir wollten uns umarmen und umarmten uns ungeschickt: wir hatten beide die rechte Bewegung vergessen. Ich wollte sie küssen und stieß beinahe mit dem Mund gegen ihre Stirn. Ich mußte lachen. Auch Christina begann zu lachen, und in ihren Augenwinkeln zeigten sich Tränen.

»Ich... du...« sagte sie. »Was machst du hier?«

»Ich?... Nichts. Ich bin eigentlich hergekommen... ich dachte, daß du... ich dachte halt, daß ich dich hier treffen würde: du hast gesagt, im Winter...«

»Warte: ich hole nur meine Tasche.«

»Natürlich, geh nur. Du... du hast dich nicht verändert... im übrigen ist gar nicht so viel Zeit verstrichen... wenngleich sehr viel Zeit verstrichen ist: meine Jugend ist vergangen. Deine – hat angefangen. Wir haben einander verfehlt, ist es nicht so? Wir haben einander für einen Augenblick verlassen, und als der Augenblick vorüber war, zeigte sich: Schnee, der unter den Füßen knirscht, und Nebel, der den geheimnisvollsten Fluß Europas verhüllt. Ich...«

»Entschuldige, ich habe dich warten lassen: ich bin hier auf der

Durchfahrt. Ich fahre mit Freunden... willst du mit in den Süden, vielleicht nach Venedig?«

»Nach Venedig?... Dort ist es schön. Dort ist alles schön, sogar... der Tod.« Und es schüttelte mich vor der unpassenden Schärfe. »Aber ich... ich gehe nach Amerika. Ich fahre zurück nach P., und dann gehe ich nach Amerika.«

»Für lange?«

»Weiß ich nicht: erst will ich einmal hingehen. Mir scheint, ich kann mich dort erholen, einige Zeit einmal kein Fremdling sein. Wenn ich mich auch daran gewöhnt habe inzwischen, aber die Sache ist die, daß meine Landsleute... Was, noch eine Etage? So hoch!«

»Sieh nur, was für ein Blick auf den See!« – Christina nahm den Vorhang zurück. Ein breites dunkles Band auf Weiß. Und hier und da Lichter in der sich fast augenblicklich herabsenkenden winterlichen Dämmerung.

Im Spiegel des Kleiderschranks ist die abendliche Landschaft zu sehen. Ich zünde das Licht an, und sie verschwindet. Auch das Tuten der Dampfer ist nicht mehr zu hören, der geräuschvolle Wasserstrahl der Badewanne übertönt sie.

Sonnengebräunte Schultern, die Knie schauen aus dem Seifenschaum hervor. Ich schiebe den Schaum auseinander und sehe im grünlichen Wasser die fließende Kreislinie des Bauches, fast eine Ellipse... zweifellos eine Ellipse und... und... der jähe Abhang der Oberschenkel hin... hin... zu dem schwarzen Dreieck.

»Du... du... liebst du mich?«

»Ich?«

»O ja, ja...«

Das Laken erscheint dem glühenden Körper eisig.

»Warte, die Vorhänge...«

»Da ist doch niemand.«

Niemand außer dem Rhein... und Schneeflocken, die an die Scheibe klopfen... niemand außer dem Winter.

»Liebster...«

»Liebste...«

Dieser Wonneschrei, mehr als Wonne: der Wunsch, eine Spur unserer Begegnung auf dieser Erde zu hinterlassen.

»Nein, geh nicht... bleib.«

»Mich verlangt so sehr nach dir, daß es schrecklich wäre für mich, wenn wir uns zum letzten Mal...«

»Was soll das!« lachte Christina. »Zum letzten Mal! Durchaus nicht zum letzten...« – sie wurde verlegen. »Warte, ich mache die Lampe aus, zünde eine Kerze an.«

»Nein, bleib so.«

»Ist es dir angenehm?«

Mir ist es angenehm, die Nacht scheint unermeßlich und schreckt mich nicht, ganz im Gegenteil, ich mag die nächtliche Stille.

Langsam kommt der Schlaf, der süße Schlaf, in ihm ist auch nicht ein Gran Ähnlichkeit mit dem Tod: das Berühren der Scheibe durch die trockenen Schneeflocken, Windstöße.

»Willst du mit uns fahren?« fragte Christina.

»Willst du nicht hierbleiben?« hätte ich beinahe gefragt, doch Christina war mir zuvorgekommen. Als könne man auf die Wiederholung solch einer Nacht hoffen. Als ließe sich dieses Leben in eine Kette wolkenloser Tage und leidenschaftsvoller Nächte verwandeln. Wie alt bin ich denn eigentlich? Habe ich denn nicht auch das andere gesehen... weiß ich denn nicht, daß eine Wiederholung unmöglich ist, daß man nicht zweimal in ein und denselben Fluß springen kann? Und was hat hier der Fluß zu suchen? dachte ich, mich über mich selbst ärgernd.

»Du weißt doch, ich fahre nach P., und anschließend gehe ich nach Amerika.«

»Seid ihr fertig?« schrie eine Stimme mit einem starken Akzent im Flur, worauf ein heftiges Klopfen an der Tür zu hören war. Fast im selben Augenblick wurde sie geöffnet, und der Kopf einer betagten Türkin erschien im Türspalt, verschwand aber auch gleich wieder, ohne eine Antwort abzuwarten. Wir hatten noch nicht einmal mit dem Frühstück angefangen, und das Tablett mit dem dampfenden Kaffee stand noch auf dem Tischchen neben der Tür.

»Also Nikolaj, ausgezeichnet: nimm mein Auto. Wir sind nur wenige und Autos haben wir zwei; fahr du mit meinem nach P. Wenn du willst, natürlich. Und ich komme später. Meine Freunde wollen über P. zurückfahren. So ist es besser: wir sind insgesamt ... vier.«

»Na also, großartig«, sagte ich, leicht gekränkt von so viel simpler Arithmetik und im Gefühl, nur eine ungerade Nummer zu sein. »Also, wunderbar. Ich dachte ... wohin ... wieso ... zurückfahren. So kann ich mit Vergnügen, ohne Eile zurückfahren.«

»Wie empfindlich du bist«, sagte sie mißmutig.

Und die Landschaft hinter dem Fenster schien auf einmal anders zu sein: eine melancholische winterliche Gegend, Schnee auf den Hängen mit hervortretenden schwarzen Bäumen und Häusern, kalte Flüsse, über die menschenleere Schleppkähne vorüberziehen.

»Woran denkst du?« fragte sie, mich von hinten um die Schultern nehmend und meinen Hals mit vom Waschen feuchter Wange berührend.

»Mir ist in den Sinn gekommen ... weißt du, ich wünschte, daß mein Tod beweint wird, und wenn es ein gewaltsamer Tod sein sollte – gerächt.«

»Also, also ... Wer an den Tod denkt, ist schon halb tot.«

»Ach nein! Und wer hat das gesagt?«

»Weiß nicht mehr. Schopenhauer! Nein, Goethe!«

»Wann wirst du nach P. kommen?«

»So in zwei Wochen.«

»Also gut: ich werde mir Zeit lassen: ich mag keine Eile.«

Ich ließ mir Zeit.

Ich bog immer mehr über Ortsstraßen Richtung Süd-Ost ab, fuhr mehr und mehr durch Wälder, und die Landschaft kam mir für einen Augenblick bekannt vor, wenngleich ich hier ganz offensichtlich zum ersten Mal entlangfuhr. Beobachtungstürme... Pfosten... ein Drahtzaun... Ja natürlich, auf der Seite da drüben beginnt die Neue Welt. Und weder Hügel noch Täler auf der Seite drüben unterscheiden sich äußerlich von der Landschaft auf dieser Seite. Ich spürte: dort beginnt das andere Reich... auf immer verlassen, doch im Herzen mitgenommen. Dort liegt meine Kindheit, nicht aber meine Jugendzeit – die ist jäh abgebrochen... vergessen... vergessen... O Gott, laß mich die Demütigungen vergessen... den Hohn und den Spott... diese Erniedrigungen, die Menschen meiner Herkunft mir zugefügt haben.

»Bei uns wird alles anders...« Wer hat das noch gesagt? Kann mir doch gleich sein...

Das ist der Zeitgeist: der Kampf gegen ihn ist vortrefflich und hoffnungslos, wie jeder einsame Kampf. Er dauert einen Augenblick, und dennoch... er dauert... dann beginnt die Verfolgung... das Rudel schließt den Ring enger... nein, ich trage ein wenig dick auf: die Völker zerfallen in Stämme, so alt sie auch sein mögen, ob tausend, zweitausend Jahre... doch leuchtete und leuchtet immer wieder ein Hoffnungsschimmer auf, hier, dort... und mir ist Hoffen nicht fremd.

Die Straße biegt seitlich ab. Was mag ein Kilo Zucker auf der anderen Seite kosten, das wäre interessant... und stimmt es, daß das Krankenhaus kostenlos ist? Stimmt: dort ist das Leben billig. Und bei einem gewissen Zusammentreffen von Umständen kostet es nicht einmal eine Kopeke.

»Na also, Sie sagen es ja selber! Es läßt sich leben!«

Ich werde, scheint's, rhetorisch: die Inspiration hat mich im Stich gelassen. Der Zustand von Kampf und Widerspruch, langweilige Fragen, Statistiken sind ihr nicht förderlich. Ich schweige lieber.

Im Schneestaub leuchtete ein Schild auf: Raststätte.

Schneestaub umweht das Gebäude.

Hat uns damals nicht der Akrobat hierher gebracht, mich und Christina... Sommerregen... Abend... schweres feuchtes Laub... und in der nächtlichen Stille waren die Vögel zu hören.

Ich war im Kreis gefahren und von Guido zurückgekehrt. Wir hatten an diesem Tischchen hier in dem menschenleeren Café gesessen. Neben dem Zigarettenautomaten die Suchliste. Sie hängt noch an ihrem Platz. Unter den Fotos ... hm ... tatsächlich, diese Frau ist Brunhild sehr ähnlich, ihr Foto ist durchgestrichen: Nicht mehr gesucht.

»Wünschen Sie etwas?« fragte die Frau mit dem Strickzeug in der Hand, aus dem Inneren des Cafés auftauchend.

»Einen Kaffee, bitte. Mit Milch«, setzte ich hinzu, ich hatte offenbar vergessen, daß Kaffee immer mit einem kleinen Döschen Milch serviert wird.

Die Hügel wurden höher und steiler. Immer dichter fiel der Schnee.

Ich blickte immer seltener auf die Karte, bemerkte indessen, daß mein Weg einen Halbkreis beschrieb. Ich näherte mich dem Fuße der Alpen, um dann – so hoffte ich – nach Südwesten abzubiegen.

Mag sein, daß ich Lust verspürte, noch dort zu bleiben, wo der Schnee fiel ... noch zu verweilen in der weißen Welt, die Beruhigung brachte. Als habe der Schlaf der Natur auch mich ergriffen ... als sei unter der Schicht von Kaltem, Erfrorenem im Dunkeln ein Korn abgestorben: angeschwollen, geborsten, um sich als ein grünes Spitzchen durchzustoßen.

Der Wagen fuhr langsam, die Räder griffen schon lange nicht mehr den Asphalt, und hatte Mühe, die kaum sichtbare Radspur zu halten. Die Fenster waren schneeverklebt, die Dreiecke auf der Windschutzscheibe wurden kleiner und kleiner: die Scheibenwischer schafften es nicht mehr.

Leise Musik aus dem Radio – irgendwo spielte ein Orchester, und ich stellte mir die Musiker vor – auf dem Podium, in schwarzen Fräcken. Der Saal ist in Dunkel getaucht: das helle Oval der Gesichter ist kaum zu sehen.

Weder Sterne noch Erde noch Bäume.

Nur Schnee, der von allen Seiten fällt.

Im Scheinwerferlicht sehe ich eine Silhouette auftauchen. Ist es möglich, daß ein Reisegefährte bei diesem Wetter... von woher... wohin fährt er... eine Hand in einem Fausthandschuh wischt den Schnee von den Scheiben, und ein Mensch beugt sich vor und schaut herein: und ich sehe das Gesicht... meiner Mutter, das sich den Scheiben genähert hat, die Luft bewegt kaum merklich ihre grauen Haare, und ein Lächeln mildert die Grimasse des Leidens in ihrem Gesicht.

»Du bist alt geworden, Mutter«, sage ich, und Mutter ist irgendwie verlegen, und ich bin betreten und auch schon unzufrieden mit mir: Wäre es nicht besser gewesen, das Gespräch mit einem Kompliment zu beginnen, es wäre angenehmer für sie und auch für mich...

Es klopft an die Wagentür. Ich drehe mich langsam um: Mein Sohn Maxim schaut durchs Wagenfenster, seine Lippen bewegen sich, doch ich höre keine Worte, nur – das Knirschen von Eis; ich sehe neben mir meine Tochter Mascha mit einem dampfenden Schälchen in den Händen. Sie trägt ein Sommerkleid, ich sehe die purpurrote Narbe, die quer über ihre Hüfte läuft.

»Was, du kannst laufen? O Wunder!« sage ich. O Wunder! – Die Narbe glättet sich und wird zu reiner weißer Haut.

Sie taucht ein Stück Stoff in die dampfende Schale, wischt mit der heißen Flüssigkeit über mein Gesicht und legt mir ihre kleinen warmen Hände auf die Augen.

Gram preßt mir das Herz zusammen.

»Seid ihr denn auch... gestorben?« sage ich.

»Du lebst noch, du bist noch mein Papa«, sagt Mascha.

»Wir wollen dich mit heißem Traubensaft waschen«, sagt Maxim.

Die heiße, rote Flüssigkeit rinnt über Gesicht, Hals und Brust... Der Körper nimmt den Genuß ganz auf. Ich kannte das früher nicht, das ist ein neues... Die Kleidung löst sich auf, als sei sie auf einen Schlag vermodert, und die Gesichter der Kinder und Mutters Gesicht beugen sich über mich. Ihr Bild entfernt sich langsam, als ob ich langsam fiele.

Ein widerlicher Geruch sticht in die Nase. Ich werde ins Gesicht geschlagen, ich öffne augenblicklich die Augen und sehe blendend grellen Schnee und eine Menge Beine, rote Hände: eine Ohrfeige, eine zweite, eine dritte, ich beginne Schmerzen zu empfinden.

»O. K., er hat die Augen aufgemacht!« höre ich eine rauhe Stimme sagen.

»Man sagt, Sie gehen nach Amerika«, sagte mein Gegenüber zerstreut, halb abgewendet und darauf wartend, daß der über den Nachbartisch gebeugte Kellner endlich den Kopf hebt. Als spürte er den Blick, schaute dieser in unsere Richtung.

»Noch eine Karaffe!« sagte mein Gegenüber. Der Kellner nickte.

»Ich? Nach Amerika? Ja, ja, ich gehe nach Amerika.«

»Nach Amerika also ... aber ... in Europa hat man doch eher Kontakt mit Ihrem Land. Oder ...«

»Sehen Sie ... gewiß, einerseits ja, es liegt auf der Hand, unser Feind ist das System, die Gesellschaftsordnung, wie Sie wollen. Andererseits ist er auch in uns.«

»Aber ich bitte Sie: das ist doch übertrieben.«

»Wie soll man sagen ... nun ja, wenn Sie so wollen ... doch wenn Krieg kommt – und er kommt, nicht wahr –, braucht man zumindest einen winzigen Halt, einen Ort der Freiheit. Ich habe nicht einmal ein Land, ein Territorium im Sinn, sondern einen Ort. Und sei er ... wie kann ich mich verständlicher ausdrükken ... in der Seele! Sie verstehen nicht? Die Lage der Russen indes ist eine andere: das ist es, was ich meine. Ich will nicht allzu deutlich werden, das wäre schon wieder unpräzis, doch die Sache ist die, daß ... der Kannibale, Sie werden mir zustimmen, in der menschlichen Gesellschaft einen besonderen Platz einnimmt. Und wir haben Menschenfleisch gegessen – alle. Die anderen natürlich auf milde Weise, aber den Russen wirft man es vor ... was bleibt ihnen denn übrig ... genauer gesagt ... sie wollen alle anderen dazu zwingen, Menschenfleisch zu kosten, damit die Vorwürfe an Bedeutung verlieren!«

Mein Gesprächspartner goß Wein in mein Glas, so gereizt, daß er danebengoß, doch besann er sich plötzlich eines anderen und schenkte sich selbst schon sorgfältiger ein.

»Was erlauben Sie sich: Menschenfresser! Das gab es natürlich, man hat allerdings Menschenfleisch gegessen, aber das war ein Phänomen, das durch Hunger hervorgerufen wurde, nicht wahr. Ihre Ansicht mag in vereinzelten Fällen zutreffen, aber den bildlichen, den übertragenen Sinn muß ich zurückweisen. Die Russen sind nicht mehr und nicht weniger Menschenfresser als andere Völker: darauf bestehe ich.«

»Mag sein. Nur ich ... und auch Sie ... wir sind zu anderen Völkern geflohen, oder nicht.«

»Anfang vergangenen Jahrhunderts sind Franzosen nach Rußland geflohen.«

»Aber in diesem Jahrhundert flüchtet niemand mehr.«

»Sagen Sie das nicht: Chinesen flüchten.«

»Nun ja, Chinesen ...«

»Entschuldigen Sie, ich muß gehen. Ich habe allmählich den Verdacht, daß man zu Recht von Ihnen sagt ...«

»Was denn?«

»Er liebt Rußland nicht.«

Ich sah ihm nach; er stand am Zeitungskiosk gegenüber dem Eingang zum Café und nahm Zeitungen heraus, die er kaufen und offenbar auch lesen wollte. Er weckte Sympathie in mir, still und gelassen wie er war, robust, untersetzt ... mit gesundem Menschenverstand ... nein, nein, trotz allem ein Nüchterner in einer Gesellschaft von Betrunkenen, wenn es ihm auch peinlich sein mochte.

Als ich auf die Straße trat, hörte ich Russisch sprechen. Nein, glücklicherweise hatte ich mich geirrt. ›Sollte *das* denn immer noch nicht vorbei sein‹, dachte ich bekümmert. Diese russische Sprache, die ich überall auf den Straßen hörte, um dann, wenn ich geradezu angerannt kam, zu begreifen, daß es gar nicht Russisch war, was da gesprochen wurde ... Die Irreführung des Gehörs wurde geradezu peinlich: auf meine unpassende Antwort fing ich einen verwunderten Blick meines Gegenübers auf und merkte, daß er auf russisch geantwortet hatte.

Ob der, der da vorbeigeht, ob das ein Landsmann ist? Stupsnase, leicht ruhelose Augen, grünlich – glanzloses Gesicht, als habe er lange Zeit ohne Licht und frische Luft zugebracht. Warum nur haben … nein, nicht Flüchtlinge … *Gesandte* … solche Gesichter …

Er las offenbar Zeitung und warf einen gleichgültigen Blick auf mich, indem er sie zusammenlegte. Ich ging in eine Quergasse hinein und schaute zurück, doch hatte mich niemand gesehen.

Im Hauseingang war es hellhörig: irgendwo weinte ein Kind, und eine weibliche Stimme sprach in zornigem Ton mit ihm. Armeleutegeruch, Speisegeruch, schwül und schwer; unmöglich auszumachen, woraus wohl das Mittagessen bestanden hatte, wahrscheinlich aus Fisch. Uringeruch. Geruch angefaulten Holzes.

Ich klopfte leise an die Tür.

Diesen Landsmann wollte ich vor meiner Abreise noch sehen. Früher hatten wir uns häufig gesehen, dann jedoch gelang es mir immer seltener, ihn zu treffen, vielleicht, weil der Dichter von irgendwelchen Jobs, die er gefunden hatte, abgehalten wurde.

Mir schien, als hätte mein Klopfen eine Bewegung hinter der Tür hervorgerufen, wie wenn ein auf einem Stuhl stehender oder sitzender Mensch vor Überraschung aufgefahren sei und sich bewege. Nein, ich hatte mich geirrt, in der Stille war das gleichmäßige Tropfen von Wasser zu hören, offenbar war ein Hahn schlecht zugedreht.

Ich schob einen Zettel unter die Tür.

Ich hatte nur einige wenige Worte geschrieben. ›Ich komme am Abend vorbei‹, hatte ich geschrieben. ›Ich fahre weg, und ich hätte Dich vorher gern noch gesehen.‹

Ich wollte die Treppe hinabsteigen, als mir einfiel, daß es gut wäre, die Zeit meines Kommens auf dem Zettel anzugeben oder überhaupt dazuzusetzen, wie und wo ich zu finden sei. Ich machte kehrt und sah: Das weiße Stück Papier verschwand langsam, von einer unsichtbaren Hand nach innen gezogen. Ich wandte mich zum Gehen – offenbar gab es Gründe, mir nicht zu öffnen – und erstarrte: unter der Tür erschien ein weißes Knäuel Papier und blieb liegen.

Am Abend hätte ich meinen Zettel unberührt vorgefunden.

Eine andere Welt hatte sich hinter der Tür zusammengeballt, und meinem Freund dorthin folgen war mir nicht möglich. Die Welt des Wahnsinns ist eng, ich weiß das... dort ist kein Platz für zwei.

Ich werde nicht zurückkehren: ich habe keine Kraft zu helfen. In der Geste der Liebe, in der Geste der Freundschaft sieht er Gefahr. Meine Aufrichtigkeit erscheint ihm verlogen, und ich werde diese Verlogenheit empfinden. Ich werde mich als einen Heuchler empfinden, während ich zweifellos die Wahrheit sage.

»Ich nehme dich mit, wenn du willst«, sagte Christina.

»Danke, nein, ich gehe lieber zu Fuß. Ist ja nicht weit, ich muß nur über die Brücke dort.«

»Du fährst also?«

»Fahren? Nein. Ich fliege. Dabei hatte ich vor, ich weiß selber nicht, warum... ich hatte eigentlich vor, diese Reise per Schiff... Verstehst du, treiben und treiben, treiben und treiben, bis Land in Sicht ist... wie lange das doch her ist...«

»Also gut, schon gut... Und wann kommst du wieder?«

»Ich? Ich weiß nicht, erst will ich einmal ankommen, weiß ich im Moment nicht. Aber wir sehen uns doch noch heute abend, nicht wahr?«

Dieses winterliche Matschwetter, diese Nässe und Kälte. Schneeflocken fallen und tauen, sobald sie die Erde berühren. Menschen, schon zahlreicher werdend, schon in Kürze wird man sich keinen Weg mehr bahnen können, doch noch hat sich die abendliche Menschenmenge nicht aus den Büros ergossen. Einige wenige Leute am Kiosk mit Zeitungen, vor dem Fußgängerstreifen zur Brücke: Rücken, Schultern, Arme.

Ich hatte die Fortsetzung des Armes nicht bemerkt, der

plötzlich in der Luft hing, als strecke er sich mir entgegen. Der Arm kam mir merkwürdig lang vor, wahrscheinlich deshalb, weil er etwas hielt, das in einer schwarzen Öffnung mündete. Und dann spürte ich auch schon einen schwachen Schlag und hörte einen Knall. Einen zweiten. Drit...

Nikolaj Bokow
im Diogenes Verlag

Der Fremdling
Roman. Aus dem Russischen von G. von Halle. Leinen

Wirren aus neuester Zeit
oder Die erstaunlichen Abenteuer
des Wanja Tschmotanow
Eine Samisdat-Satire. Deutsch von G. von Halle
Mit einem Vorwort von Alexander Sinowjew
detebe 21041

Weitere Werke in Vorbereitung

Russische Literatur im Diogenes Verlag

● Nikolaj Bokow

Der Fremdling. Roman. Deutsch von G. von Halle. Leinen
Wirren aus neuester Zeit oder Die erstaunlichen Abenteuer des Wanja Tschmotanow. Eine Samisdat-Satire. Mit einem Vorwort von Alexander Sinowjew. Deutsch von G. von Halle. detebe 21041

● Michail Bulgakow

Ich habe getötet. Kurzprosa 1921–1926 Erzählungen, Feuilletons, Skizzen. Deutsch von Thomas Reschke. detebe 21009

● Anton Čechov

Das dramatische Werk in 8 Bänden. Neu übersetzt, transkribiert und herausgegeben von Peter Urban. Jeder Band bringt den unzensierten Text mit sämtlichen Varianten und Lesarten, Auszügen aus Čechovs Notizbüchern, Anmerkungen und einen editorischen Bericht.
Die Möwe. Komödie in vier Akten detebe 20091
Der Waldschrat. Komödie in vier Akten detebe 20084
Der Kirschgarten. Komödie in vier Akten detebe 20083
Onkel Vanja. Szenen aus dem Landleben in vier Akten. detebe 20093
Ivanov. Drama in vier Akten. detebe 20102
Drei Schwestern. Drama in vier Akten detebe 20103
Platonov. Das ›Stück ohne Titel‹. Erstmals vollständig deutsch. detebe 20104
Sämtliche Einakter. detebe 20801

Das erzählende Werk in 10 Bänden. Verschiedene Übersetzer. Neu transkribiert, mit Anmerkungen und Nachweis der Erstveröffentlichungen von Peter Urban.
Ein unbedeutender Mensch. Erzählungen 1883–1885. detebe 20261
Gespräch eines Betrunkenen mit einem nüchternen Teufel. Erzählungen 1886 detebe 20262
Die Steppe. Erzählungen 1887–1888 detebe 20263
Flattergeist. Erzählungen 1888–1892 detebe 20264
Rothschilds Geige. Erzählungen 1893–1896 detebe 20265
Die Dame mit dem Hündchen. Erzählungen 1897–1903. detebe 20266
Eine langweilige Geschichte / Das Duell Kleine Romane I. detebe 20267
Krankenzimmer Nr. 6 / Erzählung eines Unbekannten. Kleine Romane II detebe 20268
Drei Jahre / Mein Leben. Kleine Romane III detebe 20269
Die Insel Sachalin. Reisebericht detebe 20270
Briefe 1877–1904. Übersetzt und herausgegeben von Peter Urban. 5 Bände in Kassette oder als Einzelausgaben. Leinen. Auch als detebe 21064–21068
Čechov-Chronik. Daten zu Leben und Werk zusammengestellt von Peter Urban. Mit Nachwort, ausführlicher Bibliographie und Register. Leinen
Tagebücher. Notizbücher. Herausgegeben und vollständig neu übersetzt von Peter Urban. Mit Vorwort, editorischem Bericht, ausführlichen Anmerkungen und Personenregister. Leinen
Denken mit Čechov. Ein Almanach auf alle Tage, zusammengestellt von Peter Urban Diogenes Evergreens

● Fjodor Dostojewskij

Meistererzählungen. Edition, Übersetzung aus dem Russischen und Nachwort von Johannes von Guenther. detebe 20951

● Nikolai Gogol

Die Nase. Ausgewählte Erzählungen. Vorwort und Übersetzung von Sigismund von Radecki. Zeichnungen von Alfred Kubin. detebe 20624
Die toten Seelen. Roman. Deutsch von Philipp Löbenstein. detebe 20384

● Iwan Gontscharow

Ein Monat Mai in Petersburg. Ausgewählte Erzählungen. Deutsch von Johannes von Guenther und Erich Müller-Kamp. detebe 20625
Briefe von einer Weltreise. Briefe von einer Expeditionsfahrt, die den Autor 1852–1855 nach England, Südafrika, China, Japan und Sibirien führte. Deutsch von Erich Müller-Kamp. detebe 21008

● Jewgeni Jewtuschenko

Ausgewählte Gedichte. Nachdichtungen von Rainer Brambach, Beat Brechbühl, Paul Celan, René Drommert, Otto Jägersberg, Günter Kunert und Peter Rühmkorf. Nachwort von Gerd Haffmans. detebe 20061

● Michail Lermontow

Ein Held unserer Zeit. Roman. Deutsch von Arthur Luther. detebe 21006

● Konstantin Paustowski

Das Sternbild der Jagdhunde. Ausgewählte Erzählungen I. Deutsch von Rebecca Candreia und Hans Luchsinger. detebe 20627
Die Windrose. Ausgewählte Erzählungen II. Deutsch von Rebecca Candreia und Hans Luchsinger. detebe 20647

● Andrej Sacharow

Wie ich mir die Zukunft vorstelle. Memorandum über Fortschritt, friedliche Koexistenz und geistige Freiheit. Deutsch von E. Guttenberger. Mit einem Nachwort von Max Frisch und den Antworten an Sacharow von Marion Gräfin Dönhoff, Jean Laloy, Pietro Quaroni, William Hayter, Louis Fischer und Heinrich Böll. detebe 20116

● Jewgenij Samjatin

Attila, die Geißel Gottes. Geschichte Deutsch von Xaver Schaffgotsch. Nachwort von Helen von Ssachno. detebe 20626

● Alexander Sinowjew

Gähnende Höhen. Deutsch von G. Halle und Eberhard Storeck. Leinen
Ohne Illusionen. Interviews, Vorträge, Aufsätze. Deutsch von Alexander Rothstein Leinen
Kommunismus als Realität. Deutsch von Katharina Häußler. detebe 20963
Wir und der Westen. Interviews, Vorträge, Aufsätze. Aus dem Russischen von Wera Rathfelder. detebe 20997
Lichte Zukunft. Deutsch von Franziska Funke und Eberhard Storeck. Mit einer Beilage ›Über Alexander Sinowjew‹ von Jutta Scherrer. detebe 21133

● Lydia Tschukowskaja

Ein leeres Haus. Roman. Deutsch von Eva Mathay. detebe 20008
Untertauchen. Roman. Deutsch von Swetlana Geier. detebe 20393

● Iwan Turgenjew

Meistererzählungen. Herausgegeben und deutsch von Johannes von Guenther detebe 21051

● Wladimir Woinowitsch

Iwan Tschonkin, Thronanwärter. Roman Deutsch von Alexander Kaempfe. Leinen
Auf gut russisch oder Der ich hätte werden können. Erzählungen und offene Briefe. Deutsch von G. von Halle. Leinen
Die denkwürdigen Abenteuer des Soldaten Iwan Tschonkin. Roman. Deutsch von Alexander Kaempfe. detebe 20628
Brieffreundschaften. Erzählung. Deutsch von Heddy Pross-Weerth. detebe 20106

● Liebesgeschichten aus Rußland

Von Alexander Puschkin bis Anton Tschechow. Herausgegeben von Johannes von Guenther. detebe 21013

● Russische Kriminalgeschichten

Von Fjodor Dostojewskij bis Iwan Turgenjew. Auswahl, Übersetzung und Nachwort von Johannes von Guenther
detebe 21127